Der Kammerdiener

Lorenz Stäger

Der Kammerdiener

LOKWORT

Lektorat: Monika Künzi Schneider
Gestaltung: arsnova, Horw
Druck: CPI – Clausen & Bosse, Leck

© 2015 Buchverlag Lokwort, Bern
Abdruckrechte nach Rücksprache mit dem Verlag

ISBN 978-3-906806-03-7
www.lokwort.ch

Inhaltsverzeichnis

Eine Beerdigung, die Freude macht	8
Eine komplizierte Beichte	13
Portier Franz spielt Madame Daiger	16
Pfiffelampenöl	21
Hansi heisst nun Jean und spart für eine Kuh	25
Immer wieder dieser Garibaldi	29
Der Schah von Persien reist mit Harem	33
Ein Tritt ins Hundehäufchen mit überraschenden Folgen	38
Weltstadt Marseille oder Dorfbeiz?	42
Der Premier Garçon wird Kammerdiener	46
Aus Jean Keusch wird John Koch, und Jules Verne verliert einen Knopf	51
Jean, Jean und Jean	58
Madame Bovary	62
Jeder Blick eine kleine Sünde	67
Jean glaubt, der Jüngste Tag sei gekommen	72
Eine Fahrt im Sado bringt überraschende Neuigkeiten	76
Wie eine Wildsau im Rübenfeld	81
Mademoiselle Claire versucht über Diderot zu erzählen	87
Direktor Garnier gleicht ein bisschen Jean	93
Aus Jean wird Louis. Wem gehört der goldene Ehering?	99
Louis gelobt zu schweigen	106
Der Herr Attaché Louis und Hokulani, der Stern am Himmel	111
Der schüchterne Herr auf dem Eiffelturm	116

Ein niederländischer Maler, der ein bisschen spinnt	124
Quod licet Iovi, non licet bovi	129
«Bon voyage, Louis!»	136
Schang macht eine Rigi-Reise	144
Mr Steinway sucht einen Kammerdiener	150
In New York heisst Louis Leonce	154
Ein vergessener Schirm verhilft zu Schlüssellochgeschichten	159
Aus Leonce wird wieder Louis, und ein Weinfässchen spielt Schicksal	165
Dramatische Ereignisse	173
Der General im Nachthemd	178
Louis begegnet einem bekannten deutschen Reiseschriftsteller und einem noch nicht so bekannten britischen Leutnant	185
Durch die Wüste ins Land des Mahdi	192
Louis spielt Sancho Pansa	197
Eine Wallfahrt ins Heilige Land, die nicht so endet, wie sie sollte	202
Louis nennt sich wieder Jean und wird Bauer	208
Jean bricht zu neuen Ufern auf	213
«Finite Patate»	220
Karten	228

Eine Beerdigung, die Freude macht

1919

«Jean Keusch, ruhe in Frieden.» Pfarrer Josef Ignaz Furter spricht in feierlichem Tone und lässt das n in ‹Frieden› nachklingen.

«Amen», zwitschern die schwarz gekleideten Frauen auf der linken Seite, unterstützt vom männlichen Brummeln auf der rechten Seite.

Pfarrer Furter erteilt den Segen und sprengt mit dem Wedel ein letztes Mal schwungvoll Weihwasser auf das schwarzweisse Foto des Verstorbenen. Dieses steht zwischen zwei Kerzen vor der Tumba, einem leeren Sarggerüst unter einer schwarzen Decke. Eine Tumba wird aufgestellt, wenn keine Leiche vorhanden ist. Ein nicht alltäglicher Fall. Das Bild zeigt einen markanten Kopf mit einem Kaiser-Wilhelm-Schnurrbart, dessen Spitzen nach oben gebogen sind. Die Haare des Verblichenen sind durch einen Mittelscheitel geteilt, und das linke Ohr steht etwas ab. Der Vatermörder ist frisch gestärkt, aus dem Jacketttäschchen guckt ein gefaltetes Tüchlein.

Es ist der 28. Juni 1919. Der Verstorbene ist im Alter von 65 Jahren in Odessa am Schwarzen Meer ums Leben gekommen, als Nachkriegswirren die russische Stadt erschütterten. Seine *Maison Louis,* ein Caféhaus mit Pension, sei in Brand geraten. Er habe noch versucht, den Tresor im oberen Stock zu leeren, als der Dachstock über ihm einstürzte. Jetzt wissen wir auch, weshalb seine Leiche fehlt.

Eigentlich hiess der Verstorbene Hans, aber das weiss im Dorf Freienberg kaum mehr einer. Seit seiner ersten Stelle im Welschland hat er sich Jean genannt, von den Dörflern Schang ausgesprochen. Manchmal sagte man ihm auch Hawaii-Schang.

Alle Verstorbenen sind in ihrem Leben gute Menschen gewesen. Auch der Jean, wie Pfarrer Furter eben vor den Gläubigen betont hat. Nicht nur ein guter Mensch, sondern auch ein vorbildlicher Christ. Einundzwanzig Heidenkinder, über die ganze Welt verstreut, habe er taufen lassen und grosszügig unterstützt. Aus dem eigenen Sack und notabene auch mit Hilfe der Kirchenopfer, welche seine Vorgänger für den Jean eingezogen hätten: der hochwürdige Alois Michael Schürmann, der hochwürdige Albert Beat Strebel und der hochwürdige Leodegar Melchior Huber.

Man geht zum Gedenktrunk ins Rössli. Ein Gedenktrunk ist etwas Schönes, denn er kostet nichts. Und man darf sich ohne schlechtes Gewissen mitten am Tag beduseln lassen. Most und Bier und Wein und Kafi Träsch gehen auf Kosten des vermögenden Hemdenfabrikanten. Willi Schuh heisst er. Dafür kann er nichts. Er ist ein hagerer Mann um die sechzig. Hager war er schon als jung – man nannte ihn Knebeli – und damit untauglich zum Bauern. Deshalb machte er eine kaufmännische Lehre und arbeitete für die Kleiderindustrie in Florenz, Marseille und London. Mit dreissig Jahren gründete er ein eigenes Unternehmen, fabrizierte zuerst Hosen und wechselte später zu Hemden. Viele Frauen weit herum nähen für ihn in Heimarbeit.

Willi Schuh mischt sich unter die Trauergesellschaft. Lobende Wortfetzen sind zu hören: «… immer so freundlich gewesen zu allen – und all die Heidenkinder, die er für den Himmel gerettet hat, dreissig, nein vierzig? – beinahe ein Heiliger – wenn er in Freienberg war, hat er mir den Garten umgegraben – die Zwetschgen heruntergeholt – für die Fronleichnamsprozession vor der Haustür das Altärchen mit den zwei Kerzen aufgebaut, für ein einziges kleines Schnäpschen – als Bub das dreijährige Dorli aus dem Mühlenbach gerettet ...» Und was der Schang für Abenteuer erlebt habe! Zweimal Schiffbruch erlitten und in China Seeräuber gleich dutzendweise aufgespiesst, und bei einem Erdbeben auf Java habe er sich nur mit knapper Not über eine Leiter retten können. Und all die berühmten Leute, die er kennen gelernt habe: vom Schriftsteller Jules Verne über den Pianofabrikanten Steinway in New York bis zum König von Hawaii.

Nachdem man ein halbes Stündchen über den Verstorbenen gesprochen hat, wechselt man zum Alltag über. Zu den Nachwehen des Landesstreiks, zur Lebensmittelrationierung und zu den traurigen Zeiten der Spanischen Grippe und zum vergangenen Hungerwinter.

Der Umtrunk zieht sich hin. Am zweiten Fenster wird schon gedämpft gelacht. Die ersten Witze sind zu hören, halbwegs anständige zuerst. Gemächlich, aber stetig sinkt das Niveau der Witze, und die Lautstärke des Gelächters steigt an.

Gottlob gibt es vernünftige Kühe, die gemolken werden wollen.

Wieder zu Hause, setzt sich Willi Schuh an den Schreibtisch. Fünf grosse Seiten beschreibt er. Den Brief nimmt er am Montag mit nach Aarau. Weder der Freienberger Posthalter noch jene der gut vernetzten Nachbardörfer brauchen davon zu wissen. So bekommen die Herren auch kein schlechtes Gewissen, weil sie es nicht am Stammtisch unter dem Siegel der Verschwiegenheit weitererzählen können.

Sechs Tage später. Auf einem kleinen Bauernhof in der Nähe von Arles krähen drei Morgenhähne. Sie sind sich ihrer wichtigen Aufgabe bewusst und zeigen es auch und nehmen bereits die ersten

Hennen ins Visier. Sonntag hin oder her. Der verstorbene Schang – hier heisst er wieder Jean – dreht sich, nein, nicht im Grabe, sondern im Bett auf die linke Seite und gähnt. Damit hat er bewiesen, dass er nicht gestorben ist. Er ist gewissermassen die fehlende Leiche.

Jean hat eine unbändige Freude am fünfseitigen Brief von Willi Schuh. Er – nicht der Willi, sondern der Brief – liegt auf dem Nachttisch neben einem duftenden Lavendelsträusschen. Jean kennt ihn beinahe auswendig und freut sich diebisch über den Bubenstreich, den er erst vor zehn Tagen mit Willi Schuh zusammen ausgeheckt hat. Als ihm nämlich dieser drüben in der Gaststube der *Fleur de Lisse* eröffnet hatte, dass er in Freienberg für tot gehalten werde und man auf übermorgen einen Gedenkgottesdienst angesetzt habe, verfielen sie nach dem dritten Glas Wein plötzlich auf die Idee, die Sache laufen zu lassen. Schliesslich habe nicht jeder die Möglichkeit, seine eigene Beerdigung zu erleben.

Jean zündet die Kerze auf dem Nachttisch an, faltet sein Kissen, schiebt es sich wieder unter den Kopf und nimmt den Brief zur Hand. So ein Tod hat auch seine schönen Seiten. Was ist er doch für ein feiner Kerl geworden in den Augen seiner Freienberger! Sogar die Babette habe ihn im Rössli einen braven Mann genannt. Sie, die ihn hinterrücks immer Landräuber geschimpft hatte, weil sein Vater einst einen Markstein versetzt habe. Und die Marie mit dem Fronleichnamsaltärchen und dem Schnäpschen: Sie hat ihn gar nie gefragt, ob er ein zweites möchte, und jeweils flugs die Flasche im Buffetkasten in Sicherheit gebracht. Damit er nicht ein Säufer werde. Ein Christ, wie man ihn weit suchen müsse, sei er auch gewesen. Ausgerechnet der Benedikt soll das mindestens dreimal behauptet haben, mit wachsender Lautstärke.

Der Benedikt, der ihn einmal als gottlosen Heiden und Wüstling beschimpft hatte, weil er nicht in die Maiandacht gegangen war und stattdessen der jungen Neuen im Rössli von seinen Abenteuern auf Java erzählt hatte.

Eigentlich nicht zu fassen, wie schnell die Lebensjahrzehnte dahingeflossen sind. Interessante Jahrzehnte, wie sie nur wenigen Menschen beschieden sind. Dabei hatte alles so einfach begonnen, im düsteren Haus mit dem gewaltigen Strohdach, in dem um den tannenen Esstisch mehr Kinder hockten, als es Kühe im Stall gab.

Eine komplizierte Beichte

1867

Vor kurzem noch lag Schnee. In wenigen Tagen hat ihn der Föhn weggeputzt. Der Steinbach gurgelt, da und dort zeigen sich Schlüsselblumen. In der Sonne leuchten Weidenkätzchen, um die die ersten Bienen summen. Der Frühling von 1867 ist endlich gekommen.

Freitagnachmittag. Hansli Keusch, gerade erst dreizehn Jahre alt geworden, hockt auf einem Baumstrunk, den Kopf auf die Hände gestützt, und denkt nach. Er ist kein guter Schüler und hütet lieber die drei Kühe auf der Steinmatt, von der aus man in die Berge sehen kann. Und träumt, was wohl dahinter liegt. Italien, das Meer, Afrika. Elefanten, Löwen. Träumen tut er auch in der Schulstube, so dass er nach sechs Jahren mehr schlecht als recht lesen kann. Vom Kirchturm mit dem grossen goldenen Hahn auf der Spitze ertönen vier Schläge. Hanslis Schwester Margrit hüpft das Weglein herauf. Sie löst ihn beim Hüten ab, denn er muss zum Schulmeister.

Lehrer Fridolin Geissmann öffnet die silberne Dose, nimmt mit Daumen und Zeigfinger ein Häufchen Tabak und zieht sich eine Prise in die Nase. «Hansli, du warst mir immer ein lieber Schüler. Aber lesen und schreiben, ja, da haperts gewaltig. Wirst es auch kaum brauchen im Leben.» Er holt sein kariertes Nastuch aus dem Hosensack und schnäuzt sich. «Ich habe mit der Schulpflege gesprochen. Gescheiter wirst du bei mir nicht mehr, und die Schulpflicht hast du erfüllt. Es ist besser, wenn du künftig daheim fleissig zupackst oder dir bei einem Bauern Arbeit suchst. Bist ja kräftig genug. Und für mich bist du von jetzt an nicht mehr der Hansli, sondern der Hansi.»

Hansi freut sich über die gewonnene Freiheit. Die Aussicht, nie mehr den langen Tag über in der stickigen Luft der Schulstube hocken zu müssen, ist verlockend. Dankbar drückt er Lehrer Geissmann die Hand, nachdem er einen flüchtigen Blick ins Zeugnis geworfen hat. Die einzige gute Note ist die Betragensnote.

Hansi pfeift fröhlich vor sich hin, klemmt mit seinen nackten Zehen einen Stein fest und schleudert ihn beim Krämer über den Gartenhag. In der Kirchgasse kommt ihm Pfarrer Huber entgegen. Ein verständiger und gemütlicher Herr und ein gut genährter. «So, bist beim Lehrer gewesen? Wir haben in der Schulpflege über dich gesprochen. Es wird für dich wohl das Beste sein. Und jetzt, wie gehts weiter? Bleibst zu Hause und hilfst auf dem Hof?»

«Glaub schon. Muss zuerst mit Mutter und Vater darüber reden.»

«In der Ziegelhütte in Scheiwil suchen sie junge Leute zum Ziegelabstreichen. Könntest einen hübschen Batzen zusätzlich verdienen zum abendlichen Strohflechten. Täte euch gut, ihr, mit euren sieben Kindern.»

«In Scheiwil? Das würde mir schon gefallen.» Scheiwil liegt den Bergen zu. Für Hansi tönt das fast wie ein Schritt in die grosse Welt hinaus.

«So sags mal zu Hause. Und» – Pfarrer Huber blickt ihm fest in die Augen – «von jetzt an lässt du Doktors Max in Ruhe, verstanden? Du bist kein Schüler mehr.»

«Er soll mich aber auch nicht mehr auslachen, nur weil wir im Sommer keine Schuhe vermögen. Da haben wir ihn halt geheilandet.»

Pfarrer Huber schmunzelt verstohlen. Er kennt den Brauch. Man zieht jemandem eine Bohnenstange durch die Jackenärmel, worauf der arme Kerl mit ausgestreckten Armen weitergehen muss, bis ihn eine barmherzige Seele erlöst. «Kommst morgen beichten, und dann beginnst du am Montag ein neues Leben.»

Das mit dem Beichten ist diesmal nicht so einfach. Hansi überlegt hin und her. Nicht das Heilanden ist das Problem, sondern das Heubödelen respektive der Heustock und Nachbars Meieli. Das will er nicht in die Sache hineinziehen. Aber alles verschweigen geht auch nicht, denn Sünden gegen das sechste Gebot sind Todsünden. Verstösse gegen das achte Gebot, das Lügen, sind weniger schlimm. Hansi entscheidet sich für den Kompromiss. Er sei zwar im Heustock gewesen, aber eigentlich nur, um dem Mädchen aus Luzern, das bei Doktors auf Besuch gewesen sei, die jungen Katzen zu zeigen. Und da hätten sie noch ein bisschen gespielt.

Pfarrer Huber kennt das Leben auf dem Lande und ist ein verständnisvoller Seelsorger. «So, so, aus Luzern? Hmm? Im Übrigen, ist es nicht ein bisschen früh im Jahr für junge Katzen?»

Portier Franz spielt Madame Daiger

1867

«Die Batzen aus der Ziegelhütte können wir gut gebrauchen», sagt Vater Emil. «Und schon morgen kannst du anfangen? Schön, mach uns keine Schande.» Die Familie sitzt beim Nachtessen am klobigen Tisch. In der Mitte steht eine grosse Pfanne mit dampfenden Kartoffeln. Mutter Rosa stellt eine Schüssel mit Kraut und Rüben daneben. Grossmutter Barbara und Onkel Jakob helfen beim Schälen und legen die heissen Kartoffeln in die Vertiefungen im Tisch, die als Teller dienen. Sieben Kinder hocken hungrig da wie junge Vögel im Nest mit aufgesperrten Schnäbeln. Sie zu füttern, ist nicht immer einfach. Gott sei Dank bringt das Strohflechten, an dem sich abends die ganze Familie beteiligt, noch etwas ein. Sieben- und Elfhalmiges flechten sie. Für ein zwölf Ellen langes Stück zahlt ihnen der Händler fünfzehn Rappen.

«Wenn ich kein steifes Bein hätte, würde ich mit dir in die Ziegelei kommen.» Onkel Jakob ist Söldner gewesen beim König von Neapel. Mit dem Säbel in der Hand habe er jeweils gewütet wie eine Wildsau im Rübenfeld. Bei einem Angriff Garibaldis hat er einen Schuss durchs Bein abgekriegt und lebt seither von einer kleinen Rente. «Ausserdem muss man als junger Mann in die Welt hinaus. Deshalb bin ich einst auch nach Neapel marschiert …»

«Wärest du daheim geblieben, hättest du heute ganze Scheichen und keinen Reissmatthias», bemerkt Vater Emil trocken.

«Daran ist nur der Garibaldi schuld. Vierteilen könnte ich den Kerl mit blossen Händen, diesen gottverd …»

«Jessesgottumpfatter, versündige dich nicht, Bub», mahnt Grossmutter Barbara und hebt warnend den mageren Finger.

«Überhaupt ist Krieg etwas Schlimmes. Nur Blut, Schweiss und Tränen.» Ihre Gotte war aus Stans und hatte ihr oft von den Schreckenstagen in Nidwalden erzählt, als die Franzosen 1798 das kleine Ländchen überfielen und die Dörfer anzündeten und elternlose Kinder Hungers starben.

«… maledetta faccia di culo», murmelt Jakob vor sich hin und reibt sich das schmerzende Bein. Italienisch versteht die Grossmutter nicht.

Die Vögel pfeifen lustig, als Hansi in aller Herrgottsfrühe mit nackten Füssen in die Ziegelei nach Scheiwil trabt. Die ganze kleine Welt mit Bach und Weiden und Haseln und taunassem Gras scheint sich mit ihm zu freuen. Weit hinten heben sich Glärnisch und Tödi und Scherhorn vor dem Morgenrot ab wie ein gewaltiger Scherenschnitt.

Hansi muss die geschmeidige Mischung aus Ton und Lehm in die hölzernen Formkasten füllen und sauber abstreichen. Er stellt sich geschickt an, hat die Abläufe bald im Griff. Ist die Masse trocken, kann man die Ziegel herausziehen. Einfüllen, abstreichen, einfüllen, abstreichen. Die Tage sind lang. Die Kleider werden schmutzig und die Hände schwielig. Und abends hilft er noch zu Hause im Stall und nachher im trüben Licht des Kienspans beim Strohflechten, bis die Augen brennen. Einige Wochen vergehen. Zwar bringt er jeweils am Samstag stolz die verdienten Batzen nach Hause, aber irgendwie ist er unzufrieden. Das Ziegelabstreichen ist eine eintönige Arbeit.

Wie ein Heiliger vom Himmel kommt da eines Tages der Geschirrhändler Müller mit Ross und Wagen in die Ziegelei gefahren. ‹Becklifuerme› nennt man ihn. Hansi muss das Pferd füttern und tränken. Er tut das geschickt, wie der Becklifuerme zufrieden feststellt. Dieser kommt weit im Land herum. Bis nach Lenzburg und sogar Aarau. Fast sechstausend Leute wohnten in der Kantonshauptstadt an der Aare, weiss Müller zu erzählen. Grosse Hotels habe es dort, mit gewaltigen Stallungen und Gästen, die französisch sprächen. Und für willige Burschen, wie Hansi einer sei, gebe es immer auch Arbeit und manch schönes Trinkgeld, wenn man freundlich die Kappe lüpfe.

Hansi überlegt nicht lange. Und als er verspricht, einen guten Teil seines Verdienstes nach Hause zu schicken, sind auch Vater und Mutter einverstanden. So setzt er sich an einem Julitag neben Müller auf den Bock des Leiterwagens, auf dem in Stroh gebettet rote Milchkrüge und braune Becken liegen. Gemächlich zieht der magere Schimmel das Gefährt, die Glöcklein am Geschirr bimmeln, die Wagenreifen knirschen auf den ungepflasterten Strassen. Im Städtchen Lenzburg machen sie Halt. Müller nimmt aus der Kiste unter dem Bocksitz Brot und Käse hervor. Dazu trinken sie Most aus einer bauchigen, mit Stroh gepolsterten Flasche. Was für eine gewaltige Burg auf dem Hügel!

Weiter ist Hansi in seinem jungen Leben noch nie gereist. Die Fahrt geht an den Fünf Linden vorbei. Der Becklifuerme zeigt mit der Peitsche hin zu den mächtigen Bäumen. «Hier wurde einst der Matter geköpft. Ist schon einige Jahre her.»

«1854 war das», sagt Hansi stolz und blickt gwunderig zur Richtstätte hinüber. «Da bin ich nämlich auf die Welt gekommen.» Sein Vater hat ihm oft von dieser letzten Hinrichtung im Kanton Aargau erzählt. Er war damals mit vielen andern zu Fuss nach Lenzburg marschiert, um sich das Spektakel anzusehen.

Am späten Vormittag fahren sie in Aarau ein. Vor dem Hotel

Löwen zieht Müller die Zügel. «So, Hansi, jetzt musst du selber für dich sorgen. Frag mal den Hotelier, ob er für dich Arbeit hat. Als ich das letzte Mal hier war, hat er einen Schuhputzer gesucht.»

Mit frischer Stimme und Selbstvertrauen meldet er sich. «Mit dem Müller bist du gekommen, junger Mann?» Der Hotelier mustert Hansi von unten bis oben. «Mit Pferden kannst du auch umgehen, sagst du? Ich wills mit dir probieren. Lass dir vom Portier Franz eine Schürze geben und eine Mütze. Geh aber zuerst in die Küche. Wirst hungrig sein nach der langen Fahrerei.»

Am Nachmittag sieht man Hansi mit einer grünen Schürze beim Teppichklopfen und Stiefelputzen. «Schuhwichse nehmen und nur drauf spucken, wenn es niemand sieht!», mahnt Franz.

Zum Nachtessen gibt es Schweinsbraten. Fleisch an einem gewöhnlichen Werktag! Nicht bloss Kartoffelsuppe, in der drei Tage hintereinander das gleiche Söischnörrli mitgekocht wurde, damit sie ein bisschen nach Fleisch schmeckt. Und lustig geht es in der Gesindestube zu. Portier Franz ahmt talentiert die Gäste nach. Den nervösen Herrn Bodmer aus Zürich mit dem goldenen Zwicker, der ihm ständig von der Nase zu rutschen droht, und mit dem Bürkli in der Hand, dem Kursbuch mit den *Fahrtenplänen der Eisenbahnen und Dampfschiffe:* «'tami, chume z spaat, chume z spaat!» Oder die dicke Madame Daiger aus Basel, die in der eigenen Kutsche durch die Schweiz reist. Mit hoher Stimme versucht sich Franz im Basler Dialekt: «Nom de Dieu, mi Häärz esch e bitz faible. Kenne Se meer hälfe ufs Kütschle stiige?» Er lacht dröhnend. «Und wenn du sie hinaufgestemmt hast, gibt sie dir statt ein Trinkgeld ein beinhartes Basler Läckerli aus ihrem Täschli, das nach Franzbranntwein riecht.»

Todmüde und etwas durcheinander und auch mit ein bisschen Heimweh steigt Hansi abends mit der flackernden Kerze in der Linken in die Dachkammer hinauf. Eine eigene Kerze, für die die Gäste pro Tag siebzig Rappen zahlen müssen. Zum ersten Mal schläft er auswärts und erst noch in einem richtigen Bett mit Matratze statt auf einem Laubsack. Ein ganzes Bett für ihn allein! Etwas verloren kommt er sich darin vor. Zu Hause in Freienberg mussten sich alle vier Buben ein einziges Bett teilen. Drei schliefen der Länge nach, der vierte quer an der Fussete, und jede Woche wurde die Schlafordnung gewechselt. Im Winter war dies sogar angenehm: Man konnte sich so in der ungeheizten, eisig kalten Kammer etwas warm geben.

Hansi teilt die Kammer mit dem Portier Franz. Dieser merkt, wie Hansi zu Mute ist, und muntert ihn auf. «Hast es gut gemacht heute, Hansi, fast wie ein ausgewachsener Unterpolier. Und morgen musst mir helfen, zwei Stühle zu flicken, die die Dicke aus Basel ruiniert hat. Herrgott, hat die einen Hintern. Jede Backe ein Zentner! ‹Nom de Dieu, mi Häärz esch e bitz faible. Kenne Se meer hälfe ufs Kütschle stiige?› Schlaf gut!»

Pfiffelampenöl

1867 – 1868

Die städtischen Hähne krähen ebenso früh wie jene zu Hause. Hansi freut sich auf den neuen Tag. Keine Spur mehr von Heimweh. Nach dem Waschen feuchtet er sich die Haare an. Kühn zieht er mit dem Kamm einen Scheitel in der Mitte wie der Portier Franz. Er sammelt die Schuhe und Stiefel in den Gängen ein und schreibt die Anzahl und die Zimmernummern auf eine Schiefertafel. Er, der in der Schule keinen Wert auf Schreiben und Lesen gelegt hat. Das Versäumte will er möglichst schnell nachholen. Man ruft zum Frühstück. Butter, Käse, Aufschnitt, echten Kaffee statt Zichorienaufguss. Das müssten die zu Hause sehen.

Um neun Uhr reist Madame Daiger ab. Ihr Kutscher ist mit dem Wagen vorgefahren. Hansi trägt die Koffer herbei, den Schirm der steifen Mütze keck nach oben geschoben. Madame Daiger wackelt heran und legt die linke Hand auf Hansis Schulter. «Nom de Dieu, mi Häärz esch e bitz faible. Kenne Se meer hälfe ufs Kütschle stiige?»

Hansi beisst sich fast die Zunge ab, um nicht laut aufzulachen. Mit einem verschmitzten Dankeschön nimmt er das Basler Läckerli entgegen und riecht verstohlen daran. Ja, ganz deutlich, Franzbranntwein.

Flink erledigt Hansi seine Arbeiten. Schuhe putzen, Teppiche klopfen, Böden fegen, Pfannen schrubben. Zwischendurch hilft er dem Stallknecht Sebastian in der grossen Scheune, der bald merkt, wie gut der neue Gehilfe mit Pferden umgehen kann. Ein- und ausspannen, tränken, füttern, striegeln, das Geschirr mit Kernseife putzen, die Lampengläser reinigen.

Am Sonntag besucht er die Messe, die die Katholiken mangels eigener in der reformierten Kirche feiern dürfen. Reformierte und Katholiken sind sich sonst im Aargau nicht eben grün. Hansi denkt schmunzelnd an den Bachbodenbauern, der immer am Karfreitag Gülle auf die Wiesen neben der Villa Lindenbaum ausbringt, in der Reformierte aus dem Seetal wohnen.

Eines Tages sitzt er zum ersten Mal in seinem Leben in einer Eisenbahn. Er muss einen Weinhändler nach Olten begleiten, der viel Gepäck bei sich hat. Hansi ist begeistert. Zuerst durch einen endlos langen Tunnel und dann mit wahnsinniger Geschwindigkeit, dass die Gläser der Petrollampen klirren, an Häusern und Fabriken und Wiesen vorbei. Das ist etwas anderes als auf dem Leiterwagen des Geschirrhändlers Müller durch die Landschaft tampen. Den Geruch des Steinkohlerauches und des mit Öl vermischten heissen Dampfes wird er sein Lebtag nie vergessen. Am Ende gibts erst noch zwei Batzen Trinkgeld. Und diese riechen nicht nach Franzbranntwein.

Abends versammeln sich im Löwen die Honoratioren am Stammtisch. Meist gewichtige Männer mit schweren Uhrketten über dem Bauch. Sie flössen Hansi Respekt ein. Er merkt sich die Namen. Portier Franz hat ihm dazu geraten. Zwei davon sind ihm bereits vertraut: jener des Giessereibesitzers Rüetschi, der die Glocken für die neue Kirche in Freienberg gegossen hat, und jener des Regierungsrats Augustin Keller. Zu Hause heisst man ihn den Klostermetzger, weil er 1841 die Klöster aufgehoben hat. Hansi begegnet ihm mit einer Mischung aus Respekt und Hass. Sein Vater hat oft gesagt, dem würde er am liebsten mit dem Gertel den Grind abhauen, und Onkel Jakob will ihn zusammen mit dem Garibaldi vierteilen, weil er die Mönche im grössten Hudelwetter und Schneegestöber aus dem Kloster treiben liess.

Hin und wieder übernachten Gäste, die französisch sprechen. Hansi bewundert den Portier Franz, der mit ihnen über das Wetter und die teuren Zeiten oder sogar von der Weltausstellung in Paris in ihrer Sprache parliert, als ob es Schweizerdeutsch wäre. Sind es Franzosen, verabschiedet er sie jeweils mit «Vive l'Empereur!» Das lässt bei den meisten das Herz schmelzen und das Trinkgeld wachsen. «Sag einfach ‹Pfiiffelampenöl!›», lehrt der Meister den Schüler. «Das tönt ähnlich.»

«Ja, das kenne ich. Bei uns zu Hause hat das der Moosbauer Karli auch schon gesagt.»

«So? Nur musst du aufpassen, dass es der Oberst Zimmerli, der Grosse, der gestern am runden Tisch hockte, nicht hört. Der hat als junger Leutnant den Moskaufeldzug Napoleons mitgemacht und überlebt. Mit Näppis Familie hat er noch einen ganzen Hühnerstall zu rupfen. Und die Zahlen musst du können und das Bongschuuren, das Grüezi-Sagen.»

Hansi lernt schnell und hat bald einmal einige nützliche französische Wörter und Wendungen im Kopf. Schon nach einigen Wochen wird er zum Unterpolier befördert. Statt zwei Franken in der Woche nebst Kost und Logis erhält er nun vier und meistens noch so viel an Trinkgeldern. Der Hotelier schenkt ihm neue Schuhe und ein Paar Hosen. «Leg sie nachts unter die Matratze, dann hast du immer schöne Bügelfalten», rät Franz.

Anfang Oktober bittet er um zwei Tage Urlaub und fährt mit dem Geschirrhändler Müller nach Hause. Er kauft ihm gleich noch ein Dutzend Teller ab. Das mit den Vertiefungen im Esstisch dünkt Hansi plötzlich unappetitlich. Das Dorf staunt über die Verwandlung des Burschen. Der Barfussgänger von einst trägt schwarze Schuhe, und sein früher wildes Haar ist brav gescheitelt. Den grössten Teil seiner Einnahmen übergibt er dem Vater. Das Geld kommt diesem gelegen. Er will vom Schreiner zwei einfache Betten machen lassen: ein zusätzliches für die drei Buben und eines für die drei Mädchen.

Es wird Winter, Frühling, wieder Sommer. Eine Familie aus Neuchâtel namens Borel ist auf Besuch in Aarau und übernachtet im Löwen. Frau Borel findet Gefallen an der drolligen Art, wie der junge Unterpolier französisch radebrecht. Und Hansi gefällt die hübsche Tochter Michèle ausnehmend. Aber er getraut sich doch nicht, sie wie Nachbars Meieli einzuladen, um sich die jungen Katzen in der Scheune anzusehen. Jedenfalls hält er von jetzt an Neuchâtel für den schönsten Ort der Welt.

Als die Gäste abreisen und Hansi die Mütze lüpft und mit frischer Stimme sagt: «Au revoir, Madame!», meint Frau Borel, er spreche ja schon wie ein halber Welscher. Da fasst sich Hansi ein Herz und gesteht, dass er gerne in der Westschweiz arbeiten würde, um dann wie ein ganzer Welscher sprechen zu können. Frau Borel schmunzelt, blickt ihn an und sagt, das liesse sich eventuell machen. Sie kenne einen Hotelier.

Drei Wochen später erhält Hansi einen Brief. Den ersten in seinem Leben: «Monsieur Hans Keusch, Hôtel Löwen, Aarau». Er kann eine Stelle als Piccolo, als Kellnerlehrling, im *Hôtel du Lac* antreten. Zwanzig Zentimeter grösser fühlt er sich.

Im Herbst 1868 verabschiedet sich Hansi. Der Löwenwirt schreibt ihm ein schönes Zeugnis und drückt ihm noch einen Extrabatzen in die Hand. «Machs gut und zeig dich wieder einmal bei mir, wenn du mehr kannst als ‹Pfiffelampenöl!»

Hansi heisst nun Jean und spart für eine Kuh

1868 – 1869
Neuchâtel hat etwa zwölftausend Einwohner, doppelt so viele wie Aarau. Um Land zu gewinnen, hat man den Fluss Seyon durch einen 160 Meter langen Tunnel umgeleitet und ihm eine neue Mündung in den See gegeben. Ein gewaltiger See! Neun Schweizer Stunden lang soll er sein und zwei Stunden breit.

Das *Hôtel du Lac* liegt am Hafen. Hansi arbeitet im dazugehörenden *Café des Alpes*. Die Tage sind lang, die Arbeit ist hart und der kleine, rundliche Oberkellner ein Tyrann. «Früh auf und spät nieder, friss geschwind und gehe wieder», hat er seinem neuen Deutschschweizer Lehrling schon bei der Begrüssung den Tarif durchgegeben. Bereits am dritten Tag gibts eine Ohrfeige. Für Hansi unerwartet. Als ihm aber jener ein paar Tage später wieder eine herunterhauen will, packt er flink dessen Arm und drückt ordentlich zu. Er ist ein kräftiger Bursche. Von da an bleibt es bei einer lautstarken Standpauke, wenn er ein Glas fallen lässt.

Eine neue Welt tut sich ihm auf. Elegant gekleidete Frauen, eine fremde Sprache, Dampfschiffe mit einem hohen, schwarz rauchenden Kamin in der Mitte und gewaltigen Schaufelrädern an beiden Seiten. Ausserdem heisst Hansi in Neuchâtel Jean – die Welschen tun sich schwer mit der Aussprache von Hansi – und trägt schöne schwarze Hosen, die gebügelt und abends nicht mehr unter die Matratze gelegt werden.

Bald auch weiss er einiges über die Stadt, die vor kurzem noch preussisch gewesen ist. Er hört von den zwei Parteien, den Royalisten und den Republikanern, die sich immer noch wie Katz und Hund gegenüberstehen. Erstere haben 1856 unter der Führung eines Obersten namens de Pourtalès das Schloss mit den vielen Türmen besetzt und wurden dann von den Letzteren wieder vertrieben. Zwanzig Tote habe es dabei gegeben, und es sei beinahe zu einem Krieg zwischen der Eidgenossenschaft und Preussen gekommen.

Eines Tages kommt Frau Borel ins *Café des Alpes.* Jean wird rot vor Aufregung, das Tablett mit dem Tee zittert leicht.

«Wie gehts dir? Bist du dir nicht reuig, nach Neuchâtel gewechselt zu haben?»

«Gar nicht, Madame. Neuchâtel ist der schönste Ort der Welt.» Französisch spricht er schon fast fliessend. Am liebsten würde er direkt nach Michèle fragen, getraut sich aber doch nicht. Schliesslich ist er nur ein unbedeutender Piccolo.

«Ich hoffe, Ihrer ganzen Familie geht es gut, Madame», riskiert er schliesslich zu sagen.

Frau Borel schmunzelt. «Gott sei Dank, es geht allen gut. Michèle ist übrigens in einem Institut in der Nähe von Genf.»

Von Stund an ist Jean überzeugt, dass Genf noch schöner sein müsse als Neuchâtel.

Die Tage werden nach den Wintermonaten wieder länger und wärmer. An einem Abend sitzt er allein auf einem Bänklein am See, grübelt über Genf und das Mädcheninstitut nach und sinniert dazwischen zu den Sternen hinauf, die nach und nach sichtbar werden. Er hat seinen freien Nachmittag gehabt. Ein älterer Herr mit einem Schlapphut nähert sich mit langsamen Schritten, bleibt stehen und spricht ihn an. «An Sternen interessiert, junger Mann? Kennst du sie? Den Grossen Wagen, den Bärenhüter, den Löwen? Nein? Dann schau mal genau hin. Ich werds dir erklären.» Professor Dubois, so stellt er sich vor, schiebt den Hut etwas nach hinten, um besser hinaufsehen zu können. «Ich gucke mir dir Sterne an, um Abstand von all den Wirrnissen auf dieser Welt zu schaffen. Wie klein und unwichtig sind wir doch.»

«Vous avez raison, Monsieur», sagt Jean höflich. Ihn interessiert mehr, was auf dieser Welt geschieht, nicht nur in Genf, sondern auch weit hinten unter diesen Sternen, in fremden Ländern jenseits der Meere. Dubois zeigt ihm, wie man die Nordrichtung mit Hilfe des Polarsterns bestimmen kann und in welcher Richtung Amerika liegt. Ausserdem korrigiert der alte Schulmeister seine Aussprache.

«Französisch schreiben kannst du auch schon? Wie? Nur schlecht? Dann tun wir was dagegen. D'accord?»

So kommt es, dass Jean einmal die Woche im Hause des pensionierten Professors am Stubentisch sitzt, von Madame Dubois zubereitete heisse Schokolade trinkt und mit ungelenken Fingern «La Suisse est un beau pays» oder «Vois-tu cette maison?» schreibt. Der Professor zeigt Geduld, und Hansi staunt über seine Fortschritte. Er ist ein motivierter Schüler. Eines Tages hockt er sich sogar hin und schreibt einen kurzen Brief nach Hause. Die ersten paar Zeilen auf Französisch: «Mon cher père, ma chère mère …» Er schreibt, dass es ihm gut gehe und dass er fleissig spare, damit der Vater bald eine vierte Kuh kaufen könne. Er unterschreibt mit «Votre fidèle Jean». Der Vater geht mit dem Brief zum Krämer, der einst im Welschen gearbeitet hat. Der Krämer sorgt für weitere Verbreitung.

«Der Hansi heisst jetzt Jean», sagen die Leute. Sie sprechen es aus wie Schang. Einige machen aus dem *fidèle Jean* halb spöttisch, halb bewundernd einen *fidelen Schang.*

An einem Nachmittag in den Weihnachtstagen sieht dieser Frau Borel mit Michèle zur Tür hereinkommen. Leider setzen sie sich an einen Tisch, der seinem Kollegen zugeteilt ist. Mit Stielaugen wie ein Chamäleon irrlichtert er durchs Café, streicht da und dort eine Tischdecke glatt, bis ihn Frau Borel heranwinkt. «Kennst du den Ansi noch, der uns damals in Aarau das Gepäck zum Wagen gebracht hat?», fragt sie Michèle.

Diese schaut ihn kurz an, schüttelt dann etwas gelangweilt den Kopf. Hansi alias Jean spürt schmerzlich, dass die Zuneigung einseitig und die Distanz zwischen einem Piccolo und einem Mädchen, das ein vornehmes Institut besucht, gross ist.

Blöde, eingebildete Kuh, denkt er. Kuh? «Die Kuh, die mein Vater mit meinem gesparten Geld kaufen wird, muss Michèle heissen!», murmelt er leise vor sich hin, als er zu seinen Tischen zurückkehrt. Beim Gedanken daran wird ihm merklich leichter ums Herz.

Immer wieder dieser Garibaldi

1870 – 1871

«Les hommes sont fous», seufzt an einem Juliabend im Jahre 1870 Professor Dubois, als er im *Café des Alpes* sein *verre de rouge* bestellt. Es herrscht Krieg zwischen Frankreich und Preussen mit seinen Verbündeten. «Kommst du morgen wieder zu mir, Jean? Morgen gehts nicht? Dann also nächste Woche.» Als ihm Jean den Wein bringt, hält ihn Dubois zurück, kommt auf König Wilhelm und Bismarck zu reden und Kaiser Napoleon und die Emserdepesche. «Der Bundesrat hat Truppen aufgeboten, fünf Divisionen, und euren Aargauer Obersten Herzog zum General gewählt.»

Jean merkt gar nicht mehr, dass ihm Dubois all dies auf Französisch berichtet, so vertraut ist er in den bald zwei Jahren in Neuchâtel mit der Sprache geworden. Auch schriftlich kann er sich jetzt gut und ziemlich fehlerfrei ausdrücken. Gläser und Teller lässt er schon lange nicht mehr fallen, und schon nach wenigen Augenblicken kann er neue Gäste den Kategorien *bonne main* oder *pauvre main* zuteilen.

Voller Selbstvertrauen bewirbt er sich einige Monate später, als er von einem Kollegen vernimmt, dass das *Hôtel des Bergues* in Genf Kellner suche. Vorsichtshalber lässt er seine Bewerbung von Professeur Dubois durchsehen. Schon lange ist er nicht mehr so gespannt gewesen wie vor dem Öffnen des Antwortbriefes. Hurra, er bekommt seine Stelle! Als Garçon. Adieu Piccolo! Wie ein grosser Herr feiert er mit seinen Kollegen nach Arbeitsschluss. Und büsst es am andern Morgen fürchterlich.

Bevor er im Frühling 1871 nach Genf zieht, besucht er seine alte Heimat.

«Jesses, der Hansi ist da!» Man erkennt ihn kaum mehr. Er trägt ein Gilet, an dem eine Uhrkette hängt. Den Kopf muss er einziehen, als er durch die Tür in das dunkle Haus tritt. Einerseits freut er sich, Vater und Mutter und die sechs Geschwister und Grossmutter und Onkel wieder zu sehen. Anderseits bedrücken ihn die Armut und die Enge unter dem tief hinabhängenden Strohdach, das Sonne, Licht und Wärme von Stube und Kammern fernhält.

Er bringt einen grossen Henkelkorb voller Esswaren mit, die ihm der Chefkoch zum Abschied geschenkt hat: Saucisson neuchâtelois, Käse, einige Flaschen Wein, Schokolade vom Chocolatier Suchard. Und richtigen Kaffee. Mutter Rosa kocht ein Festmahl.

Nach dem Essen zaubert Hansi drei dicke Zigarren hervor. Onkel Jakob zieht seine genüsslich unter der Nase durch. «Ah, noch um einiges besser als die Stinkadores, die wir einst in Neapel pafften.»

Vater Emil ist zögerlich. Er raucht dann und wann ein Pfeifchen. Schliesslich gelingt es ihm, die Zigarre in Brand zu stecken. Auch die sechs Geschwister dürfen einen oder zwei Züge versuchen. Benjamin, der Jüngste, übertreibt und schleicht sich mit weissem Gesicht zur Tür hinaus.

Hansi erzählt von Neuchâtel und macht alles etwas grösser und schöner. Vater und Mutter und Onkel Jakob und die Geschwister schildern lautstark miteinander und durcheinander die Einquartierung der Bourbaki-Soldaten im Januar.

«Schmieds Samuel hat eine Flasche Wein gewonnen, weil er zwei Franzosen miteinander über den Lindenplatz getragen hat.»

«Beim Küfer Peter war sogar ein Mohr mit roten Hosen, und die Gäule haben einander die Schwänze abgefressen, so hungrig waren sie!»

«Lausige Kerle sind das gewesen, keine Krieger. Wenn ich daran denke, wie wir damals gegen Garibaldi kämpften. Wie eine Wildsau im …»

«… im Rübenfeld. Jaja. Trotzdem habt ihr auf den Ranzen bekommen», stichelt der Vater.

«Aber nur, weil der König, dieser Hosenscheisser, nach Gaeta abgehauen ist. Und den Garibaldi könnte ich vierteilen mit blossen Händen, diesen gottverd…»

«Jessesgottumpfatter, versündige dich nicht, Bub», mahnt Grossmutter Barbara und hebt warnend den mageren Finger. «Kinder Gottes sind wir beide, auch die Mohren und der Heide.»

«… maledetta faccia di culo», murmelt Jakob vor sich hin und reibt sich das schmerzende Bein. Wir wissen bereits, dass die Grossmutter nicht Italienisch versteht.

«Mich dauerten die armen Franzosen», wirft Mutter Rosa ein. «Einer hustete sich zu Tode und schrie immer wieder ‹Maman›.» Die Stimmung um den Tisch bleibt für eine Weile gedämpft. Selbst Onkel Jakob hält den Mund. Beim Kaffee und einem Schluck Absinth, den Hansi aus Neuchâtel mitgebracht hat, werden sie wieder gesprächiger. Erst recht, als er einen dicken ledernen Zugbeutel öffnet und den Inhalt auf den Tisch leert.

«Dreihundertzwanzig Franken sind es. Dafür kaufst du eine vierte Kuh», sagt er stolz zum Vater. «Aber die Kuh muss Michèle heissen.»

«Wieso gerade Michèle?»

«Einer geschenkten Kuh schaut man nicht ins Maul», sagt Onkel Jakob und zwinkert Hansi zu.

Anderntags besucht er den Lehrer und den Pfarrer. Beide staunen, dass er es mit seinem mageren Schulsack so weit gebracht hat. Der Pfarrer war schon einmal in Neuchâtel, und der Lehrer nimmt sich vor, die Stadt im Sommer zu besuchen. Noch mehr staunt der Krämer, als er Hansi respektive Jean munter auf Französisch begrüsst. Der konnte ja welschen wie ein geborener Franzose.

Als er eines Abends nach Scheiwil wandert, um sich die Ziegelei, seine einstige Arbeitsstätte, anzusehen, trifft er auf Nachbars Meieli. Sie hat beim Krämerstein gewartet. Meieli schmiegt sich an ihn, so dass er spürt, dass sie nicht mehr das kleine Meieli ist. Ausserdem riecht sie nach Stall.

«Weisst du noch, damals in der Scheune?» Sie lacht verschämt. «Als du mir junge Katzen zeigen wolltest?»

«Katzen? Was ...? Was soll ich mit Katzen?» Hansi ist nicht ganz bei der Sache. Auch wenn er die neue Kuh Michèle taufen will, kommt ihm die zweibeinige schlanke Michèle in den Sinn und in die Quere.

«Hast du einen Schatz im Welschland?» Frauen sind gmerkig.

«Nein, dazu habe ich keine Zeit.» Hansi ist kurz angebunden, und der Abend verläuft nicht zur Zufriedenheit von Meieli. Zu beichten gibts hinterher gar nichts.

Eine Woche später reist Hansi ab. Eltern und Geschwister geben ihm das Geleit bis zur Postkutsche. Sogar Onkel Jakob mit dem steifen Bein hinkt hinterher. «Wenn dieser dreimal verfluchte Garibaldi nach Genf kommt, sag ihm einen schönen Gruss von mir und hau ihm mit der Bratpfanne den Schädel ein.» Und da Grossmutter nicht mitgekommen ist, fügt er herzhaft hinzu: «Diesem gottverdammten Glünggi!»

Der Schah von Persien reist mit Harem

1871 – 1874

Über 80 Millionäre leben in Genf, mit 40 000 Einwohnern die grösste Stadt der Schweiz. Eine «schöne Sicht auf die Alpen» und «viele Zeitungen» verspricht das *Hôtel des Bergues* den Gästen. Der neue Garçon Hansi respektive wieder Jean lebt sich schnell ein. Nach wenigen Tagen fühlt er sich im mächtigen neoklassizistischen Bau wie daheim.

Kaiserliche und königliche und gewöhnliche Hoheiten steigen hier ab. Manche stapeln hoch, manche tief, manche sind knauserig, andere spendabel. So wie Naser ed-Din Schah, der Herrscher von Persien, der 1873 Europa bereist. Mehr als ein ganzes Stockwerk habe er gemietet, schreibt Jean nach Hause. Und mit einem halben Dutzend Frauen sei er angerückt und etwa zwanzig Dienern und Köchen. Sagenhafte hundert Franken Trinkgeld erhält Jean.

All dies vernehmen die Freienberger von Onkel Jakob, der täglich im Rössli am Stammtisch zu finden ist. Wir wissen: Er kann wegen seines steifen Beins nicht richtig arbeiten. Hansis Vater behauptet zwar, der faule Chaib sei froh darüber, so habe er immer eine Ausrede parat. Jakobs Erlebnisse als Söldner in Süditalien bilden eine unerschöpfliche Fundgrube an Anekdoten, die sich von selbst verästeln und stetig weiterwachsen. Allerdings hat er in Moosbauer Karli einen Konkurrenten. Dessen Grossvater ist 1812 an der Beresina dabei gewesen und hat angeblich Napoleon auf dem Araberschimmel gesehen. Und die Stiefel habe man den Erfrorenen samt den Beinen abgeschnitten, um sie dann am Feuer aufzutauen. Der Stammtisch kennt die Geschichten längst auswendig.

Deshalb ist man froh über die Neuigkeiten aus Genf. «Der Schah hat ihm sogar auf die Schultern geklopft und gesagt, Schang, du bist ein Siebensiech!», behauptet Jakob kühn. Er ist stolz auf seinen Neffen, befördert ihn sozusagen zu einem Vertrauten des persischen Herrschers. «Und dann der Harem!» Jakob hilft mit der ihm eigenen üppigen Fantasie nach und vergleicht den Herrscher mit einem fetten Güggel inmitten seiner Hühnerschar: «Der steht wenigstens ehrlich zu seiner Vielweiberei, nicht wie der König von Neapel, dieser Hosenscheisser.»

«Also, mir genügt eine», sagt der alte Mattenbauer. Anders der Rentier Meier, der viel in der Schweiz herumgekommen ist und sogar in Paris war. Wenn es sein müsste, würde er schon mal die Rolle als kaiserlicher Güggel übernehmen, meint er.

«Zum Krähen auf dem Miststock könnte man dich noch brauchen», spottet der Mattenbauer. «Höchstens.» Dann wechseln sie das Thema. Gestern ist Plazis Sau entwichen und hat den Pfarrgarten verwüstet. Und vorgestern hat der Blitz in die Pappel neben der Spenglerhütte eingeschlagen. Zum Glück geriet das Strohdach nicht in Brand, aber Krummhölzers Bethli hat dabei einen Hörsturz erlitten und der Bernhardiner Bäri blieb tot liegen. Sein Bauchfett will Spenglers Vrene auslassen. Ein Löffelchen Hundsfett ist das beste Mittel gegen Lungenkrankheiten.

Einige Wochen später steigt der ehemalige französische Präsident Adolphe Thiers im *Hôtel des Bergues* ab. Auch von ihm erhält Schang ein fürstliches Trinkgeld, wie Onkel Jakob am Stammtisch berichtet. Thiers' Rolle nach dem Deutsch-Französischen Krieg und das Massaker beim Aufstand der Pariser Kommune werden aufgewärmt. Jeder ist politischer Experte. Dem Moosbauer Karli gelingt es sogar, seinen Beresina-Grossvater einzubauen, und Onkel Jakob doppelt mit dem gottverdammten Glünggi Garibaldi nach.

Genf ist eine wunderbare Stadt. Kein Zweifel. Und das *Hôtel des Bergues* ein wunderbares Etablissement, mit interessanten Gästen aus aller Welt. Und dennoch: Wenn Jean über den nahe gelegenen Pont du Mont-Blanc geht, bleibt er oft stehen und lehnt sich ans Geländer, kommt ins Träumen. Mit dem Wasser der Rhone hinunter bis ans Mittelmeer fahren, nach Marseille, der gewaltigen Hafenstadt mit ihren 300 000 Einwohnern. Eigentlich hindert ihn ja nichts daran. Neunzehn Jahre alt ist er jetzt, braucht auf niemanden Rücksicht zu nehmen, hat einen Beruf, der ihm überall Tor und Türen öffnen kann.

Im Herbst 1873 kündigt er, packt sein Köfferchen und setzt sich in den Zug.

Marseille. Durch die Kolonialisierung Afrikas und Indochinas sowie die Eröffnung des Suezkanals im Jahre 1869 ist es zum grössten Hafen Frankreichs geworden. Baumwolle aus Indien und Ägypten, Holz aus Kanada, Wein aus Spanien, Tee und Seide aus China, Erdöl aus den sich vom Sezessionskrieg langsam erholenden Vereinigten Staaten. Jean kann sich am Hafenleben nicht sattsehen. Ein Wald von Masten, Rahen und flatternden Wimpeln, dazwischen rauchende Kamine der Dampfer. Der Kohlengeruch erinnert ihn an seine erste Eisenbahnfahrt von Aarau nach Olten. Im Vieux Port ein buntes Gedränge von Handkarren und Pferdewagen, Lastenträgern, Zöllnern und Tagedieben und hoch darüber die Kirche Notre-Dame-de-la-Garde mit der gewaltigen vergoldeten Marienstatue.

Ganz anders die hinter dem Vieux Port sich erstreckende Cannebière, die eleganteste Strasse der Stadt. Reichtum, Luxus, Raffinesse. Gerne schlendert Jean, der schon nach wenigen Tagen eine Stelle im *Grand Café de la Poste* gefunden hat, an den Auslagen vorbei, um sich dann in einer Nebengasse, wo es billiger ist, ein Glas zu gönnen. Ein kleines Lokal mit dem Namen *Ange Rouge* hat es ihm besonders angetan, denn hier bedient jeweils am Morgen, wenn die Männer noch nüchtern sind, eine junge Frau. Ninette ist sehr hübsch, und wenn sie lacht, hat sie Grübchen in den Wangen.

Der kräftig gebaute Schweizer Garçon gefällt ihr. Sie gehen miteinander zuerst sittsam spazieren. Im Laufe der Wochen tritt die Sittsamkeit eher in den Hintergrund. Sie erzählt ihm, dass ihre Eltern einen kleinen Gasthof bei Arles führten, aber wegen einer Krankheit der Mutter in finanzielle Schwierigkeiten geraten seien. Ihre Ersparnisse gebe sie regelmässig ab. Aber gerade jetzt fehlten 200 Francs, um die Hauszinsen bezahlen zu können. Spätestens in einem Monat habe er sein Geld wieder. Auf Ehr und Seligkeit. 200 Francs sind viel Geld.

Genau genommen alles, was Jean bis jetzt auf die Seite gelegt hat. So viel hat die kluge Ninette aus ihm herausgebracht. Jean hilft aus. Ninette zeigt sich besonders entgegenkommend.

Liebe im Herzen und Stroh in den Schuhen gucken überall heraus. Jeans Kollegen wissen bald von seinem Glück, das sozusagen vollkommen wäre, wenn nicht der Premier Garçon, der Oberkellner, hämisch grinsen würde, als er davon hört. «So, hat sie dich erwischt? Die 200 Francs kannst du dir abschminken. Diese Ninette ist ein raffiniertes Ding. Aber wenigstens, wie du sagst, ein sehr hübsches.»

Jean wartet ab, will es nicht glauben. Ein Monat geht vorbei, zwei Monate, drei. Er stellt Ninette zur Rede, schimpft, droht und gibt dann klein bei, als sie ihm den Himmel auf Erden öffnet.

Dennoch: Die nächste Kuh, Nummer fünf in seines Vaters Stall, wird Ninette heissen. Bis es so weit ist, muss Jean allerdings wieder tüchtig sparen.

Ein Tritt ins Hundehäufchen mit überraschenden Folgen

1874 – 1877

Der Stammtisch ist ein Treffpunkt für Männer. Das ist ein ungeschriebenes Gesetz und gilt auch im Rössli. Aber nur an sechs Tagen. Jeden Mittwochabend hockt sich die Koch Marei, eine entfernte Base von Schang, an den runden Tisch mit dem geschnitzten Luzerner Löwen auf dem grossen Aschenbecher, bestellt ihren Dreier Roten und zündet sich einen Stumpen an. Sie heisst eigentlich Maria, aber man nennt sie nur die Marei. Hinter vorgehaltener Hand manchmal auch *die erfrorene Marei.* Sie ist Witwe, geht gegen die sechzig und handelt mit Strohgeflecht. Eigentlich ist sie es gewesen, die die Strohflechterei in Freienberg eingeführt hat. Als sie gesehen hatte, wie in Nachbargemeinden damit ein schöner Zustupf verdient wurde, wollte sie dieses Batzebrünneli, wie sie es nannte, auch in Freienberg anzapfen. Als junge Frau hatte sie in Lyon ein eigenes Verkaufs-Comptoir eröffnet und Frankreich und Spanien und sogar England bereist.

Wenns sein muss, hilft sie auch beim Jassen aus und bleibt keinem was schuldig, weder im Spiel noch mit dem Mund. Wenn die Marei da ist, halten sich Onkel Jakob und der Moosbauer Karli zurück. Sie kennt die Welt, spricht drei Sprachen, liest Bücher und hat die Neue Zürcher Zeitung abonniert. Sie geht zwar sonntags zur Kirche und betet auch den Rosenkranz mit, wenn sie abends eine der Bauernstuben aufsucht, wo geflochten wird. Anderseits wettert sie unbekümmert gegen kirchliche Lehrmeinungen, die ihr nicht in den Kram passen. Wenn der Heiland mit Leib und Seele in den Himmel aufgefahren wäre, so wäre er spätestens in

10 000 Metern Höhe erfroren, hat sie einmal behauptet. Flugs erhielt sie den Übernamen *die erfrorene Marei.*

Onkel Jakob hat Neuigkeiten. «Der Schang hat in einer Villa am Mittelmeer bei einem Essen ausgeholfen und einen weltberühmten Dichter bedient. Einen Jules Ferne oder so ähnlich. Behauptet in einem Buch, man könne in 80 Tagen um die Welt reisen.»

«Nicht ‹Ferne›, sondern Verne, Jules Verne», korrigiert die Marei und zieht an ihrem Stumpen. «Und sein Roman heisst ‹Le Tour du monde en quatre-vingts jours› – ‹Die Reise um die Erde in 80 Tagen›.»

«Der Schang reist auch bald ein Stück um die Erde. Er geht nach Russland.»

Russland? Der Moosbauer Karli wittert Morgenluft. Da wird sein Beresina-Grossvater wieder gefragt sein.

Eigentlich ist ein Hundehäufchen schuld, dass Jean ins Zarenreich reist. Der Mistral stürmte und bog die Bäume, Ninette hatte Migräne und *les Anglais* – ihre Tage. Beide waren gereizt und stritten wie ein altes Ehepaar. Nicht das erste Mal. Dann aber trat Ninette in ein banales Hundehäufchen. Die Auswirkungen waren dramatisch, vergleichbar mit dem berühmten Schmetterlingseffekt, bei dem ein einziger Flügelschlag einen Tornado auslösen könne. Jean machte ihr Vorwürfe, sie solle gefälligst zwischendurch auf den Boden schauen. Ninette verbat sich seine Belehrungen und brach in Tränen aus. Im Übrigen habe er einen Schmutzfleck auf seiner Hose. Der sei von einem Vogeldreck auf der Bank und immerhin weniger schlimm als ein Hundsdreck an den Schuhen, gab Jean bissig zur Antwort. Er könne ja zu einer andern gehen, wenn er wolle, bekam er zu hören. Ach so? Damit sie ungestört im *Ange Rouge* mit diesem figulanten Typen von gestern Abend weiter scharwenzeln könne? Diesem Hochstapler mit gepumpter Sonntagshose? Ein vornehmer Herr mit Geld sei das, keifte Ninette zurück.

In der Täubi schwor Jean, er werde Ninette und überhaupt ganz Marseille den Rücken kehren. Und lieber heute als morgen.

Zufällig erzählte ihm eben an jenem Abend der Bündner Zuckerbäcker Luigi von Tumasch Michael, einem alten Bekannten seines Vaters. Dieser sei einst am Hofe des Zaren in St. Petersburg Confiseur gewesen, habe dann einer Hofdame nachgestellt und sei darauf entlassen worden. Jetzt lebe er mit seiner Familie an der Wolga in Nischni Nowgorod und besitze eine Konditorei mit einem grossen Speiserestaurant. Er suche einen zuverlässigen Schweizer Oberkellner.

«Gib mir seine Adresse!»

Jean, immer noch wütend, schrieb sogleich nach Russland und erhielt schon zwei Wochen später die Zusage.

Adieu Marseille. Adieu *Grand Café de la Poste*. Adieu Ninette. Ganz leicht fällt Jean der Abschied nicht. Die grosse Täubi ist längst verflogen. Als er aber im Zug nach Norden sitzt, freut er sich auf das neue Land und die neue Aufgabe. Er nimmt sich vor, Russisch zu lernen. Über Wien und Warschau fährt er nach St. Petersburg, von dort nach Moskau und kommt nach weiteren 48 Stunden Fahrt in die Handelsstadt Nischni Nowgorod.

Es ist ein vornehmes Geschäft. Torten, Schokolade, Marzipan, aber auch Liköre und Limonaden locken die Kunden. Sogar Zar Alexander II. gehört dazu, als er Nischni Nowgorod besucht. Er bestellt 60 Bonbonnieren, und Jean darf ihm und der Zarin eine heisse Schokolade servieren.

Die gute Gesellschaft spricht französisch. Jean versteht es aber in kurzer Zeit, sich auch auf Russisch zu unterhalten, und nennt sich dann Iwan. Er mit seiner mageren Schuldbildung lernt sogar die russische Schrift und übt sich an der Speisekarte. Seine Arbeit in Nischni Nowgorod gefällt ihm, und die Gäste schätzen den diskreten Oberkellner mit den guten Manieren.

Der Winter gefällt Jean weniger. Die Kälte beisst, und wenn der eisige Wind durch die Strassen der Stadt pfeift, denkt er mit etwas Wehmut an das sonnige Marseille zurück. Da ist allerdings noch die sechzehnjährige Tochter des Patrons, die hübsche Olga. Manchmal träumt er vor sich hin, wie das wäre, wenn er die Olga heiraten und einst den ganzen Betrieb übernehmen würde. Seine bisherigen Erfahrungen lassen ihn aber auf dem Boden bleiben. Er will nicht wieder für eine Kuh – mit Namen Olga – in Vaters Stall sparen müssen.

Aber wieder an die südliche Wärme will er. So packt er nach etwas mehr als einem Jahr, im Herbst 1877, seinen Koffer und setzt sich in den Zug nach Mütterchen Moskau.

Das Läutwerk schlägt zum dritten Mal, die Dampflokomotive zieht an. In einer grossen Tasche hat Jean Kopfkissen, Kerzenhalter und Handtuch mit Seife dabei. Er reist vornehm in der zweiten Klasse, trägt eine Pelzmütze und gibt dem Schaffner, der in Pluderhosen und hohen Stiefeln seinen Schlafplatz herrichtet, ein grosszügiges Trinkgeld. Hat er nicht vor kurzem noch den Zaren bedient?

Weltstadt Marseille oder Dorfbeiz?

1877 – 1878

Die Rückkehr nach Marseille ist für Jean fast wie eine Reise nach Hause. Er wird im *Grand Café de la Poste* herzlich willkommen geheissen. Einen Kellner, der nicht nur Deutsch, sondern auch etwas Russisch spricht, kann man in Marseille immer gebrauchen. Erst vier Wochen nach seiner Rückkehr und nach langem innerem Werweissen sucht er den *Ange Rouge* auf. Einfach so, um nachzusehen, ob das Lokal sich verändert habe, redet er sich ein. Ninette wird ja kaum mehr hier arbeiten. Und wenn, dann würde er sie mit kühler Distanz behandeln. Er brauchte sich bloss den Mordskrach von damals oder die Kuh Nummer fünf in Erinnerung zu rufen.

Pech gehabt. Ninette arbeitet immer noch im *Ange Rouge*. Ihre blauen Augen lächeln hübsch und siegesgewiss. Ein interessanter Bursche, dieser Jean, der in Nowgorod schon einmal den Zaren bedient hat, wie sie bald einmal weiss. Nach zwei Wochen hat Ninette die Festung zurückerobert. Jean schimpft hinterher mit sich selbst, geht auf Distanz und kapituliert bereits wieder am Wochenende. Und so fort. So kann das nicht weitergehen, denkt er. In dieser Beziehung denkt Ninette ausnahmsweise gleich.

Kurz darauf stirbt Ninettes Mutter, die schon lange kränklich gewesen ist. Ihr Vater erwartet, dass Ninette unverzüglich in den elterlichen Betrieb bei Arles zurückkehrt.

Ninette denkt praktisch. Wie wäre es, wenn Jean und sie heiraten würden?

Heiraten?

Ja, und mit ihr zusammen die *Fleur de Lisse* weiterführen?

Jean tut sich schwer mit der Idee. Er bittet sich Bedenkzeit aus, hirnt Tag und Nacht, fühlt sich hin- und hergerissen. Malt sich die schönen Seiten aus und dann die weniger schönen und ist am Ende auch nicht klüger.

Da hilft das Schicksal respektive der Patron des *Grand Café de la Poste* etwas nach. Er offeriert dem erst gut Dreiundzwanzigjährigen die Stelle eines Premier Garçon. Auf einem Spaziergang durch den Hafen geht Jean das Für und Wider durch. Hier die Weltstadt Marseille und er Chef einer ganzen Reihe von schwarz befrackten Kellnern, dort die ländliche Beiz mit einem künftigen Schwiegervater, den er noch gar nicht kennt, der vielleicht ein Knurrhahn ist und mit dem er zweimal die Woche Boule spielen muss. Und all dies schon mit dreiundzwanzig Jahren. Sein Blick fällt auf die Schornsteine der Dampfer aus aller Herren Länder, er riecht den Rauch und hört das Singen in den Wanten der grossen Segler. Weit weg, jenseits des Meeres, locken Afrika und Asien. Nein, er ist noch nicht reif für Haus und Herd in der Provinz.

Auch ein letzter liebevoller und tränenreicher Versuch Ninettes kann ihn nicht umstimmen. Er schwört aber laut, dass er ihre hübschen blauen Augen und die Grübchen in den Wangen so bald wie möglich besuchen werde. Im Stillen beschliesst er, dass er das nie und nimmer tun wird. Um sein schlechtes Gewissen zu beruhigen, übergibt er ihr fünfzig Francs. Für Investitionen.

Der Frühling meldet sich mit seinen blühenden Mandelbäumen, dem duftenden Rosmarin und den bunten Farbtupfern der Orangen und Zitronen. Jean fühlt sich wohl in seiner neuen Rolle als Chef. Er leistet sich sogar ein eigenes Zimmer ausserhalb des Cafés, an der Rue Colbert, in der Nähe des Büros der P&O-Schifffahrtslinie. Vornehme Reisende gehen da aus und ein, und oft bleibt er stehen, um die Aushänge für Reisen in die weite Welt zu bestaunen. Auf einem Dampfer einmal nach Indien oder Ceylon reisen – das wäre etwas!

Am 1. September 1878 ist es ein halbes Jahr her, seit Jean befördert worden ist. Er nimmt sich einen freien Nachmittag und beschliesst, wie ein feiner Herr im *Restaurant du Commerce,* das sich in der Nähe seines Zimmers befindet, zu soupieren. Er hat sich dafür sogar einen neuen Hut gekauft, eine Melone, und ein elegantes Stöckchen mit einem Griff aus Elfenbein.

Träumend schlendert er durch die Rue Noailles und verweilt einige Minuten vor der Agence de Voyages Th. Cook & Son. Er bestaunt die Bilder von eleganten Speisewagen der Ägyptischen Staatsbahnen und von Dampfern des Norddeutschen Lloyd, die nach Spitzbergen oder Amerika fahren. Gut gelaunt wirft er das Stöckchen ein paar Mal von einer Hand in die andere und pfeift den Anfang der Marseillaise. Über die mondäne Rue Cannebière gelangt er zum alten Hafen und spaziert dem Quai du Port entlang, als er zwei kleine Hände auf seinen Augen spürt.

Ninette.

«Ich bin verlobt», sagt sie gleich als Einleitung. «Auch mit einem Jean. Mit Jean Marais. In sechs Wochen werde ich heiraten.» Sie seufzt, aber nur ganz leise. Jedenfalls glaubt unser Jean, ein kleines Seufzerlein gehört zu haben. Der neue Jean werde einmal die *Fleur de Lisse* übernehmen. «Ich bin nur nach Marseille gekommen, um noch einmal meine Freundin Catherine zu besuchen.» Die Freundin sei aber weggezogen, und jetzt wisse sie noch nicht, wo sie die Nacht verbringen werde. Wieder glaubt Jean, ein Seufzerlein gehört zu haben.

Sie steigen zusammen zur Kathedrale hinauf und beschauen sich den Hafenbetrieb im Bassin de la Joliette, wo die grossen Passagierschiffe anlegen. Ninette setzt sich auf ein Mäuerchen, schlüpft aus den Schuhen, zieht den langen Rock wie beiläufig bis unter die Knie hinauf und lässt den unteren Teil ihrer hübschen Beine mit der warmen Abendsonne spielen. «Sodom und Gomorrha!», entrüstet sich eine vorübergehende Frau am Arm ihres Ehemannes. Der brummt etwas Unverständliches unter seinem Zylinder und dreht sich so oft nach Sodom und Gomorrha um, bis ihn die Gemahlin energisch am Arm wegreisst. Ninettes blaue Augen treffen sich mit den braunen von Jean. Bald einmal weiss sie, wo sie die Nacht verbringen wird. Auch wenn sie verlobt ist.

«Wir könnten zusammen soupieren, im *Restaurant du Commerce*», sagt Jean und zieht seine Uhr aus der Westentasche. «Treffen wir uns um sieben vor dem Eingang. Ich muss vorher noch etwas Geschäftliches erledigen.»

Das Geschäftliche besteht darin, dass er die 300 Francs, die er im Zimmer als eiserne Reserve versteckt hat, vorsichtshalber zum Crédit Lyonnais bringt.

Bouillabaisse und Gigot schmecken doppelt so gut, wenn man sich nicht selbst schöpfen muss. Es wird ein schöner Abend, harmonisch, verliebt, auf den nur wenige Stunden Schlaf folgen. Mit Unterbrüchen. «Eigentlich wärst du mir lieber als der neue Jean», behauptet Ninette und kuschelt sich an, damit sie unter der Decke nicht friert, wie sie sagt. Der alte Jean weiss nicht recht, was er darauf antworten soll. Er ist sich nicht einmal mehr sicher, ob das mit der Verlobung auch wahr ist oder bloss ein letzter verzweifelter Versuch, ihn doch noch herumzukriegen. Er schnurrt etwas Unverbindliches. Aber er schnurrt liebevoll.

Der Premier Garçon wird Kammerdiener

1879

Eigentlich ist die russische Sprache daran schuld. Oder eben Ninettes Tritt ins Hundehäufchen, der damals zum Auslöser für das nicht enden wollende Gezänk zwischen den beiden geworden ist und Jean bewogen hat, nach Nischni Nowgorod zu ziehen.

Blättern wir zurück. Wir haben Jean sozusagen in der Hochzeitsnacht mit Ninette verlassen. Allerdings ging es ja nicht um die Hochzeit der beiden zusammen, sondern bloss um jene von Ninette respektive um ihren Abschied vom alten Jean vor ihrer Hochzeit mit dem neuen. Halten wir auch noch fest, dass unser Jean als Hochzeitsgabe Ninette 24 Francs und 50 Centimes schenkte. Mehr war in seinem Zimmer nicht vorhanden. Leider, leider. Und dass Ninette echt betrübt war, zeigten ihre Tränen – nicht weil es bloss 24 Francs und 50 Centimes waren, sondern wegen der Trennung von ihrem alten Jean. Dieser musste wieder einmal schwören, dass er sie bald besuchen werde. Hochzeit hin oder her.

Im *Grand Café de la Poste* trifft man immer wieder auf Herren, die mit dem Schiff aus Ägypten oder von Indien oder vom Schwarzen Meer her gekommen sind. Herren, die es sich leisten können, zum Vergnügen in der Welt herumzureisen. Zu ihnen gehört der vornehm gekleidete Mann, der sich eines Tages an einen freien Tisch setzt. Er zieht ein Büchlein aus der Tasche und legt es neben sich: *Murray's Handbook for Russia, Poland and Finland; including the Crimea, Caucasus, Siberia and Central Asia.* Er schiebt sich einen Kneifer auf die Nase und beginnt im Büchlein zu blättern.

«Tschelowjek!», ruft er laut nach Bedienung.

Jean stutzt einen Moment und fragt darauf auf Russisch nach dem Wunsch des Gastes. Der stutzt seinerseits und lächelt dann freundlich. Wie kleine Pyramiden sitzen buschige Augenbrauen über seinen Augen. Darunter glänzen rote Bäckchen. Er hat eben St. Petersburg und Moskau besucht und ist mit dem Schiff aus Odessa gekommen. Das Reisehandbuch hat in ihm Russland aufleben lassen, weshalb er unwillkürlich die russische Anrede Tschelowjek für Kellner benützt hat. In gebrochenem Französisch mit englischem Akzent bestellt er Tee und fragt, wo Monsieur Jean sein Russisch herhabe. Ein Wort gibt das andere. Jean erzählt von seinem Aufenthalt. Knapp und kurz. Er hat das nötige Fingerspitzengefühl für die Distanz zwischen Kellner und Gast. Und sein Gast weiss um die Wirkung eines grosszügigen Trinkgeldes.

Anderntags sitzt der vornehme Engländer abermals im Café. «Schweizer sind Sie? Und Deutsch sprechen Sie auch? Ich kenne Interlaken und Luzern. Vor drei Jahren bin ich mit der Mountain Railway auf die Rigi gefahren, marvellous! But now, erzählen Sie mir ein bisschen aus Ihrem Leben.» Jean tut das wieder mit gebührender Zurückhaltung. Der Fremde hört interessiert zu, fragt dann und wann nach. Er zieht dabei seine rechte Augenbraue auffällig in die Höhe.

Drei Tage später zeigt er sich erneut und stellt sich vor. James Elliot Preston heisse er und wohne in London. «Ich bin auf der Suche nach einem Kammerdiener, einem Footman. Hätten Sie Lust, nach London zu kommen und in meine Dienste zu treten?», erklärt er kurz und bündig dem Premier Garçon.

London? Englisch lernen wie vorher Französisch und Russisch! Jean braucht keine Bedenkzeit. Gott sei Dank hat er sich seinerzeit von Ninette nicht zum Familienvater überreden lassen.

Drei Wochen macht Jean zu Hause Urlaub, bevor er nach London reist. Er hilft beim Äpfelpflücken und Mosten und freut sich an den vertrauten Herbst-Gerüchen. Der Würmlisaft zeigt allerdings bald durchtreibende Wirkung. Jean hält sich darauf zurück, denn die Toilettenanlage unterscheidet sich wesentlich von jener in einem Grandhotel. Ein kleiner Anbau über dem Güllenloch, darin ein Sitzbrett mit zwei runden Löchern, einem kleinen für die Kinder und einem grossen für die Alten. Die Innentemperatur ist gleich wie die äussere, und tagsüber fällt Licht durch eine kleine herzförmige Öffnung in der Brettertür. Nachts nimmt man ein Ampeli mit, ein kleines Öllämpchen.

In der Stube hingegen leuchtet seit kurzem eine Petrollampe. Stolz führt sie Vater Emil vor. Ein bisschen stolz ist er auch, dass er jetzt ebenfalls zu den sogenannten Strassenbeleuchtern gehört: Abends müssen auf Anordnung des Gemeinderates die Fensterläden einen Spalt offen bleiben, damit etwas Licht auf die sonst stockdunkle Strasse fällt.

Dank dem hellen Licht der Petrollampe lässt es sich viel besser Stroh flechten. Daran beteiligen sich alle, und da Jean hier ist, vergehen die Abende im Nu. Er erzählt von der Riesenstadt Marseille, den gewaltigen Schiffen, den luxuriösen Yachten, von schwarzen Mohren und braunen Arabern, nicht ohne dann und wann ein französisches Wort einzuwerfen. Er seinerseits lernt die Frau seines jüngeren Bruders Toni kennen und vernimmt, dass die Spenglerlisette, die alte Nachbarin, gestorben ist und deren Enkelin ein Mädchen namens Monika zur Welt gebracht hat. Die Spenglerlisette habe sich ein neumodisches Totenbildli gewünscht. Vater Emil holt das Gebetbuch hervor, in das er das

Bild gelegt hat: vorne mit dem Namen und einem Gebet und hinten mit einer aufgeklebten Foto.

Jeans Kühe in Vaters Stall gedeihen, auch die Michèle und die Ninette. Besonders lang streichelt er die Ninette. Was macht sie wohl, die Hübsche? Er hätte nichts dagegen, wenn sie heute bei ihm auf dem Laubsack in der kühlen Kammer schlafen würde.

An Ninette wird er auch erinnert, als ihn die Grossmutter fragt, ob er denn in Marseille sonntags brav in die Kirche gehe und regelmässig beichte. So, nicht immer? Dann wäre es an der Zeit. Gerade vor Kirchweih. Jean macht sich am Samstag auf und kniet wieder einmal in den Beichtstuhl. Statt des verständigen alten Pfarrers Leodegar Melchior Huber sitzt auf der anderen Seite des vergitterten Fensterchens eine Aushilfe. Ein junger, strammer Asket.

Mit einem Frauenzimmer habe er Umgang gehabt, sagt Jean.

Die Aushilfe seufzt hörbar. «Das darf man nicht auf die leichte Schulter nehmen. Nimm dir die Jungfrau Maria als Vorbild! Ich hoffe, dass sie wenigstens nicht verheiratet war?»

Jean schnäuzt sich die Nase, um Zeit zu gewinnen. Gott sei Dank gibt es im Beichtstuhl einen Vorhang, so dass von aussen niemand sehen kann, wie der weltgewandte Jean rot wird. «Nein, sie war noch nicht verheiratet.»

«Noch nicht? Also nicht? Dann ist es weniger schlimm. War es ein käufliches Weib?»

«Ich habe ihr Geld gegeben», bekennt Jean etwas zögerlich. «Etwa 25 Francs.»

«Dann ist es noch weniger schlimm, mein Sohn. Und hast du den Umgang mit ihr abgebrochen?»

«Ja», sagt der Sünder. Wenigstens in diesem Punkt ist eine klare Aussage möglich.

«Das macht deinen Fehltritt nochmals kleiner», belehrt ihn die Aushilfe. «Wie heisst du übrigens, mein Sohn? Hansi Keusch? Also vergiss künftig nicht, dass du Keusch heisst, und lebe danach!»

Ein saudummer Name, denkt Jean. Was würde der Beichtiger wohl sagen, wenn ich Stierli hiesse? Sollte er wieder einmal zur Beichte gehen, will er sich Koch nennen.

Als Busse muss Jean zwei Gesetzlein des Rosenkranzes beten. Ohne die mildernden Umstände wäre es wohl ein ganzer Rosenkranz gewesen, und der würde um etliches länger dauern. Das wäre Jean unangenehm gewesen, denn dann hätten die andern Kirchenbesucher bemerkt, dass er etwas von der gröberen Sorte abzubüssen hätte. Ein launiger Zufall will es, dass ausgerechnet Nachbars Meieli auf der andern Seite in der Beichtbank kniet. Sie ist verheiratet und bereits Mutter von zwei Kindern. Ihre Hände hält sie vor den Kopf wie eine fromme Büsserin, aber Jean hätte geschworen, dass sie durch die Finger blinzle. Die wartet doch bloss noch, um zu schauen, wie lange ich beten muss, denkt er und versucht sich wieder auf sein Gesetzlein zu konzentrieren. Wie viele Gegrüsst-seist-du-Maria hat er bereits gebetet? Drei, vier? Er kann sich nicht konzentrieren, und wo eine Kirche ist, baut der Teufel daneben eine Kapelle. Statt an die Jungfrau Maria denkt er plötzlich an jene letzte Nacht mit Ninette. Und der Statue der heiligen Barbara auf dem Seitenaltar rutscht das lange Gewand bis unter die Brüste hinunter. Er reibt sich die Augen und schüttelt den Kopf. Sind es jetzt erst vier oder schon fünf Gegrüsst-seist-du-Maria?

Aus Jean Keusch wird John Koch, und Jules Verne verliert einen Knopf

1879 – 1881

Natürlich hat Jean in Marseille die grossen Dampfer und Segler bewundert, aber einmal selbst auf einem Riesenschiff aus dem Hafen hinauszufahren und die Leuchttürme vom Meer aus zu sehen, ist schon etwas anderes. Etwas anderes ist es auch, auf einem ächzenden und stampfenden Schiff den Ärmelkanal zu queren, statt den vom Wind gepeitschten Wogen vom sicheren Ufer aus zuzuschauen. Sofern man es erträgt. Jean zählt eine ganze Menge über die Reling gebeugter Bleichgesichter und stellt mit Befriedigung fest, dass er sich pudelwohl fühlt. Viel zu schnell kommen die hohen Kreidefelsen von Dover mit dem Schloss in Sicht. Das Schiff legt am Admirality-Pier an, der aus gewaltigen Granitblöcken aufgebaut ist.

Jean hat sich einen roten Baedeker für London gekauft – das erste Buch in seinem Leben – und darin die Warnung vor Anbiederungsversuchen am Hafen gelesen. Einige aufdringliche Gesellen hat er denn auch abzuwimmeln, die ihm ihre Hilfe auf Französisch und Deutsch anbieten. Englisch kann er noch nicht, aber «Va-t'en, salaud!» oder «Fahr ab, du blööde Chaib!» werden auch verstanden. Suchend geht er dem Zug entlang, bis er ein Coupé mit der Aufschrift Victoria Station entdeckt.

In der Station Brixton im Süden Londons muss er aussteigen. Er wird mit einem rassigen Jagdwagen abgeholt. Der Kutscher heisst Richard, hat ein rotes Gesicht und eine Knollennase und spricht nur Englisch. Er klopft Jean kräftig auf die Schulter. «Welcome!»

Jean klopft ebenso kräftig zurück. «Bonjour, mon ami!» Fachmännisch betrachtet er den Rappen und tätschelt ihm den Hals. Dann setzt er sich zu Richard auf den Bock. Während der Fahrt zeigt dieser mit dem Finger auf dieses und jenes wohlhabende Haus. Jean nickt jeweils und sagt: «Oui, oui, très belle!»

Mr James Elliot Preston, ein reich gewordener Schiffsbroker, wohnt in einer prächtigen Villa. Als Kammerdiener und Butler bekommt Jean ein Zimmer im Erdgeschoss. Die übrigen Bediensteten hausen in einem Nebengebäude über den Stallungen und Wagenremisen. Der Geruch nach Pferden und Leder erinnert Jean an seine erste Stelle im Aarauer Löwen. Schmunzelnd denkt er an Madame Daiger zurück: «Nom de Dieu, mi Häärz esch e bitz faible. Kenne Se meer hälfe ufs Kütschle stiige?»

Jean heisst jetzt auf Wunsch seines neuen Herrn John. Für den Hausgebrauch ändert er bei dieser Gelegenheit auch den ihn seit der letzten Beichte ärgernden und auf Englisch kaum aussprechbaren Namen Keusch in Koch um. An die seidenen roten Kniehosen und den blauen Frack und den Zylinder hat er sich bald gewöhnt und kommt sich ziemlich wichtig vor, wenn er Mr Preston auf seinen Ausfahrten im luxuriösen Zweispänner begleitet. Oft sind sie für Einkäufe unterwegs in der Bondstreet oder der Oxfordstreet. Je nach Witterung folgt noch eine längere Fahrt durch den Hyde Park. Und wenn zufällig Queen Victoria dasselbe tut, fühlt sich John fast als Teil der Weltmacht England, die sich Gebiet um Gebiet in Afrika und Asien einverleibt. Schnell lernt er die neue Sprache und kann sich bald einmal mit seinem Englisch allein in der Weltstadt bewegen.

Mr Preston führt ein gastliches Haus. Besonders interessant

wird es für John, wenn sich die Herren nach dem Essen zu Zigarren und Portwein zurückziehen und redselig werden. Der eine hatte als junger Offizier den Sepoy-Aufstand in Indien erlebt und in letzter Sekunde drei Frauen mit seiner Pistole vor dem wütenden Mob gerettet, ein anderer hat eben die Bank of England besucht, wo täglich 15 000 neue Banknoten gedruckt werden. Ein ergrauter Oberst berichtet vom Marsch über den Khaiber-Pass und von der Ermordung des britischen Gesandten Cavagnari in Kabul. Eigentlich gehts hier zu wie am Stammtisch im Rössli, nur ist die Sprache feiner und die Dimensionen sind etwas grösser, philosophiert John, während er Portwein nachschenkt. Es fehlt bloss Onkel Jakob mit seinem Garibaldi und der Wildsau im Rübenfeld.

Dieser hält unterdessen die Freienberger über das Londoner Leben von Schang alias John auf dem Laufenden. Mit den üblichen Ausschmückungen.

«Als sie mit dem Zweispänner durch den Hyde Park fuhren, hat ihm die Königin Victoria zugenickt», behauptet er kühn.

«Vermutlich eher seinem Herrn, wenn überhaupt.» Der Rentier Meier schüttelt zweifelnd den Kopf.

«Du wirst es ja wissen!», giftelt Jakob zurück. «Schwarz auf weiss hab ichs!»

«Verzapf doch keinen Chabis!»

Die Koch Marei, die vor ihrem Dreier sitzt, den Stumpen in der Hand, wechselt geschickt das Thema. Sie hat in Mailand eine Messe besucht. «Airolo sieht heute ganz anders aus als vor drei Jahren, vor dem grossen Brand anno 77. Die neuen Häuser sind aus Stein, nicht mehr aus Holz, und recht grosszügig gebaut.» Sie zieht am Stumpen und bläst den Rauch zur Petrollampe hinauf. «Übrigens ist Airolo zurzeit die zweitgrösste Gemeinde im Tessin, wegen der Unmenge von Arbeitern für den Gotthardtunnel. Die Mineure leben allerdings in elenden Bretterbuden, zu Hunderten wie Vieh. Auch in Göschenen. Und den armen Teufeln werden erst noch zwei Drittel ihres Lohnes für Kost und Logis abgezogen.»

«Ich hätte Schiss davor, im Tunnel zu arbeiten», gesteht der Moosbauer Karli freimütig. «Hält denn der Berg darüber?»

«Die Baumeister behaupten es jedenfalls. Mich dauern die Kerle, die da jahrelang im Staub und Dreck und in der Hitze ihr Leben riskieren, nur damit wir so schnell wie der Blitz durch die Alpen rasen können. Dutzende von Toten hat es schon gegeben.»

«Wir mussten einst noch zu Fuss über die Berge latschen», wirft Onkel Jakob ein und wischt sich über den mostfeuchten Schnauz. «Bis nach Südlitalien. Wenn ich daran denke, wie der Schang heute bequem und schnell wie ein geölter Blitz in der Welt herumzigeunert. Eben noch in Marseille, dann in Russland, jetzt in London … Wie seinen Hosensack kenne er die Stadt, hat er geschrieben.»

Der Vergleich mit dem Hosensack ist zwar etwas übertrieben. Tatsächlich aber ist John die grösste Stadt der Erde bald so vertraut wie einst Marseille. Die weite Mall, die sich zum Buckingham-Palast hinzieht und wo Truppen in roten Uniformen paradieren, Westminster, das British Museum oder Madame Tussauds Wachsfigurenkabinett. «Besuch am besten abends bei Gasbeleuchtung», liest er im Baedeker, in dem er säuberlich notiert, was er sich angeschaut hat. Von einem Officer und zwei Polizisten begleitet macht er mit Mr Preston einen nächtlichen Spaziergang durch die

Armenviertel. John denkt zurück an das Armenhaus in Freienberg und vergleicht. Ein elendes Leben zwar an beiden Orten, aber in Freienberg gibt es immerhin genug zu essen und einen Laubsack als Bett für die meist unehelichen Kinder. Aber was er hier sieht, wie Tausende in Schmutz und Elend und oft auf der Strasse dahinvegetieren, manchmal verhungern oder erfrieren, übersteigt sein Vorstellungsvermögen.

Was für ein Gegensatz zu den grossen Pferderennen, dem Epson Derby oder dem Royal Ascot! Königliche Equipagen, teure Kleider und bunte Hüte, überquellende Picknick-Körbe und Champagner im Überfluss, Musik, Lebensfreude. Auf ebenso viel Luxus trifft er bei den Opernbesuchen, wo er jeweils hinter seinem Herrn in der Loge sitzen muss. Dicke und dünne halbnackte Damen, Edelsteine und Gold an weissen Hälsen und Ordensbänder an bunten Uniformröcken. Er tut sich allerdings schwer mit der Musik und den auf der Bühne herumschreienden Sängern, von denen er kein Wort versteht. Da ists doch zu Hause im Rösslisaal anders, wenn der Musikverein Schnurrantia aufspielt und es danach noch ein Komisches gibt mit dem Munipeter in der Hauptrolle. Auch wenn dieser den Text nie auf Anhieb kann und die Souffleuse ihm aus ihrem mit einer Kerze beleuchteten Kasten den nächsten Satz laut zurufen muss.

Den Sommer verbringt man am Meer, in Brighton, wo Mr Preston ebenfalls eine Villa besitzt. Und ausserdem eine Dampfyacht mit einer Maschine, die sagenhafte 25 PS liefert. Man unternimmt Fahrten nach dem europäischen Festland oder entlang der englischen Küste. John ist jeweils nicht nur Butler, sondern auch Schiffskoch. Anfang Juni 1881 haben sie in Deal angelegt, einige Meilen nördlich von Dover. Eine wohl 30 Meter lange Privatyacht, die den Namen Saint-Michel trägt, dampft langsam heran und macht hinter ihnen fest.

Ein bärtiger Herr kommt über das Fallreep herunter, das linke Auge leicht zugekniffen. John stutzt. Das ist doch der erfolgreiche Schriftsteller Jules Verne, den er einst in einer Villa in Cap d'Antibes als Aushilfskellner bedient hat. Er erzählt es Mr Preston. Dieser kennt Mr Verne zwar nicht. Erstens liest er keine Romane und zweitens ist es bloss ein Franzose. Aber er besitzt eine ansehnliche Yacht und scheint berühmt zu sein. Man kann ihn also mit gutem Gewissen zu einem Ankertrunk einladen.

Gegen Abend kommen Jules Verne und sein Bruder Paul herüber. Im kleinen Salon im Heck serviert John Champagner. Ausserdem hilft er dann und wann als Dolmetscher aus und näht Jules Verne geschickt einen Knopf am Jackett an. «Wir mussten schon als Kinder zu Hause Stroh flechten. Meine Finger sind geübt», sagt John, als Verne seine Geschicklichkeit rühmt.

Zigarren werden geraucht, Yachten verglichen und gemachte Reisen geschildert. Die Vernes erzählen von ihrer Fahrt nach Gibraltar und Tanger und von ihrer Absicht, nach Rotterdam und Wilhelmshaven zu dampfen. Und dass sich bei ihnen ein gewisser Harry Thomas Pearkop gemeldet hat, der gemäss seiner Karte *Pilot for the Channel and the North sea* ist und sich als Lotse aufdrängen will.

«Er hat uns zahllose Zeugnisse in verschiedensten Sprachen unter die Nase gehalten, russisch, dänisch, deutsch. Nur können wir sie nicht lesen», sagt Paul Verne etwas ratlos und unschlüssig.

«Fragen Sie meinen Diener John. Der kennt eine Menge Sprachen, war auch in Russland.»

John ist gerne bereit und schafft mit etwas Fantasie und Kombinieren auch eine passable Übersetzung des russischen Textes.

«Sie hätten einen idealen Passepartout abgegeben», meint Verne anerkennend und schmunzelnd.

«Passepartout?» John kennt den Namen nicht.

«So heisst der Diener in meinem Roman *Le Tour du monde en quatre-vingts jours.* Ich werde Ihnen zum Dank für Ihre Dienste ein Exemplar hinüberschicken.»

Pour John, mon Passepartout suisse! schreibt Verne auf die Titelseite.

Jean, Jean und Jean

1881–1883

Neben dem Baedeker England ist dies das zweite Buch, das John besitzt. Zu Hause in Freienberg gabs bloss die Familienbibel, einige zerlesene Exemplare der Gartenlaube und jedes Jahr den Freienberger Kalender. Und dieses zweite Buch ist erst noch französisch geschrieben. Zwar versteht John einige Ausdrücke nicht, aber die Handlung läuft so spannend ab, dass er mit Vergnügen und zügig im Buch liest. Sein einstiger Lehrer Fridolin Geissmann hätte seine helle Freude daran.

Die Ausgabe trägt den Obertitel *Voyages extraordinaires* und ist wunderschön illustriert. Da gibts in Farben die Prinzessin in Indien und immer wieder den Passepartout, einmal auf dem Rüssel eines Elefanten, oder wie er halsbrecherisch in Amerika die Lokomotive vom Zug abkuppelt und dann gegen die Indianer kämpft.

Indien, Amerika! Die Ferne lockt, obwohl ihm der Dienst bei Mr Preston gut gefällt. Nicht zuletzt wegen Jenny, einem frischen Mädchen mit rotblonden Haaren, das seit kurzem in der Küche hilft. Immer wieder versucht er mit ihr anzubandeln, denn – Beichte bei der asketischen Aushilfe hin oder her – seine Fantasien sind liederlich. Aber er wird nicht klug aus ihr. Manchmal macht ihm die Achtzehnjährige schöne Augen, dann wieder geht sie auf Distanz. Einmal geht sie mit ihm in ein Pub, trinkt sogar ein Bier, gibt sich aber sonst spröder als eine alte Jungfer. John kommt sich vor wie ein Spielzeug, das man nach Belieben hervorholt und wieder in die Ecke wirft. Ungewohnt für ihn, den erfahrenen Liebhaber, wie er sich selbst einschätzt. Gut, er hat einige Jahre mehr auf dem Buckel als sie. Aber ein flotter Bursche ist er immer noch, und dass sein linkes Ohr etwas absteht, hat noch niemanden gestört. Auf die Dauer kein angenehmer Zustand. Er stellt Jenny zur Rede. Sie wird rot und meint, er sei zwar ein lieber Kerl, aber sie habe halt einen anderen gern, den Jim, einen Nachbarssohn. «Der bekommt einmal den Bauernhof mit 50 Kühen.»

Kühe hätte ich ja auch zu Hause, denkt John frustriert, aber leider nur fünf. Er überlegt sich, ob er für eine weitere Kuh in Vaters Stall zu sparen beginnen solle, die er Jenny taufen würde.

Jenny schaut ihn lieb an, wie wenn sie sagen möchte, er dürfe ihr deswegen nicht böse sein. «Übrigens», fügt sie hinzu und lächelt verschmitzt, «hat Jim einen prächtigen Stier im Stall, der auch John heisst.»

John stutzt zuerst, dann muss er lachen. Die schöne Jenny hat ihn mit seinen eigenen Waffen geschlagen. Ein Stier namens John? John Bull ist doch der Spitzname für einen Engländer. Na, wenn schon. Immerhin beschliesst er, die Idee mit einer weiteren Kuh zu vergessen und zu Jenny auf Distanz zu gehen. Vorläufig.

Constitutional Club an der Northumberland Avenue. John wartet im Dienerzimmer auf seinen Herrn und blättert wie gewohnt in den ausländischen Zeitungen vom Vortag, die dort aufliegen. Sein Blick fällt auf ein Inserat im *Figaro*. Ein französischer Diplomat, der Comte Arthur de Pourtalès-Gorgier, sucht einen sprachenkundigen Kammerdiener, womöglich schweizerischer Herkunft. Er ist zum neuen französischen Konsul in Batavia auf Java ernannt worden. Pourtalès? So hiess doch der Anführer jener Partei, die einst Neuchâtel wieder preussisch machen wollte! John denkt zurück an seine Zeit im *Hôtel du Lac* und die Lektionen bei Professor Dubois. Ohne dessen väterliche Hilfe würde er heute kaum französische Zeitungen lesen.

Java: Das hiesse wochenlang reisen, durch den Suezkanal nach Indien und weiter, fast um die halbe Welt. Und er, John, mit dabei wie einst Phileas Foggs Passepartout! Er legt die Zeitung auf den Tisch, beginnt mit offenen Augen zu träumen, schwebt in und auf Wolken. Als ob er bereits nach Niederländisch-Indien unterwegs wäre. Jenny, Kühe, Bull John oder John Bull, alles ist ihm plötzlich wurst.

Am nächsten Morgen schätzt er seine Chancen etwas nüchterner ein. Die Möglichkeit, dass ausgerechnet er den Posten erhielte, scheint ihm plötzlich verschwindend klein. Dennoch, mehr als eine Absage kann er ja nicht bekommen. Er schickt seine Bewerbung nach Paris – wieder unter dem alten Vornamen Jean, behält aber das einfacher auszusprechende Koch statt Keusch bei. Zwölf andere bewerben sich auch, wird er hinterher vernehmen.

John erhält die Stelle.

Den Ausschlag gaben seine Sprachkenntnisse. Er spricht ja nebst Deutsch und Französisch und etwas Russisch auch Englisch, und die Gattin des Grafen ist Amerikanerin.

Mr Preston zieht seine buschige rechte Augenbraue in die Höhe, schweigt eine Weile, ist dann aber Gentleman genug, um Johns Gründe zu verstehen. Dennoch bedauert er den Weggang seines Kammerdieners. Zum Abschied überreicht er ihm zwanzig goldene Sovereigns, ein fürstliches Geschenk.

Am 17. Februar 1883 besteigt Jean in der Gare de Lyon in Paris mit seinem neuen Herrn den Zug nach Marseille. Comte Arthur de Pourtalès-Gorgier ist ein quirliger kleiner Franzose, seine Gattin eine stattliche Blondine mit nussbraunen Augen und sinnlichen Lippen. Jean hat sich in seinen Jahren als Premier Garçon eine solide Menschenkenntnis erworben. Ob sich da Reichtum und Stellung mit üppiger Schönheit verbunden haben? Anderseits steht auf ihrer Visitenkarte *Comtesse Marie Adèle, née de Beauvoir-Boosier.* Nun, offenbar täusche ich mich, fährt es ihm durch den Kopf. Er täuscht sich nicht, aber das weiss er noch nicht. Ausserdem reisen die zwölfjährige Tochter Marie Pauline Louise sowie die Gouvernante Claire Bouvier mit. Es ist sieben Uhr abends. Ein Platz im Schnellzug, in dem es nur Erstklasswagen mit der Aufschrift P. L. M. gibt, kostet etwa 100 Francs. Dafür rast man in der unglaublichen Zeit von bloss fünfzehn Stunden nach Marseille.

Für den Grafen ist es bereits der dritte Einsatz im Fernen Osten im Dienste des Aussenministeriums. In Marseille hat er noch einige Dinge zu erledigen, so dass Jean zu einem kurzen Urlaub kommt. Er besucht seine alten Kollegen im *Grand Café de la Poste* und – der Teufel reitet ihn – Ninette, die jetzige Wirtin der *Fleur de Lisse* in der Nähe von Arles. Sie hat etwas zugenommen, ist aber so hübsch wie einst geblieben. Sie stellt unserem Jean ihren Ehemann Jean Marais vor, einen gemütlichen Südfranzosen mit roten Backen, Sommersprossen und einer blauen Schürze über dem Bauchansatz. Ausserdem die zwei Buben. Luc ist einjährig, der ältere gut zweijährig.

Er heisst Jean. «Nach seinem Vater», wie Ninette beifügt.

«Nach seinem …?» Jean I. wird plötzlich verlegen, blickt Ninette lange an, und Ninette blickt lange zurück. Ihre Grübchen in den Wangen lächeln. Das linke Öhrchen von Jean III. steht etwas ab.

Madame Bovary

1883

Ein kleines Fernrohr ist etwas Praktisches. Man kann damit auf der Fahrt durch das Mittelmeer die aus dem Stromboli aufsteigenden Rauchsäulen bestaunen und die Berge Kretas. Oder den riesigen Leuchtturm von Port Said und von der Reling aus die beiden hübschen jungen Damen, die unten auf dem Quai mit ihren weissen Sonnenschirmen hin und her spazieren. Genau meine Schuhnummer, denkt Jean. Er schiebt das Teleskoprohr zusammen und richtet den Strohhut wieder gerade. Er kommt sich vor wie einer der reichen Weltreisenden auf den Plakaten. Beinahe närrisch ist er vor Vergnügen.

Auf eigene Faust erkundet er Port Said mit seinen niedrigen hellen Holzhäusern und Lagerhallen und besorgt sich im Kaufhaus von Simon Arzt einen Tropenhelm. Trotz der Warnung eines erfahrenen Kollegen, dass man als Europäer diese meiden solle, setzt er sich zu Einheimischen in eines der unzähligen Lokale, schlürft seinen ersten ägyptischen Kaffee und schluckt dabei eine tüchtige Portion Bodensatz. Ausserdem muss er ein Dutzend Strassenjungen abwimmeln, die ihm schlüpfrige Fotografien anzudrehen versuchen. Im Unterschied zu den herrschaftlichen Touristen, die mit steifen Oberlippen ihrer Entrüstung Ausdruck geben, schaut er sich die Bilder aber ungeniert an. «Säuniggel!», ruft er lachend den Knaben zu, worauf diese grinsend «Säuniggel, Säuniggel!» zurückrufen und ihm auch gleich ihre schönen Schwestern offerieren. Einen Moment lang ist er versucht, eines dieser Bilder zu kaufen und es der Madame Bovary heimlich ins Täschchen zu stecken.

Madame Bovary? Das ist der Übername, den Jean der Gouvernante Claire Bouvier gegeben hat. Zwar hat er den Roman von Gustave Flaubert nicht gelesen, aber von dessen skandalösem Inhalt gehört. Und da die Chemie zwischen Monsieur Jean und Mademoiselle Claire von Anfang an nicht stimmte und sich diese immer betont prüde gibt, hat Jean sie in Umkehrung der Verhältnisse boshafterweise umgetauft. Claire Bouvier ist 30 Jahre alt, also ein Jahr älter als Jean, und stammt aus einer Familie, die einst bessere Tage gesehen hat. Da kann Monsieur Jean, der Sohn eines *paysan suisse,* wie sie einmal schnöde bemerkt hat, nicht mithalten. «Schisslaweng», hat Jean darauf geantwortet. Den Ausdruck hat er als Bub vom Krämer gelernt.

Seinen Lieben zu Hause schickt er eine Korrespondenzkarte:

Unser Dampfer heisst Hydaspes und gehört der P&O-Linie. Er ist ein gewaltiger Koloss von 3000 Tonnen und fast 120 Meter lang. Seine Maschine hat 500 Pferdestärken. Die Matrosen sind hellbraune Inder in weissen Leinenkitteln und mit farbigen Tüchern um Kopf und Hüfte. Die Heizer sind Mohren aus Afrika und tragen nur einen Lendenschurz. Wir fahren heute Abend durch den Suezkanal und dann durchs Rote Meer. Ich und die Gouvernante schlafen in der Zweiten Klasse. Die Gouvernante heisst Bouvier. Aber ich nenne sie Madame Bovary, nach einem berühmten Buch, weil sie ein eingebildetes Tüpfi ist.

Langsam macht sich die schwüle Hitze im Roten Meer bemerkbar. Mit stoischen Mienen ziehen Chinesen während der Mahlzeiten an den Leinen, um die Punkas – als Ventilator dienende Tücher an der Decke des Speisesaals – hin- und herzuschwingen. Viele Passagiere schlafen auf dem Deck. Auch Jean sucht sich abends eine dem kühlenden Fahrtwind ausgesetzte Ecke und schläft, so gut es geht, in einem Liegestuhl. Von einem Steward hat er eine kleine Blendlaterne erhalten. Es ist streng verboten, eigene Zündhölzer und Lampen zu benützen.

Das mitgeführte Eis geht aus, Champagner und Bier sind lauwarm. Die Stimmung auch. Monsieur Jean und Madame Bovary machen sich gegenseitig Fratzen, wenn sie sich begegnen. Gerne würden sich die Passagiere in Aden ein wenig die Beine vertreten. Aber der Dampfer legt nur an, um Postsäcke und Fracht auszutauschen und den dort in der Hitze schmorenden bleichen Engländern einige sehnlichst erwartete Körbe mit Salat und Gemüse zu bringen. Knaben rudern in kleinen Booten zum Schiff, rufen «Have a dive, master!» und tauchen nach den zugeworfenen Geldstücken.

Der Indische Ozean zeigt sich unfreundlich bis stürmisch. Kaum die Hälfte der Passagiere erscheint zum Frühstück. Jean fühlt sich pudelwohl und geniesst es, ohne die Bovary am Tisch zu sitzen. Damit Teller und Besteck und Gläser nicht wegrutschen können, haben die Stewards am Rand der Tische die Sturmleisten hochgezogen und zusätzlich *table racks* aufgelegt. An einem Nachmittag besucht Jean das Post-Office: an die 50 000 Briefe, 20 000 Zeitungen und 30 000 Pakete werden während der Fahrt von Aden nach Bombay von drei Angestellten sortiert und in Hunderte von Säcken abgefüllt, die dann über ganz Indien verteilt werden.

Ein- bis zweimal in der Woche wird auf dem Vorderdeck geschlachtet. Schweine quietschen und Ochsen brüllen, und die blutbedeckten Planken sind für viele bessere Passagiere kein schöner Anblick. Bei Jean löst es einen Anflug von Heimweh aus. In Freienberg gehört eine Metzgete auf dem Bauernhof mit Blut-

und Leberwürsten zu den Höhepunkten des Jahres. Er schwärmt besonders gern von fetten Würsten, wenn die Bovary wieder einmal grün und bleich am Frühstückstisch erscheint.

«Sie sind und bleiben eben ein *paysan suisse!*»

«Schisslaweng!»

Am zwölften Tag nach Suez erreichen sie Bombay. Eine grosse, blau-rote Boje weist den Weg ins Fahrwasser zum gewaltigen Hafen. Reisende, die hier das Schiff verlassen, verschwinden in einem unheimlichen Durcheinander von schreienden Gepäckträgern. Man stösst, brüllt und streitet über Preise und versucht verzweifelt, seine Gepäckstücke nicht aus den Augen zu verlieren. Eine willkommene Unterhaltung für den, der gemütlich und unbehelligt mit dem Fernrohr von der Reling aus zuschauen kann.

Weiter geht die Fahrt über Calicut nach Singapur, wo der Graf einige Tage Station machen will. Die Dampfpfeife heult fast ununterbrochen, als sich die *Hydaspes* mit Halbdampf den Weg zwischen den vielen Booten sucht. Es wird Abend, bis sie das Schiff verlassen können. Qualmende Pechpfannen erleuchten den Quai notdürftig, langbezopfte chinesische Kulis schleppen Kohlenkörbe an über die Schultern gehängten Bambusstangen. Geldwechsler haben ihr fliegendes Büro auf einem Tuch ausgebreitet und lassen die Münzen klingen. Teeverkäufer klappern mit ihren Tassen, Dampfkräne knarren und Matrosen fluchen beim Verladen. Zwei Wagen nehmen Pourtalès und seine Begleitung auf und bringen sie in die Stadt. In einem fährt Jean mit dem umfangreichen Gepäck. Hochrädrige Ochsenkarren, deren Treiber mit Fackeln den Weg erhellen, kreuzen. Im Scheine der Wagenlaternen tauchen Etablissements auf, die vornehm tönende

Namen tragen wie *Restaurant de L'Isle de Borneo* und mit weiblicher Bedienung und Gitarrenklängen locken.

Man logiert im *Grand Hôtel d'Europe,* das hübsch am Hafen liegt. Ein grosser Park umgibt die Gebäude. Tausende von Laternen und Lichtern flimmern auf dem Meer. Unsere Reisenden freuen sich über den – endlich wieder einmal – kühlen Champagner, zu dem auch die Gouvernante und der Kammerdiener eingeladen werden. Die Bovary hat wieder Farbe im Gesicht und lässt sich sogar herab, Monsieur Jean freundlich zuzulächeln, als er ihr gut gelaunt mit seinem Glas zuprostet.

Jeder Blick eine kleine Sünde

1883

Zwei Fotos hat Jean seinem kurzen Brief aus Singapur beigelegt. Das eine zeigt einen weiss gekleideten chinesischen Diener, mit einem Zopf, der bis auf den Boden reicht. «Chinese Boy on duty» steht darunter. Auf dem zweiten Bild ist ein toter Tiger zu sehen, auf dessen Nacken ein grimmig blickender weisser Jäger mit Tropenhelm seinen bestiefelten Fuss gestellt hat.

Gestern hat man einen Tiger erlegt. Die schwimmen vom Festland eine halbe Stunde weit über die Meerenge. Habe zwei Schweizer getroffen und einen Deutschen aus Waldshut. Die Schweizer sind aus Affoltern und St. Gallen. Wir jassen viel und machen Ausflüge in den Urwald und mit Ruderbooten auf Flüssen. Morgen um 6 Uhr fahren wir weiter auf einem holländischen Dampfer nach Batavia. 3 Tage lang. Bin noch keinen Augenblick seekrank gewesen.

Ein Brief aus Singapur hat einen weiten Weg bis Freienberg. Das macht ihn noch interessanter und wertvoller. Onkel Jakob zeigt die Fotos am Stammtisch herum. Der Tiger interessiert mehr als der langbezopfte Chinese. «So einen Tiger schiessen würde ich auch mal gerne.» Er ist ein begeisterter Jäger. «Oder wenigstens einen Bären im Bündnerland. Kürzlich hat man wieder einen erlegt. Die zahlen jede Menge Prämien dafür.»

«Und wenn du ihn nur halb triffst? Dann rennst du mit deinem Hinkebein davon wie eine Wildsau durchs Rübenfeld?», spottet der Moosbauer Karli. «Machs lieber wie die Russen, die mischen Honig mit Schnaps, und wenn der Bär besoffen ist, hauen sie ihm eins auf den Grind.»

«Eigentlich ein schönes Tier», sagt die Koch Marei und schaut sich das Foto näher an. «Irgendwie tut mir der Tiger leid.» Sie reicht das Bild weiter. «Singapur liegt jetzt auch etliche Stunden näher, seit letztes Jahr der Gotthardtunnel eröffnet worden ist.» Die Marei ist vor kurzem wieder geschäftlich in Mailand gewesen.

«Wie ist das eigentlich mit dem Rauch der Dampflokomotiven im Tunnel? Erstickt man da nicht fast?»

«Überhaupt kein Problem. Im grossen Tunnel hats ständig Durchzug und deshalb weniger Rauch, als ich hier mit meinem Stumpen über den Tisch blase. Du kannst sogar die Fenster geöffnet halten. Aber in den Kehrtunnels muss man sie schliessen.»

«Verrückt eigentlich, die Welt wird immer kleiner», meint der Moosbauer Karli. «Wenn ich denke, dass der Schang vor kurzem noch in London war und jetzt bereits in Batavia auf der anderen Seite des Globus hockt.»

«Und erst noch südlich vom Äquator», ergänzt die weit gereiste Marei. «Die haben bestimmt kräftig gefestet bei der Überquerung.»

Das haben sie. Es war am ersten Tag nach ihrer Abfahrt von Singapur. Während die Herrschaften sich mit Champagner begnügten, feierten die «unteren Schichten», wie Mademoiselle Claire mit Nasenrümpfen bemerkte, mit Neptun und Dreizack und viel Seewasser und ausserdem mit Brandy und Bier. Jean machte bei der derben Äquatortaufe mit, schon um die Bovary zu ärgern.

Die Ankunft in Batavia wird mit einem weithin dröhnenden Schuss aus der Schiffskanone angekündigt. Da es bereits dunkel geworden ist, müssen sie bis am Morgen auf den Lotsen warten. Der Abend ist mild, und man bleibt lange auf Deck. Vom Land her weht ein warm-feuchter Erdgeruch herüber, den Jean nie mehr vergessen wird. Da und dort ist Gesang zu hören, auf einem Nachbarschiff spielt jemand Handorgel. Die Glocke auf dem Leuchtschiff zeigt gellend die vergehenden Stunden an.

Am anderen Morgen holt sie ein Boot am Schiff ab und dampft mit ihnen durch eine mit langen Molen geschützte Fahrrinne zum Zollhaus. In Kutschen fahren sie dem grossen Kanal entlang durch die Kali-Besar-Strasse, die von im holländischen Stil erbauten Geschäftshäusern gesäumt ist, dann hinauf in den höher gelegenen Stadtteil Weltenvreden. Sie wollen hier drei Tage verbringen, um Batavia kennen zu lernen, bevor sie in die Residenzstadt Buitenzorg weiterreisen. Seine Exzellenz, der holländische Generalgouverneur, hat dort seinen Sitz. Ein befreundeter Diplomat hat ihnen in Weltenvreden Zimmer in seiner schönen, in einem grossen Garten gelegenen einstöckigen Villa zur Verfügung gestellt. Europäer halten sich nur während der Geschäftszeiten von neun bis vier Uhr in der Unterstadt Batavias auf. Man ist überzeugt, dass eine einzelne Nacht dort genügt, um ein bösartiges Fieber zu bekommen.

Anderntags bestellt der Graf zwei Wagen für eine ausgedehnte Rundfahrt, einen Zweispänner für die Herrschaft und eine einspännige Victoria für die Gouvernante und den Kammerdiener. Dieser setzt sich auf den Bock zum muslimischen Kutscher, der einen roten Fes trägt.

Jean geniesst die Fahrt, ist begeistert von all dem Neuen. Vor wenigen Wochen noch im nebelkalten London und jetzt im schwülheissen Batavia! Tropisch wuchernde Pflanzen, wieder dieser warme Erdgeruch, Kinder, die mit Drachen spielen und aus einem Stück Bananenblatt gedrehte Zigarren rauchen, Malaien und Chinesen mit federnden Bambusstangen über den Schultern, an denen Körbe mit Früchten oder Fischen hängen. Und dann die hübschen jungen Malaiinnen, die in den Kanälen baden. Jean reibt sich die Augen. Zu Hause war alles des Teufels, was Frauen unterhalb des Halszäpfchens und oberhalb der Fussknöchel unbedeckt liessen. Und hier präsentieren sich die hübschesten Mädchen so, wie Gott sie geschaffen hat. Jeder Blick eine kleine Sünde. Und wenn Jean winkt, winken sie ungeniert zurück. Der Hafer sticht ihn. Er dreht sich um. «Haben Sie das gesehen, Mademoiselle Claire? Hübsch, aber schamlos, n'est-ce pas?» Die Bovary dankt mit einem unwilligen Hüsteln.

Nach einem abendlichen Spaziergang hört er sich im Clubhaus der *Societeit Concordia* einige Stücke der Militärmusik an. Er kommt ins Gespräch mit einem Kollegen, der Fritz heisst und ihn in den Deutschen Turnverein einlädt. Eine grosse Büste des Kaisers schmückt die Turnhalle, neben der sich eine Kegelbahn befindet. Bis spät in die Nacht rollen die Kugeln, man schwitzt und trinkt gekühltes Bier. Mit Verwunderung vernimmt Jean, dass ein grosser Teil des dazu verwendeten Eises von Norwegen oder Amerika stammt und in dicken Blöcken als Ballast in Segelschiffen um die halbe Welt gereist ist. Ausserdem hört er, dass viele unverheiratete junge Europäer eine junge einheimische Haushälterin haben. Haushälterin? Und hübsch? «So ist es halt», bemerkt Fritz augenzwinkernd. «Wenn das Mädchen einverstanden ist, bezahlst du seinem Vater 200 Gulden, und alle sind zufrieden, und niemand stört sich daran.»

Nachdenklich wandert Jean zu später Stunde durch die dampfende Wärme zur Villa des Grafen zurück. Nachts träumt er von Ninette, die ihn in Batavia besucht und an jeder Hand drei Buben mit einem abstehenden Ohr mit sich führt, und Grossmutter kommt dazu und fordert ihn auf, wieder einmal zur Beichte zu gehen.

Jean glaubt, der Jüngste Tag sei gekommen

1883

Zwar gehört auch Jean zur Gilde der unverheirateten jungen Männer. Aber eben, er ist angestellt in einem vornehmen gräflichen Hause. Leider, denkt er manchmal, wenn er mit der hübschen Amai auf Malaiisch radebrecht. Sprachübungen nennt er das.

Im Haushalt des Konsuls leben sechs weisse Bedienstete, die mit den sogenannt höheren Aufgaben betraut sind. Obwohl das Klima in Buitenzorg wesentlich angenehmer ist als unten im feuchtheissen Batavia, beschränkt sich ihre Arbeitszeit auf den Morgen, auf den eine längere Siesta folgt. Die schweisstreibenden Arbeiten werden von einheimischen Dienern und jungen Frauen, den Babus, verrichtet. Mehrere Gärtner kümmern sich um den ausgedehnten Park. Auf den Fersen hockend, schneiden sie mit Sicheln den Rasen, putzen die lauschig angelegten Pfade und halten die strohbedeckten Pavillons instand. Dann und wann hilft ihnen Jean beim Kaffeepflücken, was Mademoiselle Claire mit Stirnrunzeln zur Kenntnis nimmt. So etwas sei nicht standesgemäss und untergrabe die Würde des weissen Mannes. Ausserdem hat sie festgestellt, dass sich Monsieur Jean mit den Babus, die nachts vor den Zimmern der Herrschaften unter ihren Moskitonetzen schlafen, unziemend gut zu verstehen scheint. Besonders mit der Amai, die eben vorbeischlendert, als sie zusammen das wegen des ständigen Regens schimmlig gewordene Lederzeug im Speisezimmer überprüfen.

«Monsieur le Suisse, das ist ein ehrbares Haus», giftelt die Gouvernante, als sie bemerkt, wie Jean die Babu mit den Augen verschlingt.

«Ich weiss, ich weiss, Madame Bovary.» Er hebt mahnend den Finger. «Vergessen Sie nicht: Ich heisse eigentlich gar nicht Koch, sondern Keusch. Das bedeutet auf Französisch chaste. Einmal Keusch, immer Keusch. Verstanden, Kupferhammer?»

«Ausserdem ziemt es sich für einen anständigen *Valet de Chambre* nicht, ständig zu fluchen.»

«Ich fluche nur, wenn es die Herrschaft nicht hört», entgegnet Jean ungerührt. «Warum, Kupferhammer, sollte man nicht fluchen, wenn Schuhe, Gürtel und Lederhocker schimmeln und das Eisenzeug rostet?» *Kupferhammer* ist die gediegenere, von Deutschen und Schweizern verwendete Version des holländischen *godverdomme*. Weil der Fluch so oft gebraucht wird, nennt man ihn auch den Fünf-Minuten-Fluch.

Wir sehen: Unser Jean steht unter strenger Aufsicht. Aber dann kommt ihm die Malaria zu Hilfe. Auch eine Malaria kann eine schöne Seite haben.

Graf und Gräfin erkranken daran und übersiedeln für einige Wochen nach Sindanglaja. Die für die niederländisch-indische Armee gegründete Gesundheitsstation liegt etwa 1000 Meter über Meer. Mademoiselle Claire reist mit, Jean bleibt in Buitenzorg, um einerseits die 12-jährige gräfliche Tochter Marie Pauline Louise und deren chinesische Zofe zu hüten und anderseits ein Auge auf die vergoldeten Leuchter und das kostbare Silbergeschirr mit der aufgeprägten Krone zu haben. Die wertvollsten Stücke deponiert man in einer grossen Truhe. Diese wird unter das gräfliche Bett geschoben, in dem Jean auf ausdrückliches Geheiss seines Herrn als Wächter zu schlafen hat. Die hübsche Babu Amai ihrerseits ist es gewohnt, die Nacht vor ebendiesem Zimmer zu verbringen. Graf und Gräfin weg, Madame Bovary weg.

Es wäre übertrieben zu sagen, Jean sträube sich lange, als eines Nachts die Erde leicht bebt und Amai leise an die herrschaftliche Schlafzimmertür klopft und flüstert, sie habe Angst, allein zu schlafen. Gegen Morgen verlässt sie die Angst, und Amai schlüpft wieder unter ihr Moskitonetz vor der Tür. Der liebliche Brauch wird beibehalten.

Auch die Erde bebt weiter, und am 26. August 1883 – es ist Sonntag – ist ein donnerähnliches Grollen zu hören, vermischt mit Detonationen. Es hält die ganze Nacht auf den Montag an.

«Ich habe schreckliche Angst, Jean.» Amai kuschelt sich an ihren Liebhaber, aber es ist ihr nicht nach Liebe zumute.

Jean auch nicht. «Kupferhammer!», brummt er bloss, wenn es wieder einmal heftig knallt.

Über Amai steht freilich nichts im Brief, den Jean einige Tage später nach Hause schreibt:

Die ganze Nacht durch dröhnte es wie von fernen Kanonenschüssen. Am Montagmorgen früh knallte es gewaltig, dann noch mehrmals, dass einem fast die Ohren platzten. Das Zimmer hob und senkte sich wie ein Schiff im Sturm. Bilder und Lampen fielen von den Wänden und Stühle stürzten um. Fenster und Türen öffneten sich wie von Geisterhand. Ich dachte, das ist der Jüngste Tag, und flüchtete auf die Terrasse hinaus. Dort standen die chinesische Zofe und die Tochter des Grafen und weinten und beteten. Sie getrauten sich nicht mehr ins Haus zurück. Unter der Terrasse tanzten und sangen die Eingeborenen zu den Göttern. Ich glaubte, ich schnappe über. Zum Glück fand ich eine Leiter, über die ich beide Frauen retten konnte. Am Dienstagmorgen verschwand die Sonne, da es Asche zu regnen begann. Wir mussten sogar die Lampen anzünden. Den Grafen konnten wir nicht benachrichtigen, da der Telegraf kaputt war. Später vernahmen wir, dass in Batavia Tausende von Menschen ertrunken waren, als gewaltige Meereswellen so hoch wie ein Kirchturm über die Ufer strömten. Sogar einen grossen Dampfer hat es ins Land hineingeworfen. Der riesige Vulkan Krakatau ist explodiert und im Meer verschwunden.

Alle Verbindungen nach Sindanglaja sind unterbrochen. Eilboten werden losgeschickt. Unverzüglich kehrt Graf de Pourtalès mit seiner Gemahlin nach Buitenzorg zurück. Unter Tränen umarmen die Gräfin und der Graf den Kammerdiener und danken ihm für die Rettung ihrer Tochter. Pourtalès überreicht ihm einen Umschlag mit 400 Gulden und eine schwere, goldene Krawattennadel: «Jean, vous étiez un brave homme, vous avez soigné ma fille.»

Auch Mademoiselle Claire, der Marie Pauline Louise ans Herz gewachsen ist, hat Tränen in den Augen. Lange drückt sie Jean die Hand, fällt ihm dann plötzlich um den Hals und verküsst ihn. «Vous étiez un héros, Monsieur Jean!», schluchzt sie. «Sie haben so tapfer gehandelt wie … wie … wie die Jungfrau von Orléans.»

Na, so jungfräulich war das Ganze auch wieder nicht, denkt er und blinzelt über die Schultern der Gouvernante zu Amai hin, die aus der Ferne verwundert zuschaut. Vielleicht eher wie Winkelried. Hat der nicht gerufen, man solle für sein Weib und Kind sorgen?

«Wenn schon, dann lieber wie Winkelried, Mademoiselle.» Und erklärend, aber auch etwas maliziös fügt er hinzu: «Un paysan-héros suisse.»

Eine Fahrt im Sado bringt überraschende Neuigkeiten

1884 – 1885

Kapuzinerpater Fintans Stimme donnert um die neugotischen Säulen und über die Seitenaltäre, dass den gipsernen Petrus und Paulus die goldenen Heiligenscheine wackeln. In Freienberg finden Volksmissionstage statt, und er redet den rechts sitzenden Mannen und den links sitzenden Frauen ins Gewissen. «Die Menschen wenden sich von Gott ab und dem Mammon zu, und die Sitten gleiten hinab auf dem schlüpfrigen Pfad zur Hölle. Wehret den Anfängen im Hause bei euren Söhnen und Töchtern! Kümmert euch um sie und habt nicht nur eure Kühe und Ochsen im Kopf …» Beim Stichwort Ochsen erwacht der Moosbauer Karli, der eingenickt ist. Er will nach dem Kirchgang mit dem Metzger Toni über einen Ochsen verhandeln. «… und spendet grosszügig für die Heidenkinder. Mit ein paar Batzen könnt ihr eines auf euren Namen taufen lassen und so eine arme Seele retten!»

Neben dem Ausgang steht auf einem Tisch eine hölzerne Kiste mit einem Schlitz, darauf ein hölzerner Mohrenbub, der dankbar nickt, wenn man seinen Obolus hineinwirft. Je schwerer die Münze, desto heftiger verneigt er sich. Der Spengler Xaveri steht im Verdacht, eiserne Unterlagsscheibchen einzuwerfen. Jedenfalls behauptet das die dicke Agathe, die trotz ihres hohen Alters noch Augen wie ein Sperber hat.

170 Franken und 67 Rappen kommen zusammen. Davon werden 100 Franken auf die *Nederlandsch-Indische Escompto-Maatschappij* in Batavia überwiesen, auf den Namen von Jean Koch. Jean lebt jetzt schon mehr als anderthalb Jahre in Buitenzorg. Er

sorgt dafür, dass die gesammelten Batzen richtig eingesetzt werden. 40 Franken gehen an ein Waisenhaus, mit dem Rest lässt er ein Dutzend Heidenkinder taufen, sechs Mädchen und sechs Buben. Für alle stellt er sich zugleich als Götti zur Verfügung. Den Kinderlein gibt er die Namen Gertrud, Barbara, Elisabeth, Frieda, Anna-Maria, Babette, Josef, Fidel, Friedrich, Burkard, Michael und Jan. Jan ist holländisch für Hans. Der fünf Monate alte kleine Jan, dessen linkes Ohr etwas absteht, lebt am Rande von Buitenzorg in einem Häuschen, gebaut aus Bambusrohr und Palmblattgeflecht. Die Wände sind bunt bemalt, das Dach ringsum weit vorspringend, denn in Buitenzorg regnet und gewittert es fast täglich. Tagsüber wird der kleine Jan von der Grossmutter gehütet. Seine junge, hübsche Mutter namens Amai arbeitet weiterhin in der Villa des französischen Diplomaten Graf de Pourtalès.

Jean hat ihr das Alphabet beigebracht. Sie ist stolz darauf. So stolz, dass sie ihre neuen Kenntnisse auch an ihre Mutter weitergibt. Als diese zum ersten Mal mit ungelenken Strichen, aber durchaus lesbar ihren eigenen Namen schreiben kann, hat sie Tränen in den Augen und nennt Jean von da an nur noch Professor. Jean muss jeweils schmunzeln. Er, ein Küherbub, und Professor!

Jean ist ein diskreter, aber fürsorglicher Liebhaber. Beide sind sich von Herzen zugetan, obwohl sie wissen, dass ihre gemeinsame Zeit irgendwann zu Ende gehen würde.

«Vielleicht schon in ein oder zwei Jahren, wenn der Konsul an einen neuen Ort versetzt wird», sagt er zu Amai am Neujahrsmorgen 1885.

«Denken wir nicht daran, Jean. Vielleicht dauerts doch noch länger.»

Zwei Tage später.

«Es klang wie das Abfeuern von vielen grossen Kanonen, und dann verdunkelte sich der Himmel», erzählt die Comtesse Marie Adèle de Pourtalès-Gorgier, née de Beauvoir-Boosier, beim Aperitif ihren Gästen. Sie ist eine perfekte Gastgeberin, die gerne im Mittelpunkt steht. Alles, was in Europa Rang und Namen hat, scheint sie zu kennen. Grossfürsten aus Russland, Royals aus England, Grafen aus dem Königreich Italien und dem Deutschen Reich. Allerdings ist ihr Redefluss, besonders nach einigen Gläsern Champagner, kaum zu bremsen. Aber da sie interessant und lebhaft spricht, hört man ihr gerne zu. «Es begann Asche zu schneien, sanft, aber stetig, es hörte sich an wie leichter Regen. Alles wurde von einer grauen Decke überzogen. Dann die See, die sich aufs Land und die Städte und Dörfer warf und alles mit sich hinauszog! Und der Krakatau war verschwunden, man stelle sich das vor: ein 800 Meter hoher Berg, einfach weg! Mein Mann hat darüber einen Bericht an das Aussenministerium verfasst. Horrible! Nie mehr seit der Verwüstung von Columbia im amerikanischen Bürgerkrieg habe ich etwas Ähnliches gesehen.»

«Comtesse haben die Schrecken des Bürgerkriegs persönlich erlebt?», fragt halb erstaunt, halb bewundernd Mr Martin, ein junger amerikanischer Kaufmann aus Hongkong, der zusammen mit einem britischen Offizier aus Indien und dem Vize-Residenten zu Gast ist.

«Meine Familie war mit General Sherman befreundet», wirft sie leichthin ein. «Er hat uns gerettet.»

Mr Martins Mund bleibt offen vor Bewunderung. «Mit dem Oberbefehlshaber Sherman …?»

«Und anderen Generälen. Aber lassen wir das. Noch ein Glas

Champagner? Sprechen wir lieber über angenehmere Dinge. Gefällts Ihnen hier in Buitenzorg?»

«Herrlich, diese Luft und der Botanische Garten und vor allem die Ruhe!»

«Ja, die Ruhe. Gelegentlich zu viel davon. Aber im Sommer werden wir versetzt. Mein Mann ist zum Konsul in Newcastle ernannt worden. Jean, richten Sie bitte in der Küche aus, dass wir mit dem Diner in einer Viertelstunde beginnen werden.»

Jean glaubt sich verhört zu haben. Im Sommer schon? Er fragt Mademoiselle Claire.

«Ja, Jean, es stimmt. Madame hat es mir gestern gesagt. Sie und Amai tun mir leid. Oder haben Sie im Sinn, hier zu bleiben?»

«Kaum. Aber dass es so schnell gehen soll?» Er macht ein bedrücktes Gesicht. «Ich möchte es Amai schonend beibringen. Am liebsten bei ihr zu Hause. Hätten Sie Lust, mitzukommen? Morgen ist die Herrschaft ja beim Generalgouverneur eingeladen.»

Ein *Sado,* eine Umbildung von dos-à-dos, ist ein leichter Wagen mit zwei hohen Rädern und zwei Bänken, Rücken an Rücken. Jean und Claire sitzen nebeneinander auf der hinteren Bank. Diese ist nicht breit und höchstens für zwei schlanke Personen tauglich. Sofern sie eng zusammenrücken.

Wir sehen: Die beiden verstehen sich jetzt offensichtlich gut. Sie sagen sich zwar immer noch Sie, aber ohne Monsieur und Mademoiselle. Die wundersame Wandlung ist eine Folge der Krakatakatastrophe. Claire ist überzeugt, dass Jean damals das Leben der Grafentochter gerettet hat, und Claire liebt diese wie ihr eigenes Kind.

«Die Verhältnisse bei Amai sind halt etwas einfacher als bei unserer Gräfin, die nur so mit Fürsten und Grafen um sich werfen kann», spasst Jean, während er sich mit der rechten Hand an der Armlehne festklammert. Die Strasse ist holprig.

«Im Vertrauen … Versprechen Sie mir, das für sich zu behalten, Jean? Also, unsere Gräfin ist ja eigentlich gar keine geborene. Die hiess einst schlicht Mary Boozer. Ich habe beim Aufräumen einmal eine alte Visitenkarte mit ihrem Porträt und ihrem Namen drauf gesehen. Sie war eine aussergewöhnliche Schönheit.»

«Boozer?» Jean denkt nach und lacht auf. «Das heisst doch auf Englisch etwa so viel wie Säufer? Nicht gerade ein Name, der nach Adel riecht.»

«Säufer? Das habe ich nicht gewusst. Jedenfalls hat sie ihren Mädchennamen in *Boosier* umgewandelt.»

«Kanns ihr nicht verübeln. Nenne mich ja auch Koch statt Keusch.»

«In New York war sie für kurze Zeit mit einem Millionär verheiratet, der scheints tatsächlich ein Säufer war. Sie hat einen Sohn aus dieser Ehe, verkehrt aber nicht mehr mit ihm. Wie hiess der damalige Gatte doch gleich … Breecher? Nein, Beecher, glaube ich. Daraus wurde offenbar Beauvoir, pardon, *de* Beauvoir.»

«Fassen wir mal zusammen: aus Mary Boozer wurde Marie Adèle de Beauvoir-Boosier respektive in Paris noch eine Sprosse höher Comtesse de Pourtalès-Gorgier?»

«Genau. Mit ihrer Schönheit hat sie in Europa Karriere gemacht. Sie war in Paris bekannt für ihren … eh, eher ungewöhnlichen, sehr freien Lebensstil. Verkehrte in den vornehmsten Salons. Da gabs Geschichten, sage ich Ihnen! Aber nicht wahr, Jean, Sie behalten das für sich? Mon Dieu, wenn das auskäme!»

Wie eine Wildsau im Rübenfeld

1885

Anfang Juli 1885 steht Jean an der Reling der *Prins Alexander* und blickt nachdenklich hinüber auf das verschwindende Batavia. Nach etwas mehr als zwei Jahren kehrt *de consul van Frankrijk, de graaf de Pourtalès,* wie in den kolonialen niederländischen Zeitungen zu lesen ist, nach Europa zurück.

Jean und Amai ist der Abschied nicht leicht gefallen. Immerhin haben sie eine salomonische Lösung gefunden: Amai würde ihren Vetter heiraten, der als Gärtner in der vom Grafen gemieteten Villa arbeitet. Als Ehegabe hat Jean – temporärer Gatte, Vater und Götti in einem – ihr 200 Gulden übergeben. Das ist die Hälfte der Belohnung, die er vom Grafen für die Rettung der Tochter erhalten hatte. Grosszügig ist das, aber auch verdient, denn eigentlich war es Amai gewesen, die in jener fatalen Nacht gewusst hatte, wo sich die rettende Leiter befand.

Die schrecklichen Bilder der zerstörten Dörfer und Städte wird Jean sein Leben lang nie vergessen. Sie gehen ihm wieder durch den Kopf, als sie in die Sunda-Strasse einfahren und in der Ferne die Reste der Krakatau-Insel erblicken: *Quant au volcan lui-même, son cratère a disparu sous l'eau et il y a maintenant sur ce point une profondeur de 150 mètres environ. Je tiens de la bouche même du gouverneur général qu'on a reconnu la disparition de plus de 38 000 personnes.* So hat es de Pourtalès im Bericht an seinen Aussenminister festgehalten.

Von Singapur aus machen die Reisenden einen Abstecher nach Hongkong, das der Graf von früheren beruflichen Aufenthalten her kennt. Nach vier Tagen Fahrt sucht sich ihr Dampfer im Hafen den Weg zwischen den Hunderten von Dschunken und Ruderbooten und Seglern. Die Passagiere werden an Land gerudert, wo sich ein ganzes Rudel von Kulis mit Bambus-Tragstangen über den Schultern auf ihr Gepäck stürzt. Hafenpolizisten sind behilflich, bis sie in Rikschas gestiegen sind, die sie zum Hongkong-Hotel fahren.

Anderntags wird die Stadt besichtigt. Graf und Gräfin benützen dazu bequeme, mit einem Sonnendach versehene Tragsessel, die von drei Trägern durch die Strassen geschaukelt werden. Jean setzt sich seinen Strohhut auf und marschiert auf eigene Faust los. Die Strassen sind asphaltiert. Unzählige Geschäfte reihen sich aneinander, ein buntes Völkergemisch wogt hin und her, dazwischen indische Polizisten in dunkelblauen Uniformen und mit roten Turbanen. Jean wandert über die Kennedy Road und steigt dann zum Victoria Peak hinauf. Der einst fast kahle Fels ist in mühsamer Arbeit bepflanzt worden. Ein Netz von sauberen Wegen umzieht ihn. Neben dem Wachthäuschen und der Signalkanone weht auf einem hohen Mast der Union Jack. Ins Unendliche hinaus scheint sich das Südchinesische Meer zu erstrecken, da und dort zeigen sich felsige Inseln. Hunderte von Schiffen liegen in der Bucht. Mit seinem grossen Taschentuch wischt sich Jean den Schweiss vom Nacken und schlägt nach den lästigen Mücken.

Ein zweiter Wanderer taucht auf. Er stützt sich auf einen langen Stock. Jean lüftet den Hut und grüsst freundlich auf Englisch. Der andere antwortet radebrechend und – wie es Jean scheint – mit einem Ostschweizer Akzent. Jean macht die Probe aufs Exempel und sagt, dass es chaibeschöön sei hier oben. «Weleweeg schoo», antwortet der andere erfreut. Er heisst Balthasar Schmidheiny und hat auf Java in der holländischen Fremdenlegion gedient. An seiner linken Hand fehlen zwei Finger, abgequetscht von einem Geschützverschluss. Nach seiner Entlassung aus der Legion hat er einige Jahre als Aufseher auf einer Tabakplantage gearbeitet, dabei einen schönen Batzen Geld verdient und kehrt nun auf Umwegen in die Schweiz zurück.

Gemeinsam wandert man hinunter und trifft sich abends in der Queen's Road zu einem Bier. Es werden mehrere. Aus dem Balthasar Schmidheiny wird der Balz und aus dem Jean Keusch alias Koch der Schang. Morgen werde er mit der Herrschaft nach Kanton fahren, sagt dieser. Balz meint, wenn es Schang nicht störe, werde er dann auch auf dem Schiff sein.

Balz ist ein angenehmer Geselle und stört nicht. Der Dampfer, der sie durch die riesige Mündungsbucht des Perlflusses hinaufbringt, heisst *Hankow* und gehört der China Navigation Company. Die mächtigen Schaufelräder erinnern Jean an die Dampfer auf dem Vierwaldstättersee. Einen Unterschied aber gibt es: An einer Wand des Salons hängen geladene Gewehre und Revolver, und in jeder Kabine befinden sich scharf geschliffene Säbel über den Betten. Eine Vorsichtsmassnahme gegen die Seeräuberplage.

Unvorstellbar ist das Gewimmel und Getümmel in Kanton. All die grossen Städte, die Jean bisher gesehen hat, erscheinen ihm dagegen wie geruhsame Dörfer. Unter Püffen und mit Hilfe des Stockes schaffen sie es irgendwie, sich in Tragstühlen ins Europäerviertel Shamien bringen zu lassen. Dieses liegt auf einer Insel, ein ruhiges Paradies mit grosszügigen Gärten. Zwei Brücken führen hinüber, die abends geschlossen werden. Im französischen Konsulat werden sie gastfreundlich aufgenommen. Balz darf im Dienerzimmer bei Jean übernachten.

Lärmende Kinderscharen begleiten sie an den beiden folgenden Tagen auf ihren Rundgängen durch die Chinesenstadt. Betäubende Gerüche, Tempel, verkrüppelte Bettler, Schimpfworte gegen die fremden Teufel, wandernde Verkäufer, Gassen mit Geldwechslerbuden oder Lackwarenhändlern oder Metzgern. An einem Findelkindhaus ist ein Kasten befestigt, in den täglich Säuglinge, meist Mädchen, gelegt werden. Auf der Richtstätte wird eben einem Verurteilten mit einem breiten Schwert der Kopf abgeschlagen. Jean schliesst die Augen und denkt an die Fünf Linden in Lenzburg. Wenn ihm der Vater jeweils erzählte, wie dort der Matter geköpft wurde, erschien ihm dies als eine bizarre, aber spannende Geschichte aus einer vergangenen Welt. Die Realität hier ist grausig und abscheulich.

Nach einem reichhaltigen Abschiedsfrühstück, zu dem der residierende französische Konsul seinen Kollegen eingeladen hat, besteigen unsere Reisenden am Nachmittag wieder den Dampfer nach Hongkong. Jean und Balz begeben sich nach dem Abendessen aufs Deck, lassen sich auf Korbsofas nieder und bestellen beim Steward Bier. Sie plaudern über vergangene Zeiten. Jean erzählt, wie er als Dreizehnjähriger vorzeitig aus der Schule entlassen worden sei und sich in einer Ziegelei die ersten Batzen verdient habe.

«Fast wie mein Vetter, der Jacob Schmidheiny», unterbricht ihn Balz. «Der hat die Schule auch früh verlassen müssen, um Geld zu verdienen. Allerdings hat der mit gepumptem Geld in Heerbrugg gleich eine kleine Ziegelei gekauft. Unterdessen ist daraus eine Riesenbude geworden.»

«Wäre das nichts für dich gewesen, dort mitzumachen?»

Balz lacht. «Vielleicht schon, hatte damals auch daran gedacht. Aber dann war da das schöne Rösli, das mir Nachbars Werni wegschnappte. Ich habe ihn bös verprügelt, übers übliche Mass hinaus, bin als Junger ein Feuerteufel gewesen. Ich wäre vor Gericht gekommen und hätte hocken müssen, wenn ich mich nicht in die holländische Fremdenlegion abgesetzt hätte.»

«Hast du auch echt gekämpft von Mann zu Mann? Ich habe einen Onkel, der ist beim König von Neapel Soldat gewesen. Hat einen Schuss ins Bein abbekommen und hinkt seither. Er blagiert immer, wie er mit dem Säbel in der Hand wie eine Wildsau in einem Rübenfeld gewütet habe.»

«Also direkt Mann gegen Mann um Leben und Tod gekämpft habe ich eigentlich nie. Aber wenn es hätte sein müssen, wäre ich auch wie eine Wildsau losgestürmt, Kupferhammer. Schiessereien, dass mir die Kugeln um die Ohren flogen, habe ich aber einige erlebt. Heben wir noch einen?»

Es geht gegen Mitternacht. Plötzlich ist vom Bug her Geschrei und Lärm zu hören.

«Piraten!», schreit eine Stimme aus der Dunkelheit.

Der Dampfer dreht scharf nach Backbord, um die angreifenden Boote abzuschütteln. Balz und Jean rennen in die Kabine, reissen die Säbel von der Wand und stürmen hinaus. Offenbar haben es zwei, drei dunkle Gestalten bereits geschafft, an Bord zu klettern. Schüsse ertönen, Flüche, Getrappel von Schuhen. Balz haut einem messerbewehrten Seeräuber den Säbel in den Arm. Jean will wie eine Wildsau im Rübenfeld nachdoppeln. Dabei stürzt er über eine Taurolle, schlägt hart mit dem Kopf auf einen Block und bleibt einen Moment benommen liegen.

Als er wieder zu sich kommt, sind die Seeräuber vertrieben. Nur noch eine Blutlache auf dem Deck, in der Jeans Säbel liegt, und hastige Ruderschläge aus dem Dunkeln über dem Perlfluss erinnern an den Kampf. Der Erste Offizier feuert zwei Revolverschüsse hinterher.

Zögernd zeigen sich einige Passagiere auf Deck. Auch der Graf ist darunter und hinter ihm Mademoiselle Claire. Jean hat den blutverschmierten Säbel aufgehoben. Blutig ist auch seine linke Gesichtshälfte wegen einer breiten Platzwunde auf der Stirn, die er sich beim Fall auf den Block zugezogen hat.

«Quel héros!», sagt die Gouvernante bewundernd und zieht ihr Taschentuch hervor, um Jeans Wunde zu säubern. «Comme … comme … eh … votre compatriote Winkelmann!»

«Winkelried, Claire, Winkelried», korrigiert Jean bescheiden und fährt mit einem Büschel Putzwolle über die blutige Klinge.

Mademoiselle Claire versucht über Diderot zu erzählen

1885

Die Sommerhitze im Roten Meer ist nur schwer zu ertragen. Jean träumt von Spaziergängen im schattigen Freienberger Wald und von einem erfrischenden Bad im Torfweiher. Und von einem kühlen Glas Most oder Bier, denn seit zwei Tagen gibt es kein Eis mehr an Bord. Die Punkas lassen wenigstens während des Essens ein schwaches Lüftchen um die schwitzenden Köpfe spielen.

Der Tag geht zu Ende. Die Passagiere sitzen auf Deck unter dem Sonnensegel und versuchen vergeblich, ein Stück der Küste Arabiens zu erspähen. Mademoiselle Claire leistet unserem Helden Gesellschaft und trinkt lauwarme Limonade. Jean zieht *Brandy and Water* vor – auch lauwarm – und raucht eine Zigarre. Der Dampfer befindet sich etwa auf der Höhe von Mekka. Claire erzählt von Mohammed und der Pilgerfahrt und vom abenteuerlichen Leben des Dichters Rimbaud.

«Haben Sie es schon gehört? Die alte Mrs Weaver ist gestorben.» Ein jüngerer Franzose, der aus Cochinchina in den Heimaturlaub reist, ist zu ihnen getreten. Nervös schwenkt er sein Cognacglas. «Ich habs eben vom Schiffsarzt vernommen. Die Ruhr hat sich weiter ausgebreitet.»

Die durch die Hitze gereizte Stimmung an Bord wird noch gereizter. Zwischen Furcht und Hoffnung schwankend, zählt man zuerst die Tage, dann die Stunden, dann die Halbstunden. Der dicke Schiffsarzt, der lange, geruhsame Jahre bei der *Bombay Baroda & Central Indian Railway* verdämmert hat, gibt sich alle Mühe, versucht die Passagiere zu beruhigen. Dennoch sind weitere Todesfälle zu verzeichnen, und als man Ende August 1885 endlich Marseille erreicht, wird über das Schiff die Quarantäne verhängt. Ausserdem ist in der Stadt die Cholera ausgebrochen, eingeschleppt von einem Schiff aus dem Nahen Osten.

«Unser Leben liegt in Gottes Hand», versucht Pastor Koeppen zu trösten.

«Jedenfalls hocken wir zwischen Skylla und Charybdis», lässt sich der forsche Dr. Müller vernehmen. Der Verlegerssohn kehrt von einer Weltreise zurück, die er nach seinem Studium unternommen hat.

Es kommt, wies kommt, denkt Jean philosophisch und benützt die unfreiwillige mehrtägige Wartezeit, um einen langen Brief an seine Familie zu schreiben. Er übergibt ihn der Quarantäne-Post. Sieben Blätter sind es, beidseitig beschrieben. Von Amai und vom kleinen Jan steht nichts darin.

«Der Donnerskerli!» Vater Emil ist stolz auf seinen Sohn, als Mutter Rosa im Strohhaus in Freienberg den Brief langsam vorliest: *Wie eine Wildsau im Rübenfeld bin ich mit dem Säbel in der Hand gegen die Piraten gerannt...*

Wie eine Wildsau? Einen Moment überlegt sich Onkel Jakob, ob ihn der Schang damit verspotten wollte. Aber dann überwiegen seine eigenen, im Laufe langer Jahre weidlich ausgeschmückten kriegerischen Erinnerungen. «Das hat er von mir. Als wir seinerzeit gegen Garibaldi kämpften, diesen gottverd...»

«Jessesgottumpfatter, versündige dich nicht, Bub», mahnt Grossmutter Barbara und hebt warnend den mageren Finger. «Überhaupt ist Krieg etwas Schlimmes. Nur Blut, Schweiss und Tränen.»

«Hört, es geht noch weiter», sagt Mutter Rosa, während Vater Emil den Docht der flackernden Petrollampe höher schraubt.

Am Stammtisch anderntags dreht sich alles um Schangs neuste Erlebnisse: Ruhr und Cholera, die Hitze im Roten Meer, Hongkong und der Schaffhauser Söldner Balz, das unvorstellbare Getümmel und Gelärme in Kanton, vor allem aber der Angriff der Piraten. Bald sind es ein Dutzend Seeräuber, die Schang hinweggefegt hat. Wenigstens dreimal und jedes Mal lauter weist Jakob darauf hin, dass sein Neffe den kriegerischen Sinn von ihm geerbt habe. Und der Moosbauer Karli leitet kühn zu den Heldentaten seines Grossvaters an der Beresina über. Niemand hört ihnen zu. Dafür der Koch Marei, die Interessantes über den Hafen von Marseille zu erzählen weiss und über die Zugsfahrt von dort in die Schweiz, die sie schon dreimal gemacht hat. Früher, jetzt geht sie auf die siebzig zu.

Schang trifft wenige Tage später in Freienberg ein. Vom Grafen hat er sich zwei Wochen Urlaub erbeten. Er bemüht sich nicht sonderlich, das Dutzend hinweggefegte Seeräuber durch seinen banalen Sturz über eine Taurolle zu ersetzen. Schliesslich ist er ja mutig losgestürmt. Wie eine Wildsau. Und die Narbe an seiner Stirn erhöht noch den Ruf der Heldenhaftigkeit.

Mehrmals schlägt er sich in den ersten Tagen den Kopf am Rahmen der niedrigen Haustür an, und auch an das aussen an das Haus angebaute Plumpsklo über dem Güllenloch muss er sich erst wieder gewöhnen. Er liest Kartoffeln auf, und lieblicher als Weihrauch steigt ihm der Geruch der brennenden Stauden in die Nase. Beim Pflücken der Moosäpfel hilft er mit und beim Vermosten der Islerbirnen. Dazwischen wandert er als interessanter und gern gesehener Gast von Haus zu Haus, trinkt hier ein Kafi, geniesst dort ein Gebranntes oder ein Stück von einem frischen Birnenweggen.

Nach seinem Urlaub wird Jean nach Estavayer am Neuenburgersee geschickt. Die Mutter des Grafen, Anne-Marie Comtesse de Pourtalès-Gorgier, geborene Comtesse d'Escherny, hat sich im Schloss *La Corbière* eingemietet. Jean und Mademoiselle Claire werden dort arbeiten, bevor sie dem Grafen an seinen neuen Arbeitsort als Konsul im englischen Newcastle folgen.

Jean ist gerne an den Neuenburger See gezogen, der ihm einst so gewaltig vorgekommen war. An einem freien Nachmittag besucht er mit dem Dampfschiff – ohne Säbel und Revolver an den Wänden – Neuchâtel mit dem *Café des Alpes* im *Hôtel du Lac,* wo er sich seine Sporen als Kellnerlehrling abverdient hat. Leider ist unterdessen Professor Dubois, dem er so viel verdankt, verstorben.

Die gräfliche Mutter ist eine gebildete Dame, die mit vielen Fürsten Europas, von Paris über Berlin bis Neapel, verkehrt. Nicht ohne Stolz erwähnt sie oft, dass ihr Grossvater, Graf François-Louis d'Escherny, einst mit Persönlichkeiten wie Denis Diderot oder Jean-Jacques Rousseau befreundet gewesen sei. Den Namen Rousseau kennt Jean. Dem verstorbenen Professor Dubois sei Dank. Aber wer war Diderot? Mademoiselle Claire verspricht, ihm bei Gelegenheit über Diderot zu erzählen. Seit Jeans heldenhaftem Angriff auf die Piraten hat sich die nach der Rettung der Grafentochter entstandene Sympathie in Zuneigung verwandelt. Eigentlich sieht er ganz gut aus, und überhaupt: So ein Mann, der mutig mit dem Säbel losstürmt, ist schon nicht ohne, denkt Claire. Und Jean ist zur Ansicht gekommen, dass die Gouvernante, wenn sie nicht schimpft und dafür ihre Augen strahlen lässt, trotz ihrer bereits 32 Jahre eigentlich ein hübsches, schlankes Frauenzimmer ist.

Anderseits ist sie dort rundlich, wo es Freude macht, stellt er fest, als er ihr einmal aus der Seilbahngondel hilft, weil das Türchen klemmt. Claire lässt sich das gern gefallen. Sie wehrt sich nur kurz und zum Schein, wie es sich für eine anständige Dame gehört, und meint dann, der Jean sei ein Schelm. Die Seilbahn führt vom Seeufer zum Schloss hinauf und ist vom Schlosser Philibert Liardet aus Estavayer für die Gräfin erbaut worden. Sie sucht zwar gerne den See auf, aber der steile Rückweg zum Schloss ist ihr zu mühsam. Das Tragseil ist unten an einem Felsblock befestigt, oben um den Stamm einer Kastanie gewickelt. Mit Hilfe einer Kurbel wird die kleine Gondel hochgezogen.

An einem sonnigen Nachmittag im Spätherbst, als die Gräfin in Neuchâtel zu Besuch weilt, erinnert Jean die Gouvernante an Diderot. Man könnte dazu an den See hinunterwandern. Mademoiselle Claire ist einverstanden und holt in der Bibliothek einige Bücher. Jean füllt unterdessen einen kleinen Henkelkorb mit einer Flasche Weisswein und Gläsern, einigen Schnitten Braten und Brot und legt drei saubere weisse Servietten dazu.

Gemütlich schlendern sie ans Seeufer hinunter. «Zuerst trinken wir etwas», schlägt Jean vor. Er entfaltet eine Serviette, wirft sie elegant über den Steintisch, legt appetitlich Braten und Brot darauf und zieht den Korken aus der Flasche.

«Wenn Sie meinen …», sagt Claire mit gespieltem Zögern, als ihr Jean sein Glas zum Anstossen entgegenhält. «Dann aber wollen wir zu Diderot …»

«Selbstverständlich», verspricht Jean. «Zu Diderot.» Die wärmende Herbstsonne lässt den grossen Franzosen noch etwas im

Hintergrund warten und die Stimmung ansteigen. Jean füllt die Gläser nach. Wenn das so weitergehe, sei sie nicht mehr in der Lage, zum Schloss hinaufzusteigen, klagt Claire schelmisch. Dann ziehe er sie in der Gondel hinauf, verspricht Jean.

«Wenn ich dann überhaupt noch in die Gondel steigen kann!»

«Ich helfe Ihnen schon hinein, wir können das ja mal üben, kommen Sie ...»

«Nein aber, was fällt Ihnen ... Sie sind ein Schlitzohr!»

«Sehen Sie, wie gut das gegangen ist? Und jetzt lassen wir das Türchen geschlossen und ich hebe Sie heraus ... doch, doch. Das haben wir doch schon einmal geübt.»

Und Jean hebt sie heraus, trägt sie hin zum Tisch und lässt sie sachte auf die Bank gleiten, ohne sie loszulassen. Dann küsst er sie sanft auf die Lippen. «Aber Jean, was machen Sie ... Jean ... Jean, was machst du da? Mein lieber Jean, mein Held, mein Winkelmann!» Sie schiebt gefühlvoll und angenehm langsam ihre Arme um seinen Hals.

«Winkelried», korrigiert Jean und löst ihr gewandt das Haarband auf. Ihre Haare fallen bis auf die Schultern, und Claire gleicht gar nicht mehr einer strengen Gouvernante.

Direktor Garnier gleicht ein bisschen Jean

1885 – 1887

Claire und Jean sprechen sich vor der Comtesse de Pourtalès-Gorgier, née Comtesse d'Escherny, weiterhin mit Sie an. Diese ihrerseits lässt nicht erkennen, ob sie das veränderte Verhältnis zwischen den beiden bemerkt habe oder nicht. Aber wenn man in Betracht zieht, dass ihr nicht entgeht, wenn ein Stäubchen auf dem oberen Stab eines Spiegelrahmens liegt oder auf dem Handlauf der hohen Wendeltreppe im schräg einfallenden Sonnenlicht ein Fingerabdruck zu sehen ist, darf man annehmen, dass sie im Bild ist.

Claire hat sich hoffnungslos in Jean verliebt. Wenn eine alte Scheune in Brand gerate, brenne sie lichterloh, pflegt seine Grossmutter zu sagen. Jean steht allein am Seeufer und versucht, flache Steine möglichst oft über den See hüpfen zu lassen. Die Geschichte mit Ninette scheint sich zu wiederholen, denkt er. Er ist unschlüssig, fühlt sich überfahren. Was für ihn eher eine Liebelei ist, ist für Claire zur ernsten Angelegenheit geworden. Sie ist eine zupackende Person und weiss auch schon, wie es weitergehen könnte: Das Mädchenpensionat *La Roseraie,* ein Institut für höhere Töchter, sucht eine leitende Gouvernante sowie einen Hausmeister. Jean und sie würden heiraten und die Stellen übernehmen. Sie hat bereits mit dem Direktor, Professeur François Garnier, gesprochen.

Jean blickt hinüber zum Dampfer, der sich anschickt, am nahe gelegenen Steg anzulegen. Dieser ist auf Wunsch der Comtesse errichtet worden, die Grossaktionärin der Schifffahrtsgesellschaft ist. Die Schaufelräder drehen sich langsamer, dann rückwärts, die

Taue fliegen um die dicken Eichenpfosten. So würde ich festgebunden, denkt Jean, und mein Leben als Hausmeister beenden, nach Jahrzehnten hinter den gleichen vier Mauern. Wieder dieser Anflug von Panik wie damals bei Ninette. Er gibt sich einen Ruck. Das ist nicht mein Leben, noch nicht. Schon in den nächsten Tagen will er reinen Tisch machen.

«Bitte, liebe Claire, versteh mich, ich hab dich gern, aber ich bin noch nicht so weit.»

Claire ist untröstlich, hat verweinte Augen und Migräne. Ihr lieber Jean, mit dem sie so viel erlebt hat und um die halbe Welt gereist ist, lässt sie einfach sitzen. Das darf nicht wahr sein.

«Aber Jean, du bist doch auch schon 31 Jahre alt, hast so viele Länder und Städte kennen gelernt. Genügt dir denn das nicht?»

Jean lässt sich nicht umstimmen. Um weiteren Schwierigkeiten aus dem Weg zu gehen, nimmt er sich im Stillen vor, eine neue Stelle zu suchen.

Auch Claire will nicht mehr unter einem Dach mit ihm leben. Auch sie nimmt sich im Stillen vor zu kündigen.

Jean bittet die Gräfin um einen freien Nachmittag und fährt nach Neuchâtel. Er durchstöbert die grossen internationalen Zeitungen und wird wieder im *Figaro* fündig. Sir George Fitz-Gerald, ein in Paris lebender Engländer, sucht einen sprachgewandten Kammerdiener. Noch am gleichen Abend schreibt er seine Bewerbung.

Einige Tage später bittet Claire die Gräfin um einen freien Nachmittag und besucht Direktor Garnier im Mädchenpensionat *La Roseraie.* Sie werden sich bald einig, auch wenn sich Herr Garnier nach einem andern Hausmeister umsehen muss.

«Jean, ich werde leitende Gouvernante im Roseraie», verkündet sie nach ihrer Rückkehr. Ein Anflug von Stolz schwingt mit. Sie hat sich wieder gefasst, fühlt sogar ein bisschen Schadenfreude, als Jean sie ungläubig anstarrt.

«Du wirst …?»

«Ja, schon in vier Wochen!»

Jean schüttelt den Kopf und beginnt plötzlich zu lachen, erzählt, dass auch er bereits eine Bewerbung für eine neue Stelle abgeschickt habe.

Jetzt lachen beide.

«Was, du hast auch …? Und ohne mir etwas zu sagen?»

«Du hast mir ja auch nichts gesagt!»

Als Claire einen Monat später das Schloss *La Corbière* verlässt, fällt ihr die Trennung von Jean trotz allem schwer. Kühl wollte sie sich von ihm verabschieden. Es geht nicht. Tränen fliessen über ihr hübsches Gesicht. Lange umhalst sie ihren Helden, küsst ihn immer wieder. «Au revoir, mon héros, mon cher Winkelmann!»

«Winkelried», sagt Jean liebevoll und tupft ihr mit seinem Taschentuch über die feuchten Augen. Und fährt mit dem Handrücken verstohlen über seine eigenen Wangen. So, dass es Claire nicht merken soll.

Sir George Fitz-Gerald entscheidet sich für Jean. Dieser freut sich auf Paris. Es ist ihm, als kehre er in eine alte Heimat zurück. Der neue Herr ist ein angenehmer Patron, ruhig, in sich gekehrt, manchmal fast melancholisch. Er hat vor zwei Jahren seine Frau verloren. Gerne hört er zu, wenn ihm Jean auf seinen Wunsch von Batavia und Buitenzorg und Kanton erzählt.

Zuerst nur gelegentlich, dann immer häufiger denkt er dabei

auch an Claire zurück. Merkwürdigerweise beginnt sie ihm zu fehlen. Schliesslich schreibt er ihr einen Brief, fragt, wie es ihr gehe. Die Antwort ist überraschend. Es gehe ihr sehr gut, schreibt sie. Im Übrigen werde sie Direktor François Garnier heiraten. Er sei ein sehr tüchtiger und lieber Mann, ein Witwer mit zwei kleinen Kindern. Er gleiche auch ein bisschen Jean. Dieser ist irritiert und schaut sich das Foto des glücklichen Paares, das sie beigelegt hat, genau an. Das linke Ohr des Direktors steht nicht ab. Das ist jedenfalls beruhigend.

Ein halbes Jahr später trifft ein zweiter Brief ein. Claire ist in Erwartung und fragt ihn, ob er Pate ihres Kindes sein möchte. Es werde, je nachdem, Jean oder Jeannette heissen. Er sagt gerne zu.

Claire bringt einen Buben zur Welt. Jetzt ist also der grosse Jean wieder Pate eines kleinen Jean, aber eines Jungen, der ihm nicht gleicht.

Alle zwei, drei Monate schreibt er nach Hause an seine Eltern. Er berichtet aus der Weltstadt Paris von lustigen, aber auch schrecklichen Ereignissen, so in seinem Brief vom 27. Mai 1887:

Vorgestern brannte die Opéra Comique. Ich ging mit meinem Herrn, dem Sir George Fitz-Gerald, hin und sah, wie man verbrannte Leichen auf Tragen aus den Trümmern trug. Es war grauenhaft. Ich bin schon oft mit meinem Herrn in der Oper gewesen, glücklicherweise nicht vorgestern. Über 100 Tote hat es gegeben und es hätte noch viel mehr gegeben, wenn nicht der berühmte Sänger Taskin gewesen wäre. Er hat die Oper Mignon gesungen, und als es brannte, den Leuten zugerufen: Sang-froid! Sang-froid! Ruhig Blut! Ruhig Blut! So dass sich die Leute nicht auch noch zu Tode getrampelt haben. Für meinen Herrn war es noch schlimmer, weil einst das Spitzenkleid seiner Frau am offenen Kamin Feuer gefangen hat und sie darin verbrannte.

Vater Emil liest den Brief am Stammtisch vor. Schrecklich … fürchterlich … Für eine Weile schweigen alle betroffen. Sogar Onkel Jakob und der Moosbauer Karli. So viele Tote, und überhaupt, die schöne Oper! Zwar haben alle schon aus der Zeitung vom Grossbrand vernommen, aber wenn einer das selbst erlebt hat und beschreibt wie der Jean, geht es einem unter die Haut. Der Rentier Meier und die Marei sind schon in Paris gewesen und haben die Oper mit eigenen Augen bewundert. Und alle haben im Dorf schon Feuersbrünste erlebt, bei denen es nicht mehr viel zu löschen gab. Wie muss das wohl sein mitten in einer Stadt, und wenn ein gewaltiger Bau in Flammen steht, in dem Hunderte von Menschen eingeschlossen sind!

«Bringt man da überhaupt noch den nötigen Druck zusammen für diese Höhen?», bricht der Karli das Schweigen.

«Die haben Dampfspritzen, die schaffen das», erklärt der Bruder der Marei, der Isenschmid Peter, der von Beruf Feuerspritzenmacher ist. «Und dann werden Leitungen bis in die Mansarden der hohen Häuser ringsum gezogen, damit man das Feuer von oben bekämpfen kann. Nebst den gewaltigen Leitern. Erinnert ihr euch noch: Vor einigen Jahren schaffte ich es bei einer Feuerwehrprobe sogar mit meiner Handdruckspritze bis auf die halbe Kirchturmhöhe.»

«Ich erinnere mich noch gut, ich kam nämlich damals pflotschnass nach Hause», bestätigt der Rentier Meier. «War aber selbst schuld, hatte die Nase zu weit vorne. Übrigens bauen die in Paris einen Turm, der 300 Meter hoch werden soll! Fünfmal so hoch wie unser Kirchturm. In zwei Jahren, für die Weltausstellung, soll er fertig sein. Ich werde mir diese auf jeden Fall ansehen.»

«Also da hinauf würden mich keine zehn Pferde bringen»,

sagt der Moosbauer Karli und bestellt einen weiteren Zweier. Der Brand hat ihm Durst gemacht.

«Pferde klettern dort auch nicht hinauf», spottet Meier. «Da gibts Fahrstühle, wie man denen sagt, angetrieben mit Wasser aus einem Reservoir, das sich in über 100 Meter Höhe befinden wird. Du steigst hinein und wirst blitzschnell hinaufgezogen.»

«Die spinnen dennoch. Wie der Turm zu Babel.» Der Moosbauer Karli ist nicht zu überzeugen. «Oder etwa nicht, Marei?»

Die wiegt bedächtig den Kopf, macht einen Zug an ihrem Stumpen und bläst langsam den Rauch über den geschnitzten Luzerner Löwen. «Ohne neue Techniken gäbe es auch keine Bahn durch den Gotthard und keine Petrollampe und keine Impfung gegen die Pocken. Wenn ich jünger wäre, müsste man mich nicht zweimal bitten.»

Aus Jean wird Louis.
Wem gehört der goldene Ehering?

1888

«Hueremerdeundkupferhammer!» Seine langen Jahre im Ausland machen sich bemerkbar: Jean flucht schon dreisprachig. Er hat sich am mit heissen Kohlestückchen gefüllten Bügeleisen die Finger verbrannt. Beim Bügeln der Zeitungen. Das macht er jeden Tag. Sir George Fitz-Gerald will es so. Die *Times* und der *Figaro* seien besser lesbar, und man habe keine schwarzen Finger nach der Lektüre. Allerdings darf dabei das Bügeleisen nicht zu heiss sein. Deshalb prüft Jean von Zeit zu Zeit mit der Hand die Temperatur. Nicht nur die Finger hat er sich verbrannt, sondern auch sein Kopf schmerzt. Gestern war er bei einem Kollegen an einer Geburtstagsfeier. Es wurde spät oder eigentlich früh. Dieser verdammte Cognac!

Das Schöne beim Zeitungsbügeln ist, dass Jean dabei gleich die Schlagzeilen mitbekommt: *17 Tote bei Zugsunglück in England – Araberaufstand in Deutschostafrika – Durchgehende Bahnverbindung von Europa nach Konstantinopel.*

Täglich wirft er auch einen Blick auf die Stelleninserate. Er ist auf den Geschmack gekommen. Sein Beruf als Kammerdiener, zusammen mit den Sprachkenntnissen und guten Referenzen, scheint ein Sesam-öffne-Dich für vornehme Häuser auf der ganzen Welt zu sein. Sechs Jahre Primarschule hin oder her. Natürlich, reich wird man dabei nicht. Dafür hat man auch nicht die Sorgen der Reichen und Mächtigen. Nicht, dass es ihm in Paris oder bei seinem Herrn nicht gefiele. Aber heute Morgen um drei, als er nach der Geburtstagsparty auf etwas wackeligen Beinen der

Seine entlang heimspazierte, pfiff ihm plötzlich ein kühler Herbstwind um die Ohren, und er dachte unwillkürlich an die schönen, warmen Tage in Java zurück.

Ein kleines Inserat fällt ihm in die Augen. Ein nach Hawaii versetzter französischer Diplomat sucht einen Kammerdiener. Hawaii? Es braucht etwas Zeit, bis sich die Nebel in seinem Kopf lichten. Mit dem Schiff nach New York, dann quer durch Amerika und über den Stillen Ozean? Hin zu Sonne und Wärme? Trotz seines angeschlagenen Zustandes gerät Jean ins Träumen, verbrennt sich nochmals die Finger – diesmal ohne zu fluchen. Hawaii! Eine solche Gelegenheit kommt nicht so schnell wieder. Gleichentags noch bringt er seine Bewerbung auf die Post. Und wieder wird Jean aus mehreren Anwärtern ausgewählt.

Marie Gabriel Bosseront d'Anglade heisst sein neuer Herr. Er ist erst 30 Jahre alt ist, also vier Jahre jünger als sein neuer Kammerdiener. Jean kommt sich vor wie ein Onkel, der seinen Neffen umsorgt. Jeans Vorgänger hat Louis geheissen, und d'Anglade hat sich daran gewöhnt. Ob es den Monsieur Jean störe, wenn er ihn auch Louis nennen würde? Nein? Also heisst Hans Keusch alias Jean Keusch alias John Koch alias Jean Koch von jetzt an Louis Koch.

Konsul d'Anglade ist ein Mensch mit einem empfindsamen Gemüt, aber auch mit wissenschaftlicher Neugier. Er wird über die Anreise von Paris und den Aufenthalt im Königreich Hawaii unter dem Pseudonym Georges Sauvin ein Buch schreiben, als genauer Beobachter, da und dort auch philosophierend oder mit einem melancholischen Unterton.

Zwischen Paris und Hawaii liegen 16 000 Kilometer. Dennoch kann man sich schon 1888 in der Reiseagentur Cook, nahe bei der Oper gelegen, Rückfahrkarten besorgen. Mitte Dezember besteigen sie in der Gare Saint-Lazare den Zug nach Le Havre. *L'impression du départ: c'est la tristesse ... on sent au fond de l'âme un brisement de ce lieu qui attache au passé, et se compose de mille petites choses, de sourires et de pleurs* notiert d'Anglade in sein Tagebuch.

Louis hingegen, der sich schon bald an seinen neuen Namen gewöhnt hat, empfindet keine Tristesse. Im Gegenteil. Er freut sich wie ein Kind auf die lange Reise und schielt vergnügt zu einer jungen Dame hin, die gegenüber sitzt. Er malt sich aus, wie es wäre, wenn diese mit ihm auf dem Schiff nach Amerika reisen würde. Vielleicht noch schöner als mit der Claire Bouvier? Die wird jetzt wohl ihren kleinen Jean mit Brei füttern.

Acht Tage brauchen sie für die 5700 Kilometer über den Atlantik von Le Havre bis New York. Unter den vielgereisten Passagieren der Ersten Klasse überwiegt vornehme Blasiertheit. Man verwickelt den schon älteren Schiffsarzt, der medizinisch wenig zu tun hat, aber ein guter Unterhalter, Whistspieler und Mittrinker ist, in dümmliche Diskussionen über die Seekrankheit, will wissen, ob ein Löffel Essig dagegen helfe, und ärgert den Kapitän mit der täglichen Fragerei nach der Ankunftszeit. In der Zweiten Klasse, wo Louis untergebracht ist, geht es lebhafter zu. Bald einmal hat er drei Schweizer gefunden, mit denen er jassen kann.

Sepp Amsteg ist schon einmal in San Francisco gewesen. «Da hockst du von New York bis San Francisco fast eine Woche lang im Zug!»

«Ist das nicht langweilig? Wer gibt? Du, Sepp!»

«Langweilig? Keine Sekunde.» Gemütlich beginnt er die Karten zu mischen. «Abteile wie bei uns gibts aber nicht. 60 oder 70 Leute sitzen da beisammen. Die Luft ist zum Abschneiden dick, und du kannst dir den Lärm vorstellen, vor allem wenn noch Kinder mitreisen. Dazu die Trainboys, die Süssigkeiten oder Bücher ausrufen und mit den Türen knallen. Und kräftig wird Tabaksaft auf den Boden gespuckt und schmutzige Stiefel werden auf den Sitzbänken gelagert. Dabei hängen überall Verbotsschilder: *No expectorating* und *Boots off the seats.* Einen Dreck kümmern sich die darum.»

«Es kommt, wies kommt», meint Louis etwas ungeduldig. «Im Übrigen ist mal einer gestorben, während er mischte, und er war nicht mal an der Reihe. Ich muss um fünf wieder bei meinem Herrn in der Kabine sein.»

Nebst den drei Herren hat er auch eine Schweizerin kennen gelernt, ein Fräulein Hitz, das eine Stelle als Kindermädchen in einem vornehmen New Yorker Haushalt antreten wird. Louis pflegt ihr abends auf Deck die Sterne zu zeigen, wie er das nennt, und Fräulein Hitz zeigt sich interessiert. Daneben hat er wenig zu tun. Drei oder vier Mal pro Tag muss er in der Kabine seines Herrn nach dem Rechten sehen und die zahlreichen auf der Reise mitgeführten Bücher über Amerika, den Stillen Ozean und Hawaii wieder ordnungsgemäss im Bibliothekskoffer verstauen. Etwas mehr Arbeit hat er, als d'Anglade ein Opfer der Seekrankheit wird. Ein Wintersturm vor New York hat das gewaltige Schiff kräftig ins Schaukeln gebracht. *Couché dans sa cabine victime d'un violent mal du mer: quelles longues et douloureuses heures il faut vivre!* hält der junge Konsul fest. Louis hat fast ein schlechtes Gewissen, dass er purlimunter ist, und macht jeweils anstandshalber eine bedrückte Miene, wenn er seinen Herrn aufsucht.

Abends um zehn Uhr erreichen sie New York. Ein Boot bringt

die neusten Zeitungen und holt die Post ab. Erst am anderen Tag dürfen die Passagiere von Bord. Louis verabschiedet sich herzlich und innig von Fräulein Hitz, das unterdessen zu Elisi geworden ist. Er lässt sich für alle Fälle die Adresse ihrer zukünftigen Herrschaft geben und verspricht hoch und heilig, ihr aus Hawaii zu schreiben. Elisi vergiesst Tränen, einerseits weil sie ihren Reiseschatz Louis verlassen muss, und anderseits aus Furcht vor dem unbekannten Leben, das sie in der Riesenstadt erwartet.

Eine ganz andere Stadt als Paris oder London! Tag und Nacht Leben, ratternde Srassenbahnen und über den Köpfen dröhnende *Elevated Railroads,* Lärm und Hasten auf der Jagd nach dem *dieu dollar.* Ausserdem ist morgen Weihnachten. Zu Zehntausenden drängen sich die Leute durch die Strassen und in die Warenhäuser.

Die lange, nicht weniger als fünfeinhalb Tage dauernde Bahnfahrt quer durch den riesigen Kontinent ist auch für Louis eine neue Erfahrung. Etwa gleich viele Kilometer wie über den Atlantik sind es bis San Francisco. Aber Monsieur Marie Gabriel Bosseront d'Anglade und Louis reisen viel bequemer, als es Sepp Amsteg auf dem Schiff geschildert hat: in einem überlangen Pullmann-Wagen, mit komfortablen drehbaren roten Sesseln und grossen Fenstern. Die bloss etwa dreissig Passagiere scheinen aus aller Herren Ländern zu stammen. Louis hört deutsche und russische Sprachfetzen, parliert mit seinem Herrn französisch und verhandelt mit dem *Conductor* auf Englisch.

Nachts kommen schwarze *Porters* und verwandeln je zwei Sessel in ein bequemes Bett, durch einen Vorhang vom Nachbarn abgeschirmt. Erstaunt ist Louis, dass sich Männlein und Weiblein ungeniert bis aufs Nötigste ausziehen, bevor sie hinter dem Vorhang verschwinden.

Auch die hübsche junge Dame mit dem Stupsnäschen tut dies, die mit ihnen in New York ohne Begleitung zugestiegen ist. Ein sorgfältig gekleideter Herr hat sie diskret begrüsst. Allerdings erst nach der Abfahrt des Zuges. Wie ein Ehepaar sind Louis die beiden nicht vorgekommen. Im Gegensatz zu den streitbaren O'Higgins, die einiges hinter die Binde gegossen haben. Es dauert lange, bis diese hinter dem Vorhang des benachbarten Abteils verschwinden, wo sie ihr Gezänke noch eine ganze Weile und zumindest für die unmittelbaren Nachbarn hörbar fortsetzen. Er nennt sie eine hässliche Schildkröte und sie ihn einen besoffenen Schlawiner und altes Stinktier. Endlich kehrt Ruhe ein, wenn man vom Schnarchen absieht, das da und dort in verschiedenen Tonlagen durch die Vorhänge dringt.

Um zwei Uhr früh erwacht Louis. Er hört eine Weile dem gleichmässigen Rattern der Räder zu und beschliesst dann, zur am Wagenende angebrachten Plattform zu gehen, um etwas frische Luft zu schnappen und sich den Sternenhimmel anzusehen. Auf einem Schild steht zwar, es sei verboten, sich während der Fahrt hier aufzuhalten. Aber er hat sich sagen lassen, dass dies nur bedeute, dass die Bahn jede Verantwortung ablehne. Wie er in den Wagen zurückkehrt, sieht er im Schein der Gaslampe am Boden etwas funkeln. Ein goldener Ehering! Als er sich bückt, um ihn aufzuheben, vernimmt er kaum hörbare Stimmen hinter dem Vorhang. «... darling ... sweethart!», glaubt er einen Mann flüstern zu hören. «... love ... jack of hearts!», lispelt es zurück, gefolgt von unterdrückten Lauten der Liebe, die Louis nicht unbekannt sind.

Er zählt die Vorhangabteile ab. Einmal, zweimal. Hinter diesem Vorhang ist doch die hübsche junge Dame mit dem Stupsnäschen verschwunden? Er schmunzelt vor sich hin, schleicht sich auf Zehenspitzen weg und stellt sich unter eine der Gaslampen, um den auf der Innenseite des Ringes eingravierten Namen zu lesen. Leise pfeift er durch die Zähne. Der gehört doch zu den ganz oberen Zehntausend?

Louis gelobt zu schweigen

1888

«Ich darf doch auf Ihre Diskretion zählen, mein Herr, nicht wahr?», sagt der gut angezogene Fremde leise und blickt dann nachdenklich auf den Ring, den er mit Daumen und Zeigfinger der linken Hand hält. «Sie haben mir aus einer grossen Verlegenheit geholfen.»

«Sie können sich darauf verlassen, Sir.» Louis deutet ein feines Schmunzeln an, von Mann zu Mann, aber doch zurückhaltend, wie es sich für einen einfachen Bediensteten gegenüber einem Multimillionär gehört. Die beiden befinden sich zu dieser frühen Stunde allein im Rauchersalon. Louis hat nach dem Frühstück den fremden Herrn diskret gebeten, ihm dorthin zu folgen. «Wenn Sie gestatten, ich habe mich auch schon in einer ähnlichen Situation befunden.» Er denkt an die Geschichte mit Ninette zurück. «Obwohl ich bloss ein Kammerdiener bin.»

«Aber doch ein Mann von Welt, wie ich sehe. Gestatten Sie, dass ich mich erkenntlich zeige, nicht um Ihr Schweigen zu erkaufen, sondern um Ihnen meine Dankbarkeit auszudrücken.» Er entnimmt seiner Brieftasche einen 100-Dollar-Schein.

Louis verschlägt es die Sprache. Aber nur kurz. Er hat im Laufe der Jahre den Wert eines guten Trinkgeldes von reichen Leuten schätzen gelernt. «Äusserst grosszügig von Ihnen, Sir. Ich danke Ihnen, und – Sie können sich auf mich hundertprozentig verlassen.» Hundert Dollar! Damit könnte er als Erstklasspassagier über den Ozean reisen.

«Ich vertraue Ihnen. Die Dame wird übrigens in Chicago den Zug verlassen. Und Sie werden Verständnis haben, dass wir uns von nun an auf der weiteren Reise nicht mehr kennen, Mister ... eh?»

«Mr Louis, Sir. Kammerdiener des französischen Konsuls in Honolulu.» Er deutet eine kleine Verbeugung an. «Selbstverständlich, Sir.»

Der Fremde drückt ihm zur Bekräftigung die Hand, als ob es keinen Standesunterschied zwischen den beiden gäbe. Diese Amerikaner werden mir direkt sympathisch, denkt Louis.

24 Jahre später, beim Untergang der Titanic, wird er sich an diese Episode erinnern, als er die Namen der umgekommenen Passagiere der Ersten Klasse liest. Aber selbst dann wird Louis verschwiegen bleiben. In Chicago allerdings, wo ihr Wagen an einen anderen Zug umgehängt wird, kann er es sich nicht verkneifen, wie beiläufig zu beobachten, ob die Dame mit dem Stupsnäschen den Zug wirklich verlässt. Sie tut es. Und sie verabschiedet sich sehr diskret vom gut gekleideten Herrn, der ab Chicago wieder seinen Ehering trägt.

Weniger diskret benehmen sich weiterhin die O'Higgins.

«Hi, I'm Jack», hat sich Mr O'Higgins vorgestellt. Einfach so: Jack.

Louis zögert. Dann stellt er sich mutig auch mit seinem Vornamen vor.

«Und das ist mein Täubchen Katja. Sie ist eine halbe Russin. Ihr Vater ist aus St. Petersburg eingewandert.»

Louis spitzt die Ohren. «Russland? Ich habe auch einmal in Russland gearbeitet. In Nischni Nowgorod.»

«Dann sprechen Sie Russisch? Ich kanns auch noch ein bisschen», sagt Katja.

«Darauf müssen wir einen heben», schlägt Jack vor. «Wodka gibts wohl nicht in diesem Zug? Bleiben wir beim Martini.»

Mit Vergnügen nimmt Louis wahr, wie sich das Verhältnis zwischen Jack und Katja im Laufe eines Reisetages verändert. Beim Frühstück noch mürrisch, aber schweigsam, tauen sie im Laufe des Morgens nach und nach auf, werden gesprächig und erzählen ungefragt jedem und jeder, dass sie mit Holzhandel ordentlich Geld gemacht haben und sich jetzt einmal dieses San Francisco mit seinen vielen stinkenden Chinesen ansehen wollen. Beim Abendtrunk titulieren sie einander nach dem ersten Martini mit Täubchen und Bison, nach dem dritten wird daraus ein süsses Täubchen und ein üppiger Bison. Dann, etwa nach dem sechsten oder siebten Martini, wechselt plötzlich die Stimmung. Katja wirft Jack vor, er trinke zu viel und sei ein lahmer Esel, und Jack schreit zurück, sie sei zu dick und gleiche einer Schildkröte. Bis sie hinter dem Vorhang verschwinden, mutiert sie weiter zur hässlichen Schildkröte und der lahme Esel zum besoffenen Schlawiner.

Die Fahrt ist lang, aber für Louis nie langweilig. Hinter Omaha nimmt er Jules Vernes *Le Tour du Monde en 80 Jours* aus seiner Reisetasche. Hier, in der Gegend von Kearney, wurde Phileas Foggs Zug von Indianern überfallen. Er blättert im Buch mit den wunderschönen Illustrationen und schaut immer wieder durchs Fenster auf die vorbeiziehende Landschaft. Schmunzelnd betrachtet er das Bild, auf dem Passepartout gegen die Indianer kämpft. *Le Français en avait assommé trois à coups de poing…* steht darunter. Auf der gegenüberliegenden Seite ist der Segel-Schlitten zu sehen, auf dem Fogg über die endlosen Ebenen 200 Meilen weit nach Omaha gesaust sein soll.

«Was lesen Sie denn da?» Neugierig blickt ihm Jack über die Schulter. Er genehmigt sich einen frühen Martini.

«Einen Bericht über eine Weltreise vor einigen Jahren», versetzt Louis gut gelaunt und streckt ihm das Buch entgegen. «Mit schönen Bildern aus der Gegend, wo wir eben durchfahren.»

«Sieh mal, mein Täubchen», wendet sich Jack an Katja, die hinter ihm herangeschnauft ist, «ein Indianerkampf! Wir haben die Show von Buffalo Bill gesehen. Wer ist denn der junge Mann, der da überfallen wird?»

«Das ist Passepartout, der Diener von Mr Fogg, der um die Welt reiste.»

«Ah, französisch geschrieben! Meine Eltern haben nebst Russisch auch Französisch gesprochen. Ich verstehs noch ziemlich gut», sagt die dicke Katja stolz, legt den Finger zwischen die Seiten mit dem Bild und betrachtet das Titelblatt, wo sie Vernes Widmung *Pour John, mon Passepartout suisse!* entdeckt. Sie denkt nach, blickt auf Louis, dann wieder auf die Widmung, wirft nochmals einen Blick auf das Bild mit dem Kampf. «Gehört das Buch Ihnen? Dann sind Sie also dieser Passepartout, der mit den Indianern gekämpft hat?»

Louis sticht der Hafer. Die dicke Katja hält den Roman offenbar für einen Tatsachenbericht.

«Oh, ja, natürlich», antwortet er wie beiläufig. War er nicht auch einst in China auf dem Perlfluss mit Bravour gegen die Seeräuber gestürmt? Wie eine Wildsau im Rübenfeld?

Hinterher reut ihn sein Bluff, denn die dicke Katja wirft nicht nur ein, sondern beide Augen auf ihn, den Helden. Als Louis nachts von seinem gewohnten Ausflug auf die Plattform zurückkehrt, blickt sie in ihrem Negligé neckisch hinter dem Vorhang hervor, hinter dem ihr lahmer Esel fürchterlich schnarcht. «Schon müde, du starker Bär?», flüstert sie ihm zu.

«Bereits im Winterschlaf», knurrt Louis und bringt sich eilends aus der Gefahrenzone.

Der Herr Attaché Louis und Hokulani, der Stern am Himmel

1889

Kapitän H. C. Houdlette pendelt mit seinem Dampfer *Australia* schon seit zehn Jahren einmal im Monat zwischen San Francisco und Honolulu hin und her. Eine Woche braucht er für die 4000 Kilometer nach Hawaii, bleibt dort eine Woche, reist in der nächsten nach San Francisco zurück, wo er wieder eine Woche Aufenthalt hat. Die *Australia* verdrängt 2737 Tonnen und gehört der Ocean Steamship Company, diese wiederum dem reichen Herrn Claus Spreckels, dem ungekrönten Zuckerkönig von Hawaii. Manche sagen, er habe den Würfelzucker erfunden. Aufgewachsen in Lamstadt bei Cuxhafen und wie Louis ein Bauernbub, wanderte er mit 19 Jahren in die USA aus. Für seinen Zuckerhandel brauchte er Schiffe, also wurde er nebenbei auch zum Reeder.

Der hat es weiter gebracht als ich, obwohl auch er nur die Volksschule besucht hat, denkt Louis, als ihm der Schiffsarzt während der Überfahrt von Spreckels erzählt. Neidisch ist er nicht. Er hat ein wunderschönes, abwechslungsreiches Leben ohne lastende Verantwortung und die Pflicht, ständig dem Geld nachjagen zu müssen. Und da er bisher nie einen Tag krank gewesen ist, fürchtet er sich auch nicht vor der Lepra, an der in Hawaii immer wieder Leute erkranken. Irgendwann taucht das Thema auf dem Schiff auf, und einige Passagiere würden liebend gern die Reise abbrechen, wenn sie könnten.

Je mehr man sich dem Wendekreis des Krebses nähert, desto wärmer wird es. Die Damen suchen ihre Sommerkleider hervor und legen sich auf Deck in ihre Liegestühle. Mit Verwunderung stellt Louis fest, dass nicht wenige Passagiere, vor allem Engländer, ihre eigenen Deckstühle rund um die Welt mitschleppen. Neben einfachen Klappstühlen entdeckt er raffinierte Konstruktionen mit Auszügen, die auch Damen in dezenten langen Kleidern einen bequemen Mittagsschlaf ermöglichen.

Es sind dieselben dezenten Damen, die bei der Einfahrt in den Hafen von Honolulu unermüdlich Münzen ins Wasser werfen, nach denen kräftige junge Burschen tauchen. Die züchtig bekleideten Damen können sich nicht sattsehen. Denn die Taucher sind nackt. Oder barfuss von den Zehen bis zum Kopf, wie es Louis formuliert.

Am 22. Januar 1889 meldet die *Hawaiian Gazette:*
His Excellency the President of the Republic of France, our Great and Good Friend, has accredited onto Us to reside near Our Court
Monsieur MARIE GABRIEL GEORGES
BOSSERONT D'ANGLADE
in the character of
COMMISSIONER.
KALAKAUA REX

Louis ist stolz, als er dies liest. Und noch stolzer, als er etwas weiter unten die folgende Meldung des Aussenministeriums entdeckt:

Notice is hereby given that M. LOUIS KOCH is an attaché of the French Legation, in the personal service of the commissioner, as notified to this Department by MONSIEUR G. B. D'ANGLADE, Commissioner of France.

Er schmunzelt. Man hat den Kammerdiener sogar zum Attaché befördert. Das soll ihm so schnell einer nachmachen! Er schreibt einen kurzen Brief nach Hause, verspricht darin für später einen längeren und legt die *Hawaiian Gazette* bei.

«Der Schang ist in Hawaii!», ruft der Posthalter von Freienberg einen guten Monat später am andern Ende der Welt, als er den Brief bringt. Vorher hat er es schon allen, denen er auf dem Weg begegnet ist, erzählt. Mutter Rosa liest den Brief am Familientisch vor. Louis heisse jetzt der Schang, und im Ausland nenne er sich ja schon seit langem Koch statt Keusch. Das macht das Ganze noch geheimnisvoller und vornehmer. Die *Hawaiian Gazette,* in der der Schang seinen Namen angestrichen hat, geht von Hand zu Hand.

«Der Donnerskerli!» Vater Emils Augen strahlen. «Unser Bub ein Attaché!»

Grossmutter Barbara freut sich mit und nimmt sich vor, für den Enkel vor dem Zubettgehen noch einen Rosenkranz zu beten. Onkel Jakob vergisst ob all den Neuigkeiten sogar, sich das schmerzende Bein zu reiben, riecht an der fremden Zeitung und reimt sich im Kopf mit Vorfreude zusammen, was er alles am runden Tisch im Rössli erzählen wird.

Noch mehr zu erzählen hat er nach dem zweiten Brief des Herrn Attaché, der – wie versprochen – um einiges ausführlicher ist. Man ist in Freienberg interessiert, denn über Hawaii weiss man wenig. Auch die Koch-Marei erinnert sich bloss noch daran, dass der englische Weltumsegler Cook dort vor etwa 100 Jahren umgebracht worden ist und dass die Frauen dort viel tanzen und sich mit Blumenkränzen schmücken.

Der Rentier Meier meint, er würde gerne mithelfen, den braunen Schönen die Blumenkränze umzulegen, und beim Tanzen sei er noch heute nicht der Letzte.

«Vermutlich landet der Schang noch einst im Kochtopf», witzelt der Moosbauer Karli.

«Alles Quatsch», legt jetzt Onkel Jakob los. «Honolulu ist eine moderne Stadt wie in Europa. Die haben dort sogar das Telefon und elektrische Beleuchtung und Trambahnen. Aber der König Kalakaua sei ein Süffel. Der geht oft nachts in eine Hotelbar, um Poker zu spielen und Gin – wie spricht man das aus, Marei? – also um Gin zu trinken. Schang hat sogar schon mit ihm geredet. Der Schang mit dem König!»

«Und was ist mit den Tänzerinnen?» Rentier Meier lässt nicht locker.

«Die gibts auch, schreibt der Schang. Hula-Hula heisse der Tanz, dazu wird Gitarre und Banjo gespielt und gesungen. Und schön seien die Mädchen. Und einen langen Strand gebe es, er heisst Waikiake, oder nein, wartet mal … ich glaube, Waikiki. Dort reiten junge Burschen auf Brettern über die Wellen, und Männlein und Weiblein gehen baden. Füdliblutt.»

«Hula-Hula, Hula-Hula», brummelt der Rentier Meier und starrt nachdenklich, aber mit glänzenden Äuglein ins Leere.

Auf der andern Seite der Erdkugel starrt Louis ebenfalls mit glänzenden Äuglein, aber nicht ins Leere, sondern in die braunen Augen von Hokulani. Der Name bedeutet *Stern am Himmel*. Hokulani ist ein Tanzmädchen. Louis hat sie kennen gelernt, als ihn ein paar deutsche Junggesellen zu einem verschwiegenen Bootshaus mitgenommen hatten, wo nur Blumenkränze die hübschen tanzenden Damen schmücken. Nur. Im Moment ist er aber nicht im Bootshaus, sondern etwas ausserhalb am Strand, über ihm *die* Sterne am Himmel und unter ihm im weichen Sand *der*

Stern am Himmel. Der Leser vermutet richtig: barfuss von den Zehen bis zum Kopf.

Eigentlich hat er sich in San Francisco, glücklich den Fängen der dicken Katja entronnen, entschlossen, für eine Weile den Frauen aus dem Weg zu gehen. Aber sein Vorsatz hielt nicht lange. Hokulani ist eine liebreizende Frau. Sie kann aber nicht nur verführerisch tanzen, sondern weiss auch, was der Dollar wert ist. «Keoni-Herzchen, ich brauche dringend fünfundzwanzig Dollar, als Darlehen.» Sie nennt Louis Keoni. Keoni ist die hawaiische Form für John. Der welterfahrene Louis hat für seine nächtlichen Stelldicheins aus Vorsicht seinen Namen wieder in John zurückverwandelt. Schliesslich ist er ein Attaché.

«Fünfundzwanzig? Als Darlehen? So viel verdient unser chinesischer Koch – im Monat!»

«Ich möchte mein Töchterchen taufen lassen. Du könntest Pate werden. Wir wollen ein kleines Fest machen.»

«Töchterchen? Ich hab gar nicht gewusst, dass du ein Töchterchen hast!» Er verspricht, es sich zu überlegen. Ninette mit ihren Forderungen kommt ihm in den Sinn. Er will sich nicht ein zweites Mal um den Finger wickeln lassen.

Hokulani versteht es, sanft, aber hartnäckig im rechten Moment nachzuhaken. «Also gut», sagt Keoni alias John alias Louis, als er das nächste Mal mit ihr am Strand von Waikiki Sternenkunde betreibt. «Ausnahmsweise. Aber das Töchterchen möchte ich denn doch noch vorher sehen.»

Hokulani zögert kurz. «Eigentlich ist es nicht mein Töchterchen, sondern jenes meiner Schwester. Aber das macht dir doch nichts aus, Keoni-Herzchen? Es heisst Leilani, *Blume des Himmels*, und ist zwei Jahre alt.»

Der schüchterne Herr auf dem Eiffelturm

1889

Louis liegt in einer Hängematte, die er sich auf der Veranda festgebunden hat, raucht seine abendliche Zigarre und nippt an einem kühlen Martini. Eis wird täglich zweimal von der *Union Ice Co.* in Form von Blöcken angeliefert, das Pfund zu 2 Cents. Der Abendwind bläst ihm den Duft von frischen Blumen um die Nase. Konsul d'Anglade ist beim amerikanischen Kollegen eingeladen und wird erst spät nach Hause kommen.

Louis zieht in seinem Kopf Bilanz. Eigentlich führe ich ein Leben so bunt wie ein hawaiischer Blumenkranz. Ich bin in Honolulu Götti eines Mädchens von einer Frau, deren Schwester ich liebe, dann Vater eines Buben namens Jean in Südfrankreich, dessen Mutter ich fast schon am Vorabend der Hochzeit mit einem anderen geliebt habe. Und schliesslich Götti und Vater eines kleinen Jan in Buitenzorg, von dessen Mutter ich mich in gegenseitigem Einvernehmen getrennt habe. Dann ist da auch noch am Neuenburgersee der kleine Göttibub Jean von Claire, die ich geliebt habe, aber ohne Vater zu werden. Und die sechs Heidenmädchen und fünf Heidenbuben in Buitenzorg, die ich habe taufen lassen und deren Götti ich auch bin. Ausnahmsweise, ohne deren Mütter näher gekannt zu haben.

Allerdings, die hübsche Hokulani, die macht ihm Sorgen. Immer wieder fordert sie zusätzlich Geld, mal drei, mal fünf Dollar. Und von der Rückzahlung der gepumpten fünfundzwanzig ist keine Rede.

Louis hat es auch nicht anders erwartet. Aber jetzt will sie wieder ein Darlehen, und zwar nicht weniger als siebzig Dollar. Für ein neues Pferd. Hokulani ist eine der wildesten Reiterinnen in der Stadt, und das will was heissen.

«Keoni-Herzchen, ich brauch sie dringend, wirklich. Hab schon zugesagt. Diese Chance kommt nie wieder.»

«Tut mir leid, versuchs woanders. Du bist mir immer noch die fünfundzwanzig schuldig.»

Sie bettelt und bittet, vergiesst Tränen. Louis bleibt hart. Da lässt sie durchblicken, sie wisse schon lange, dass er gar nicht John, sondern Louis heisse und Attaché im französischen Konsulat sei. Sie habe es von ihrem Bruder, dem Droschkenkutscher, der übrigens hundert Dollar im Monat auf die Seite legen könne.

Eine glatte Erpressung. Louis steigt die Galle hoch. Nach einem längeren Gezerre kauft er sich für dreissig Dollar frei und beschliesst, den Verkehr mit ihr ein für alle Mal abzubrechen.

Schon einen Monat hat er sich daran gehalten. Auch wenn sie mit andern Hula-Girls mit fliegenden Röcken und Haaren an ihm vorbeigaloppiert und ihm lockend zuruft, sie wieder einmal zu besuchen. Er winkt jeweils ab, aber es ist nicht einfach. Manchmal fast nicht auszuhalten.

Gott Amor kommt ihm zu Hilfe, allerdings über weite Umwege. Es ist kurz nach Mitternacht, als Monsieur Marie Gabriel Bosseront d'Anglade von einem offiziellen Diner beim König Kalakaua nach Hause zurückkehrt. Louis hat auf ihn gewartet und Tee zubereitet. Er hilft ihm aus dem Frack. D'Anglade wirkt melancholisch und nachdenklich.

Louis versuchts mit einem scherzhaften Spruch. Er steht in einem vertrauten Verhältnis zu seinem jungen Herrn. «Hat seine Majestät dem üblichen Quantum Alkohol den Garaus gemacht und den grossen Spiegel in der Bar zertrümmert oder ist er auf dem Weg zur Besserung, Monsieur?»

D'Anglade zwingt sich zu einem Lächeln. «Eigentlich habe ich Mitleid mit ihm. Er kennt Europa, Amerika und sieht politisch durchaus klar, auch die Gefahren, die seinem kleinen Königreich von Seiten der grossen Mächte drohen. Weiss Gott, wie lange er sich noch halten kann.»

«Und das Diner, angenehm verlaufen?»

«Halt wie üblich. Viel Kristall, Blumen, Hunderte von elektrischen Lichtern und Chambertin und Rheinweine. Die Royal Hawaiian Band war für meinen Geschmack etwas laut. Tannhäuser von diesem Deutschen, dem Richard Wagner, hat sie gespielt, dazu Offenbach und Strauss. Ich habe Ihnen die Menükarte mitgebracht. Vielleicht gibts Anregungen.»

«Danke, Monsieur.» Louis hat sich nämlich nach und nach zu einem ausgezeichneten Koch entwickelt, der oft auch für d'Anglade in der Küche steht. «Ist Ihnen nicht gut, Monsieur?»

«Doch, doch.» Der Konsul tut sich schwer mit Sprechen. Er nimmt einen Schluck Tee. «Es gibt da eine *affaire de coeur,* mit diffizilen Familienverhältnissen als Bühne. Eigentlich müsste ich sofort nach Paris, kann aber nicht weg. Ich bin ja erst wenige Monate hier. Und ein Brief mit der Post – auch mit der Diplomatenpost – könnte in falsche Hände geraten. Schenken Sie mir bitte noch eine Tasse ein.»

«Wenn ich irgendwie behilflich sein kann, Monsieur ...» Louis hält einen Augenblick inne, räuspert sich dann etwas verlegen. «Vielleicht ist es – mit Verlaub – eine *idée schnapsée,* wie wir zu Hause sagen, aber wie wäre es, wenn *ich* den Brief persönlich überbringen würde?» Meinem Herrn wäre geholfen, überlegt

Louis, und ich hätte etwa drei Monate Ruhe vor Hokulani. Und Mitte Mai wird in Paris erst noch die Weltausstellung eröffnet!

«Sie sind ein Spassvogel, Louis.» D'Anglade schüttelt lächelnd den Kopf. «Einen Monat hin, einen zurück und zwei Wochen in Paris? Für einen einzigen Brief? Nein, das ist wirklich eine *idée schnapsée,* wie Sie es nannten. Aber ich danke Ihnen für Ihren Vorschlag.»

Die Schnapsidee bleibt wider Erwarten im Kopf des Konsuls hängen. Zwei, drei Tage denkt er darüber nach, hält sie mal für kompletten Unsinn, dann wieder für eine geniale Sache.

Eine Woche später besteigt der Herr Attaché Louis Koch, mit einem Blumenkranz geschmückt und unter den Klängen der königlichen Musik, den Dampfer nach San Francisco. Der diffizile Brief steckt in einem Lederportefeuille, das er sich mit einem Riemen wie eine Geldkatze um den Bauch gebunden hat. Er will kein Risiko eingehen.

Dennoch atmet er auf, als er nach der mehrwöchigen Reise in Paris den Brief mit Kammerdiener-Schlauheit diskret der angebeteten Dame übergeben hat. Vergnügt reibt er sich die Hände. Zwei freie Wochen liegen vor ihm, ohne irgendwelche Verpflichtung und mit grosszügig bemessenem Reisegeld. Als Erstes will er sich die Weltausstellung ansehen.

Die Schweiz, *La République la plus ancienne de l'Europe,* ist mit über 1000 Ausstellern vertreten. Neben den Vereinigten Staaten von Amerika ist sie das einzige industrialisierte Land, das offiziell teilnimmt. Die andern sind verschnupft, weil die Ausstellung von 1889 zugleich als 100-Jahrfeier für die Französische Revolution gedacht ist.

Louis ist stolz, dass nicht nur eine Lokomotive der Pilatusbahn oder kostbare Uhren ausgestellt sind, sondern auch Strohhüte aus dem aargauischen Wohlen, das in der Nähe von Freienberg liegt. Vielleicht wurde dafür Geflecht verwendet, das sie zu Hause am Stubentisch gefertigt haben?

Das wäre was für Onkel Jakob, denkt Louis, als er sich Buffalo Bills Wild West Show ansieht und die kleingewachsene Kunstschützin Annie Oakley bestaunt. Gekleidet in ein selbst entworfenes Kostüm mit kurzem Rock, Ledergamaschen und grosskrempigem Hut, durchlöchert sie mit ihrem Gewehr in die Luft geworfene Spielkarten und schiesst ihrem Mann eine brennende Zigarette aus dem Mund. Es wird sogar kolportiert, sie habe dies einst auch mit dem Kronprinzen Friedrich Wilhelm Viktor Albert von Preussen gemacht, der letztes Jahr deutscher Kaiser geworden ist.

Überhaupt, dieses Amerika! Es scheint ein Volk von Erfindern zu sein: hochmoderne Schreib- und Rechenmaschinen, Edisons Phonograph, Graphophone, elektrische Uhren. Daneben eine lebensgrosse Statue einer nackten Frau aus Schokolade: *L'idée de rendre la Vénus de Milo mangeable ne pouvait venir qu'à un Yankee*, liest Jean in einem Bericht über die Ausstellung. Gross ist seine Überraschung, als er plötzlich vor dem Pavillon des Königreichs Hawaii steht. Er empfindet sogar eine leise Spur von Heimweh nach den pazifischen Inseln, als er die Fotos der gewaltigen Vulkane betrachtet. Sie sind so hoch wie die Schweizer Riesen im Berner Oberland.

Dann der Eiffelturm! Er ist nicht eingestürzt während des Baus, wie dies manche Techniker prophezeit hatten. Einer hatte sogar mathematisch bewiesen, dass man ihn nicht höher als 228 Meter bauen könne. Jacob Burckhardt nannte ihn eine Reklame für gedankenlose Tagediebe in ganz Europa und Amerika und Tolstoj bezeichnete ihn als Monument menschlicher Narrheit.

Louis kümmert dies nicht. Er ist einfach überwältigt von der Sicht über die Weltstadt Paris und die Ausstellung, die sich über das Champ-de-Mars, den Quai d'Orsay und den Trocadéro erstreckt. Die Franzosen sagen von ihr, man könne in ihr wie Jules Vernes Phileas Fogg in achtzig Tagen um die Welt reisen, ohne Paris verlassen zu müssen. Wobei auch der Passepartout dazu gehörte, denkt Louis und ist stolz, dass er seinerzeit von Verne ein signiertes Exemplar bekommen hat.

Im Restaurant auf der ersten Etage will er etwas essen. Nur wenige Plätze sind noch frei. Schliesslich setzt er sich neben einen jungen Mann mit dunkler Hautfarbe, der offensichtlich hilflos in der Speisekarte blättert. Er hat eine markante Nase, sauber gescheiteltes schwarzes Haar, und beide Ohren stehen ab, was ihn Louis doppelt sympathisch macht.

«Kann ich Ihnen behilflich sein?»

«Oh, gerne», sagt der andere schüchtern auf Französisch mit englischem Akzent. «Ich esse nur Speisen ohne Fleisch. Ich bin aus Indien und Hindu und studiere in England.»

«Kein Problem, ich kenne mich aus», sagt Louis freundlich auf Englisch. «Ich bin aus der Schweiz, lebe aber zurzeit in Hawaii als … eh … Attaché» – das Wort geht ihm nicht leicht über die Zunge – «und bin … eh … dienstlich hier. Nur kurze Zeit. Einige Jahre habe ich auch auf Java gelebt, in Buitenzorg. Unser Schiff hat auf der Reise in Bombay und Calicut einen Zwischenhalt eingelegt.»

«Aus der Schweiz? Das sei das einzige Land in Europa, wo wirklich Meinungsfreiheit herrsche, habe ich mir sagen lassen.

Und das einzige, das seine Grenzen nicht ausdehnen will. Sehr freundlich von Ihnen, dass Sie einem braunen Menschen helfen.»

«‹Kinder Gottes sind wir beide, auch die Mohren und der Heide›. Ein Sprüchlein meiner Grossmutter. Ein Glas Wein dazu?»

«Nein, danke, ich trinke auch keinen Alkohol. Ihre Grossmutter ist eine weise Frau.»

Der Inder lässt sich eine Omelette mit Pilzen schmecken, der Herr Attaché hält sich an Schmorbraten und Kartoffelstock. Und beide philosophieren über das Getrubel der Welt zu ihren Füssen und das Leben hinter dem Indischen Ozean.

«In Buitenzorg lebte ich mit einer einheimischen Frau zusammen», erzählt Louis, den der Wein gesprächig gemacht hat. «Sie heisst Amai. Ich habe sogar einen kleinen Sohn. Er heisst Jan.»

Der andere zögert eine Weile. «Als Attaché?»

«Na, gut, eigentlich bin ich ja bloss Kammerdiener», krebst Louis zurück und lacht, «aber als Angehöriger des Konsulats hat man mich sozusagen befördert.»

«Ich habe auch einen Sohn, er heisst Harilal. Aber ich habe ihn noch nicht gesehen.»

«Sie sind verheiratet?» Louis ist verblüfft. «Verzeihen Sie, aber Sie sehen mir noch sehr jung aus.»

«In Indien heiratet man sehr früh. Ich war erst 13 Jahre alt. Wie heissen Sie?»

«Louis Koch. Soll ich Ihnen den Namen aufschreiben?»

«Louis Koch?», buchstabiert der Inder. «Nicht einfach auszusprechen. Meine Name ist Mohandas Gandhi.»

«Schreiben Sie ihn mir doch bitte auf. Auch auf Indisch, bitte!»

Gandhi lächelt. «Ich versuche es. Aber eure Buchstaben zu schreiben, fällt mir leichter.»

«Und auch noch den Namen des Sohnes, bitte. Hari…?»
«Harilal.»

Sie können nicht ahnen, dass der Sohn des berühmten Gandhi einst als Alkoholiker in der Gosse enden würde.

Ein niederländischer Maler, der ein bisschen spinnt

1889

Ich könnte Ninette bei Arles aufsuchen oder einen Besuch in Freienberg machen, überlegt Louis, nachdem er persönlich von der Dame mit den komplizierten Familienverhältnissen einen versiegelten Brief an Monsieur d'Anglade in Empfang genommen hat. Er sitzt beim ersten Frühstück im *Grand-Hôtel Suisse* in der Nähe der *Opéra,* dem grössten Theater der Welt, trinkt seinen Kaffee und streicht sich Butter auf ein frisch duftendes Brötchen. Ganz angenehm, bedient zu werden und auf Kosten seines Herrn in der Welt herumzureisen. Gestern hat er die Agentur Cook aufgesucht, um sich die Rückreise bestätigen zu lassen. Sie ist abgestimmt auf die Abfahrt des Dampfers von San Francisco nach Honolulu. Noch sechs Tage bleiben ihm bis zur Abreise.

Oder ich könnte beides machen, mit den heutigen schnellen Zugsverbindungen, fährt er munter in seinen Überlegungen fort, während er sich sorgfältig mit der Serviette den Mund abtupft. Zuerst nach Südfrankreich, dann über die Schweiz wieder nach Paris.

Ninette staunt nicht schlecht, als Louis respektive ihr Jean plötzlich in der Gaststube der *Fleur de Lisse* steht. Er ist immer noch ein flotter Mann, denkt sie. Sie ist immer noch eine hübsche Französin, denkt er. Vorsichtshalber hat er im *Hôtel de la Poste* ein Zimmer genommen. Ninette begrüsst Jean herzlich, ruft ihren gemütlichen Gatten mit der blauen Schürze herbei und die beiden inzwischen sieben und neun Jahre alten Buben Luc und Jean und deren kleine Schwestern Annette und Colette. Als der grosse Jean den kleinen Jean mit dem abstehenden linken Ohr sieht, wird er nachdenklich, ja gerührt. Seine Augen werden feucht, als Ninette dem kleinen Jean liebevoll über den Kopf streicht und zugleich ebenso liebevoll dem grossen Jean in die Augen blickt. Er braucht dringend *un verre de blanc*.

Die Gaststube füllt sich, und der Abend wird lang. Schliesslich hat man nicht jeden Tag einen Attaché im Haus. Und Jean erzählt und erzählt. Vom trinkfesten König in Hawaii, der den Spiegel in der Bar zertrümmert hat, vom schrecklichen Ausbruch des Krakatau und der grossen Flut in Batavia und von den Seeräubern im Perlfluss, auf die er mit dem Säbel in der Hand losgestürmt ist *comme un sanglier dans une ravière*. Er fühlt sich wie einer, der nach Hause gekommen ist. Nur macht ihm etwas Mühe, dass er hier wieder der Jean ist, und er muss erklären, wieso er in Hawaii Louis Koch heisst.

«Goch?» Ninette versucht, den schwierigen Namen korrekt auszusprechen.

«Koch. Ich schreibs dir auf den Tisch. Gib mir eine Kreide.»

«Die beiden Bilder dort an der Wand sind von einem Namensvetter von dir. Vincent van Koch heisst er. Logierte in Arles und kam oft hier vorbei und schenkte sie mir. Dafür musste er seinen Absinth nicht bezahlen. Spinnt ein bisschen, der arme Kerl. Die haben sogar Unterschriften gesammelt in Arles, um ihn loszuwerden. Jetzt haben sie ihn eingeliefert.»

«Er schreibt sich aber nicht Koch, sondern Gogh», korrigiert Raymond, der Dorflehrer, der aus dem Elsass stammt und auch Deutsch spricht. »Van Gogh, ein Niederländer.»

«Spezielle Malerei», urteilt Jean, der die Augen zusammenkneift, um die Bilder besser sehen zu können. Eines zeigt eine

Vase mit Sonnenblumen, das andere ein Getreidefeld bei Arles. «Der braucht ja kiloweise Farbe. Aber sie sind hübsch.»

«Wenn du möchtest, schenke ich dir eines», sagt Ninette.

«Nett von dir.» Er überlegt kurz. «Nein, vielen Dank, es ist zu sperrig, um es nach Hawaii mitzunehmen. Und hier, an der getäferten Wand, macht es sich ja ganz gut.»

Schon anderntags fährt Jean alias Louis in die Schweiz. Er kommt Pfarrer Leodegar Melchior Huber wie gerufen. Mittlerweile 72 Jahre alt geworden, wird dieser ins Resignatenhaus umziehen und hat eben am Sonntag seinen letzten offiziellen Gottesdienst als Dorfpfarrer gefeiert. Das Kirchenopfer wird für ihn zur freien Verwendung eingezogen, und von der Kirchgemeinde erhält er 200 Franken als Ehrengabe. 360 Franken sind es im Ganzen. Er möchte das Geld sinnvoll einsetzen.

«Schang, wie siehts in Hawaii aus? Gibts dort Leute, die das Geld gut gebrauchen könnten? Denen man etwas Freude in den Alltag bringen könnte?»

Jean muss nicht lange überlegen. Er hat mit seinem Herrn die Lepra-Station auf der Insel Molokai besucht. Er wird diesen Besuch nie vergessen können. Kein Auge blieb damals trocken, als sie von den dort lebenden kranken Mädchen mit Gesängen begrüsst wurden. Jean steckt das Geld ins Lederportefeuille zum versiegelten Brief.

Drei kurze Tage bleibt er in Freienberg, erzählt von seinen Abenteuern und lässt sich über die Ereignisse in seiner Heimat berichten. Heitere, wie die vom Chabisjoggel, der den Schaber Franz verklagte, weil der ihn so genannt hatte. Am nächsten Morgen konnte der Chabisjoggel nicht zur Haustür hinaus, weil ein

Fuder Chabisköpfe davorlag. Mit einem Zettel: *Geschenk vom Schaber Franz.* Aber auch traurige Geschichten gibts zu erzählen, und diese liegen den Leuten ja immer zuvorderst auf der Zunge. Das berühmte Kloster Muri ist im August abgebrannt, und in der Hintergasse riss das fünfjährige Bethli eine Pfanne mit kochender Milch vom Herd und verbrühte sich derart, dass es drei Tage später starb. Und beim Schlosser Peter haben, als der Chef abwesend war, seine drei Gesellen einen Doppelliter Most getrunken, worauf einer sagte, er möchte schon lange gerne wissen, wie es sei, wenn man gehängt werde. Er band einen Strick über der Esse fest und legte ihn sich um den Hals. In diesem Moment ertönte das Feuerhorn, weil die Schnapslihütte in Brand geraten war. Die andern zwei Gesellen rannten hinaus, der dritte fiel in die Schlinge und wäre erwürgt worden, wenn nicht zufälligerweise der Dorftrottel Seppli mit seinem Rossbollen-Wägelchen vorbeigekommen wäre. Trotz seiner Beschränktheit riss er eine Säge von der Wand, zertrennte damit den Strick und rettete so dem Gesellen das Leben.

Trauriges und Heiteres gibts überall, ob in Freienberg oder Honolulu, sinniert Jean, als er frisch und unternehmungslustig wieder zur grossen Reise aufbricht. Sein Köfferchen in der Hand, wandert er über die staubige Landstrasse zur Eisenbahnstation nach Wohlen.

«Wollen Sie über Olten oder Brugg nach Paris fahren?», fragt der Stationsbeamte, stolz darüber, dass er seit kurzem beide Routen anbieten darf.

«Ich muss nach Honolulu. Was raten Sie mir?», witzelt Jean, während er sich mit dem Taschentuch den Schweiss von der Stirne wischt.

«Ich bitte Sie, mein Herr», meint der Beamte beleidigt. «Meine Frage war ernst gemeint.»

«Meine auch», sagt Jean gemütlich. «Fahren wir mal über Olten.»

Quod licet Iovi, non licet bovi

1889 – 1890

Jean nennt sich wieder Louis, als er eine gute Woche später in New York am Morgen den Dampfer verlässt. Die Sonne scheint an einem wolkenlosen Himmel. Er ist ausgeruht, strotzt von Lebensfreude, könnte Bäume ausreissen. Seine Gedanken schweifen zurück. Noch kein Jahr ist es her, seit er mit Monsieur d'Anglade hier von Bord gegangen war. Damals allerdings – es war am Tag vor Weihnachten – blies ihnen ein kalter Wind um die Ohren. Und da war ja auch noch Fräulein Hitz, die er auf dem Schiff kennen gelernt hatte. Elisi! Was sie wohl machte? Ihre Adresse hat er in seinem kleinen Notizbüchlein. Er sucht sie heraus und zieht seine Uhr. Der Zug nach San Francisco fährt erst am Abend. Doch, es sollte reichen.

Mit der Strassenbahn und dann per Droschke braucht er eine Stunde bis zur Villa. Er hat Glück: Fräulein Hitz kommt eben mit dem Kinderwagen zum Gartentor, um ihren kleinen Schützling spazieren zu fahren.

«Elisi!»

«Louis! Wieso hast du mir aus Honolulu nicht geschrieben?» Elisi zieht ein Schmollmündchen. Es steht ihr gut, stellt Louis fest.

«Bin ich nicht besser als ein Brief?»

«Ein Lausbub bist du, aber ein lieber.»

Dem Herrn Attaché wirds warm ums Herz. Einen Kaffee trinken sie noch zusammen. Den schönsten seit Jahren. Dann muss Elisi wieder heim und Louis zum Hafen zurück.

«Ein kleiner Abschiedskuss?»

«Nur wenn du mir versprichst, aus Honolulu zu schreiben!»

Und Louis dünkt, der kurze, beinahe flüchtige Kuss sei schöner als eine Liebesnacht mit Hokulani am Strand von Waikiki.

Nur wenige Wochen nach seiner Rückkehr nach Honolulu stellt sich ihm Hokulani wie zufällig in den Weg, als er die Bar des *Hamilton* verlässt. Offensichtlich hat sie auf ihn gewartet.

«Immer noch böse, Keoni-Herzchen?»

«Nein, das heisst, ich habe dir ja gesagt, dass ich meine eigenen Wege gehen möchte.»

«Musst du schon heim, Keoni-Herzchen? Wir könnten noch am Strand spazieren gehen.» Sie strahlt ihn an.

Hübsch ist sie, mit der roten Blume im dunklen Haar und den Mandelaugen. Louis seufzt, aber bloss innerlich. Da zieht vor ihm das Bild von Elisi auf. Er ergreift die Flucht nach vorne. «Hör mal, Hokulani, ich habe jetzt eine Braut in New York. Sorry, muss ab jetzt ein anständiges Leben führen.»

«Gratuliere, Keoni-Herzchen.» Sie zieht ein säuerliches Gesicht. «Wie wärs mit einem kleinen Abschiedsgeschenk für mich? Fünfzig?»

«Hör mal, Hokulani, du bist mir noch zwei Darlehen schuldig. Die schenk ich dir.»

«Dreissig, Keoni-Herzchen. Sei doch kein Geizkragen. Denk an die schönen Stunden am Strand von Waikiki!»

«Ich werde sie bestimmt nicht vergessen, meine Liebe, aber, wie gesagt, ich habe jetzt eine Braut …»

Schliesslich verschwindet Hokulani. Mit zehn Dollar in der Hand. Sie hat ihm dafür kaum Dankeschön gesagt, bloss ein schnippisches Bye-bye hingeworfen und undeutliche Drohungen vor sich hingemurmelt.

Mitte November 1889 bereitet Louis auf Wunsch seines Herrn ein Diner für zwei Personen zu. Die zwei Personen sind d'Anglade und Louis. Das hat er schon mehrmals machen müssen. Als Vorlage übergibt ihm d'Anglade jeweils die Menükarte eines offiziellen Diners. Louis' Aufgabe ist es, einzelne Gänge auszuwählen und nachzukochen, *pour sentir la différence.* Den Einkauf auf dem Markt besorgt er selbst. Er hat auch dafür ein gutes Händchen. Heute geht es um ein Menü, das seine Majestät, der König, kürzlich für ein State Dinner bestimmt hat.

HORS D'OEUVRE.
Anchovy on Toast. Oysters on Shell.

SOUPIERRES.
Consomme. Cream of Asparagus.

POISSONS.
Mullet, Tartar Sauce.
Salmon, Hollandaise Sauce.

ENTREES.
Terrapin. Snipe.
Punch-Cardinal.

ROASTS.
Goose. Beef.

GIBIER.
Canvas Back Duck.

Pheasant.
Saddle of Venison.

SALADS.
Celery Mayonnaise. Chicken.

ENTREMENTS.
Diplomatic Pudding. Charlotte Russe. Sherbet.
Ice Cream. Maccaroons.
Fruit. Nuts. Cheese.
Tea. Coffee.

WINES.
Hock. Sherry. Rhine Wine. Claret. Champagne. Chambertin.
Port. Cognac. Chartreuse.

Eine eher exotische Schreibweise, stellt Louis fest. Er ist mit der hohen französischen Küche vertraut. Nach kurzem Abwägen entscheidet er sich für *Oysters on Shell, Salmon* mit *Hollandaise Sauce* und *Goose,* zum Dessert *Charlotte Russe.*

«Louis, das war wie immer ausgezeichnet», lobt der Konsul, als sie hinterher auf der Veranda in bequemen Korbsesseln Cognac und Zigarre geniessen. «Eigentlich sollten Sie Ihren Beruf wechseln. Sie können Sprachen, verstehen zu kochen, waren Chef de service … Das *Hamilton Hotel* sucht übrigens einen neuen Maître d'Hôtel.»

«Danke für das Kompliment, Monsieur! Es stimmt, ich habe Freude an einer guten Küche, aber mir gefällts gut bei Monsieur. Noch ein Schlückchen?»

«Merci, Louis.» D'Anglade räuspert sich, schwenkt sein Glas und denkt nach. «Louis, das Aussenministerium hat mich wissen lassen, dass es Kenntnis bekommen hat von gewissen gegen das Gesetz verstossenden Ereignissen in einer Bootshütte. Auch ein Attaché sei dabei gewesen. Mit diplomatischer Höflichkeit hat das Aussenministerium keine Namen genannt, aber darauf hingewiesen, dass eh … möglicherweise unser Konsulat involviert sei.» D'Anglade räuspert sich erneut. «Möglicherweise.»

«Hueremerdeundkupferhammer!», entfährt es Louis. Kein Zweifel, diese Kröte hat ihre Drohung wahr gemacht und ihn verpfiffen. Er fühlt sich etwa so wie damals, als er in seliger Stimmung bei einem Ritt mit Hokulani vom galoppierenden Pferd in den Sand geflogen war und von einem Moment auf den andern sein ganzer Körper nur noch aus Schmerzen zu bestehen schien. «Ich war da involviert, Monsieur. Zugegeben, aber das war noch vor meiner Reise nach Paris, und seither habe ich dieses Kapitel abgeschlossen. Im Übrigen weiss ja hier jeder, was in dieser Beziehung König Kalakaua selbst auf dem Kerbholz hat, auch mit Bootshütte und so», fügt er trotzig hinzu. «Gegen seine Majestät bin ich ein frommer Klosterbruder, Monsieur.»

«Na, jetzt untertreiben Sie aber ein bisschen, Louis.» D'Anglade lacht. «Aber es gibt eben ein Sprichwort: ‹Quod licet Iovi, non licet bovi – Was sich für Jupiter ziemt, ziemt sich nicht für den Ochsen.› Was die Geschichte kompliziert macht, ist, dass ich auch von Kollegen darauf angesprochen werde. Ausserdem besteht Gefahr, dass Paris davon Wind bekommen könnte, und dann stünde ich nicht eben gut da. Darf *ich* Ihnen noch ein Schlückchen einschenken, Louis?»

Louis versucht durchzuatmen. Er spürt sein klopfendes Herz

bis in den Hals hinauf. Im Laufe seines Lebens hat er ein Gespür für die diplomatischen Feinheiten des sprachlichen Ausdrucks bekommen und beginnt zu verstehen. «Das *Hamilton Hotel* suche, sagten Sie …»

«… einen Maître d'Hôtel, verantwortlich für den gesamten Restaurantbetrieb. Sie haben einen ausgezeichneten französischen Küchenchef und tüchtige chinesische Köche. Ich habe bereits vorsorglich mit dem Direktor gesprochen. Eine interessante und sehr gut bezahlte Aufgabe. Wenn Sie von sich aus die Stelle wechseln würden, dürfte schnell Gras über die Geschichte wachsen.» D'Anglade nimmt das Glas in beide Hände und schwenkt es ein paar Mal langsam, um etwas Zeit verstreichen zu lassen. «Diese famose *Charlotte Russe,* die Sie heute wieder kreiert haben! Ich tue mich schwer mit dem Gedanken, ohne Sie hier zu leben, Louis, das können Sie mir glauben.»

«Ich glaube Ihnen das gerne, Monsieur.» Louis kennt das empfindsame Gemüt seines Herrn. «Lassen Sie mich bitte einmal darüber schlafen.»

Eigentlich hat sich Louis bereits entschieden. Da er ein unternehmungslustiger Mann ist, beginnt er sich bald einmal sogar auf die neue Stelle zu freuen, die er am 1. Januar 1890 antritt. Ein bisschen schmerzt ihn allerdings die offizielle Mitteilung des Foreign Office, die er am 4. Januar im *Daily Bulletin* auf Seite 2 lesen muss:

M. LOUIS KOCH is no longer attached to the French Commissariat.

Diese Zeitung schickt er nicht nach Hause. Vorläufig auch keinen Brief. Aber seinem Elisi in New York, dem er etwa alle Monate einen Brief schickt, schreibt er nicht ohne Stolz, dass er jetzt Maître d'Hôtel in einem der besten Hotels geworden sei. Die erste Zeile des Briefes lautet:

Meine liebe Hokulani, das heisst auf Hawaiisch Stern am Himmel!
Elisi ist gerührt.

«*Bon voyage, Louis!*»

1891–1893

Louis sitzt in der Bar des *Hamilton*. Im Anzug und mit schwarzen Lackschuhen. Er hat dienstfrei und ist deshalb ein Gast wie alle andern. In Honolulu gelten demokratische amerikanische Sitten. Schon eineinhalb Jahre ist er Maître d'Hôtel. Seine Arbeit macht ihm Spass.

«Hätten Sie Lust, zu mir ins *Volcano House* zu wechseln, Mr Koch?» Lorrin A. Thurston ist ein einflussreicher Geschäftsmann und ehemaliger Innenminister, der eben das auf der Insel Hawaii gelegene *Volcano House* gekauft hat. Er will den Tourismus gross aufziehen, hat sogar Pläne für einen Nationalpark rund um die Vulkane. «Ich möchte das Hotel um ein Dutzend Zimmer vergrössern und dazu einen Aussichtsturm bauen. Für meine internationalen Gäste brauche ich jemanden, der sprachenkundig ist.»

Am 16. Oktober 1891 fährt Louis Koch mit dem Dampfer *W. G. Hall* der Inter-Island Company von Honolulu auf die Insel Hawaii hinüber, um auf 1200 Meter Höhe seine Arbeit im Hotel am Vulkan Kilauea aufzunehmen. Die Neueröffnung des umgebauten *Volcano House* wird am 17. November in der *Hawaiian Gazette* mit einem grossen Inserat angekündigt. Am Ende des Haupttextes hebt eine kleine Hand mit gestrecktem Zeigfinger einige Zeilen besonders hervor:

The Management of the Hotel is under Mr Peter Lee, so long and favourably known as the manager and proprietor of the Punaluu Hotel, and Mr Louis Koch, lately in charge at the Hamilton House in Honolulu, has charge of the culinary Department.

Dank Mark Twain ist das *Volcano House* auf der ganzen Welt

bekannt geworden. Touristen aus aller Herren Ländern reisen an. Sie fallen in Begeisterungsstürme ob der prächtigen Aussicht, wenn die Sonne scheint, oder fluchen zum Gotterbarmen, wenn es tagelang regnet und sie vor dem lodernden Kaminfeuer gähnend die Stunden zählen müssen.

Auch Monsieur Marie Gabriel Bosseront d'Anglade hat seinen Besuch angekündigt. Nach dem anstrengenden Ritt steigt er vom Maultier, dehnt den schmerzenden Rücken und drückt dann Louis lange die Hand. «Ich freue mich, Sie wieder einmal zu sehen!» Louis ist gerührt und stolz zugleich, Gastgeber für seinen ehemaligen Herrn sein zu dürfen. Dieser staunt über den Komfort des umgebauten Hotels. Sogar einen Billard-Room gibt es. D'Anglade widmet in seinem Hawaii-Buch der Tour zum Kilauea ein ganzes Kapitel und erwähnt, wenigstens indirekt, darin auch seinen ehemaligen Kammerdiener: *Le soir, nous sommes cinq à table, représentant quatre nationalités, et le maître d'hôtel qui nous sert est un Suisse. Je suis fier de le constater, pour nous entendre nous devons parler français.*

Elisi alias Hokulani II. freut sich mit, als sie den langen Brief liest, in dem Louis begeistert von der Begegnung mit d'Anglade erzählt. Im Übrigen habe ihn Professor Alexander, ein bekannter *surveyor*, als Begleiter und Koch für eine mehrwöchige Expedition zum Vulkan Mauna Kea engagiert. Der Brief endet mit der Versicherung, dass er jeden Tag an sie denke. *Mit Gruss und K. von deinem Louis.*

Louis ist bisher noch nie auf einem Viertausender gewesen. Die hohen Schweizer Berge sind ein Revier für Reiche und spleenige Engländer. Er freut sich auf das Abenteuer, auch wenn es anstrengend werden wird.

Hinter den berittenen Expeditionsteilnehmern trotten elf Maultiere mit dem Gepäck, darunter fotografische Apparate und astronomische Instrumente, die bis zu 50 Kilo wiegen und sehr empfindlich sind. Ein grosses Zelt haben sie dabei, eine Küchenausstattung, Nahrungsmittel, Getränke, Schlafsäcke, Brennholz und sogar einige kleine Säcke Zement. Alles wurde schön ausgewogen an die hölzernen Packsättel mit den beidseitigen gepolsterten Auflagen gehängt. Die Hufe der Tiere sind wegen der spitzen Steine mit einer Art Schuhe versehen. Der Umgang mit den Vierbeinern macht Louis Freude. Jugenderinnerungen werden wach.

Die dünne Luft macht sich ordentlich bemerkbar, als sie in knapp viertausend Meter Höhe am Ufer des Lake Waiau das Zelt aufbauen. Für das Passageinstrument mit dem grossen Fernrohr zur Sternenbeobachtung wird ein kleines Fundament gemauert. Ein flacher Felsblock wird als Basis für das Reversionspendel, mit dem die Gravitation gemessen wird, zurechtgerückt. Das Wetter hält sich prächtig und erlaubt es dem Astronomen Preston, schon ab abends fünf Uhr die Sterne zu beobachten. Louis beobachtet interessiert mit. Dankbar denkt er einmal mehr an seinen verstorbenen Professor Dubois in Neuchâtel zurück, der ihm manches Sternbild am Himmel erklärt hat. Wenn der hier, nahe dem nördlichen Wendekreis, in dieser glasklaren Luft auf 4000 Meter Höhe hätte dabei sein können!

«Die Erde ist keine gleichmässig geformte Kugel, was die Anziehungskraft betrifft», erklärt Professor Preston, während ihm Louis behilflich ist, den gewichtigen Pendelapparat aufzustellen. «Sie gleicht eher einem unebenen Stoffball. Vorsicht, damit keine Schraube verloren geht und unter diesem Lavagestein verschwindet! Geben Sie mir bitte die kleine Wasserwaage.»

Sechs Nächte werden sie in der Höhe verbringen, bei einigen Grad unter null. Jeden Morgen ist die Oberfläche des Sees zugefroren. Fast wie einst in Freienberg im Winter, denkt Louis und erinnert sich mit Schaudern an die eisig kalten Laubsäcke im Strohhaus. Wegen der Kälte können sie die Feldbetten nicht gebrauchen. Man zieht es vor, auf dem Boden zu schlafen. Louis, der gut mit Nadel und Faden umgehen kann, näht dafür dicke Decken zu Schlafsäcken zusammen. Ausserdem faucht die ganze Nacht durch ein kleiner Kerosin-Ofen. Und wenn sich die Professoren am Morgen aus den Decken schälen, prasselt draussen schon ein kleines Feuer, über dem Louis, mit Schirmmütze und grosser, weisser Schürze, Speck und Spiegeleier brutzeln lässt. Er versteht es, auch mit einfachsten Mitteln und abseits von Hotelküche und chinesischen Köchen Menüs herzuzaubern, die den Leuten das Wasser im Munde zusammenlaufen lassen. Lobend wird später Professor Alexander in seinem Expeditionsbericht festhalten: Nach der Besteigung des Hauptgipfels, 4205 Meter hoch, seien sie ins Camp zurückgekehrt, *where a repast awaited us, that remined one of the Hamilton House. It is enough to say that our worthy chef de cuisine was Louis Koch, well known to former guests of the Hamilton and later of the Volcano House.*

Zwei Maultiere bringen Nachschub. Brennholz, frische Nahrungsmittel und sogar Post. Ein Brief von Elisi ist dabei. Sie versichert Louis, dass auch sie jeden Tag an ihn denke. Ausserdem plane sie eine Rückkehr in die Schweiz, so Ende Frühjahr. Sie habe ein bisschen Heimweh.

Hast du auch schon daran gedacht, in die Heimat zurückzukehren??? Mein Onkel hat ein Hotel am Vierwaldstättersee ... Mit Gruss und K. von deiner Hokulani.

Louis denkt lange darüber nach. Drei Fragezeichen und drei Pünktchen? Er deutet sie richtig und arbeitet in seinem Antwortbrief auch mit Fragezeichen und Pünktchen. Er gibt dem Maultier stellvertretend einen liebevollen Klaps auf den Hintern, als es mit seinem Brief den Rückweg hinunter zum Basis-Lager antritt.

Die Fragezeichen und Pünktchen zeitigen Wirkung.

Zehn Monate später steht Louis vor dem riesigen Dampfer *Oceanic*. Vier Masten hat er. Mit seinen 3800 Tonnen ist er der grösste, der je in Honolulu angelegt hat. Der Abschied aus der pazifischen Inselwelt fällt Louis schwer. Auch umgekehrt werden ihn viele vermissen. Sein Wegzug ist sogar dem *Hawaiian Star* vom 9. Mai 1893 einige Zeilen wert.

Goes to Switzerland
Louis Koch, the chef of one of the leading hotels
goes to Switzerland, his native land, to marry a
mountain lass whom he left behind him.
Bon voyage, Louis!

Von New York aus reist er gemeinsam mit seinem Elisi auf der *Normandie* nach Le Havre. In getrennten Kabinen, denn Elisi ist ein anständiges Fräulein. Louis hat viel zu erzählen. Etwa von der weltberühmten Schauspielerin Sarah Bernhardt, die auf dem Weg von San Francisco nach Australien in Honolulu anlegte. Man hatte auf gut Glück und ohne Vertrag das Opera House für eine Vorstellung reserviert und Tickets verkauft. Auch Louis hatte sich einen Sitzplatz für teure sieben Dollar gesichert. Doch Madame Bernhardt weigerte sich zu spielen. Dafür durfte er die *devine Sarah,* wie sie in der *Hawaiian Gazette* genannt wurde, bei einem exklusiven Gabelfrühstück bedienen, als ihr Dampfer *Mariposa* auf dem Rückweg von Australien nach einem fürchterlichen Sturm wieder in Honolulu haltmachte. Ein Sturm, der die *Mariposa* schwer beschädigte und die Göttliche an einer Rückkehr nach Paris verzweifeln liess, wie sie hinterher der Presse erzählte. Stolz zeigt Louis ein von Sarah Bernhardt signiertes *lithographic picture.* Ebenso stolz ist er auf Fotos, die Professor Alexander während der Expedition zum Mauna Kea gemacht hat. Darunter eine vom Lager am Lake Waiau: Louis in der weissen Schürze, die Bratpfanne in der Hand. Links ist das Reversionspendel zu sehen, rechts das grosse Zelt, davor das mächtige Fernrohr des Passageinstruments.

«Was für einen prächtigen Schnauz du hast!», flüstert Elisi und streicht mit ihren Lippen darüber. Eng umschlungen stehen sie in der Abenddämmerung auf dem Deck, wo sie eine dunkle Ecke gefunden haben. «Du bist mein Schnauzi-Schatz!»

«Ich bin froh, dass du keinen hast, meine liebe kleine Hokulani!» Louis drückt sie sanft an sich. Sein Magen knurrt. Trotz der Liebe hat er Hunger. «Wollen wir essen gehen?»

Sie sind noch bei der Vorspeise, als der Dampfer sanft zu schaukeln beginnt. Elisi hält mit Essen inne und wischt sich mit der Serviette den Mund. «Schnauzi-Schatz, ich ziehe mich besser zurück.»

Louis steht höflich auf. «Ich begleite dich zur Kabine.»

«Iss nur fertig, ich schaffs schon allein. Gehst du nachher noch in den Salon? Wenn ich mich besser fühle, komme ich nach.»

Louis sucht sich im Salon einen freien Tisch, lässt sich einen Cognac bringen. Er ist plötzlich aufgewühlt. War der Entscheid richtig oder ein fataler Schnellschuss? Vor der Abreise hat er sich noch auf die Rückkehr in die Schweiz gefreut. Und jetzt, je mehr sie sich Europa nähern, umso unsicherer wird er. So wie es ausschaut, werden er und Elisi heiraten. Schön. Und dann? Einmal mehr packt ihn ein Anflug von Phobie, legt sich auf ihn wie ein Albtraum. Tag für Tag, Jahr für Jahr die gleichen Gesichter, die gleiche Umgebung? Ein kräftiger Schlag auf seine Schultern reisst ihn aus seiner Grüblerei.

«Louis, alter Gauner, was machst denn du auf diesem Kahn?» Es ist Adolf, einer seiner ersten Kumpel in Honolulu, einer von denen, die ihn ins Bootshaus zu den lockeren Hula-Girls mitgenommen haben. Er reist heim in Urlaub.

Louis weiss nicht recht, ob er sich über das Zusammentreffen freuen oder ärgern soll. Er macht, was Männer in einer solchen Situation tun: Er bestellt zwei Cognacs. Einer ist für Adolf. Und Adolf revanchiert sich, und langsam steigen in ihnen schöne Bilder aus vergangenen Zeiten auf.

Die beiden sind längst in der rührseligen Weisst-du-noch?-Phase versunken, schwadronieren drauflos, bestellen weitere Drinks, klopfen sich gegenseitig auf den Rücken, wenn ihnen eine besonders pikante Szene in den Sinn kommt.

Elisi geht es wieder besser. Sie betritt etwas zögerlich, wie es sich für ein alleinstehendes Fräulein gehört, den Salon und sucht ihren Schnauzi-Schatz. Sie hat ein Buch dabei, falls sie von einem Fremden angesprochen würde.

«Schnauzi, hier bin ich wieder», sagt sie und zieht ihn liebevoll am abstehenden linken Ohr.

«Schön, dass es dir wieder besser geht. Darf ich vorstellen, Herr … eh … Adolf, ein alter Kumpel aus Honolulu. Fräulein Hitz.»

Adolf hat etwas Mühe beim Aufstehen, verbeugt sich leicht schwankend und deutet einen Handkuss an. «Muss schon sagen, Louis, ein hübsches Püppchen hast du dir da aufgezwickt. Die gefällt mir besser als deine kleine schwarzhaarige Hokulani in Honolulu.»

Schang macht eine Rigi-Reise

1893

Das Wetter ist trüb und regnerisch und windig. Die *Normandie* neigt sich abwechselnd nach links und rechts. Nur noch wenige Passagiere zeigen sich im Speisesaal. Fräulein Elisabeth Hitz zeigt sich überhaupt nicht mehr. Nicht bloss wegen ihrer verweinten Augen. Sie will diesen Herrn Koch nicht mehr sehen. Soll der doch zu seiner schwarzhaarigen Hokulani zurückkehren. Püppchen! Louis möchte die Sache klären, sagen, dass alles längst Vergangenheit und bloss ein dummes Missverständnis sei. Mehrmals klopft er an die Tür der Kabine Nr. 207. Vergeblich. Der hinzukommende Steward sagt, Fräulein Hitz leide an Kopfweh und Übelkeit und möchte mit niemandem sprechen.

Le Havre.

Fräulein Elisabeth Hitz und Herr Louis Koch schreiten die Gangway hinunter. In gebührendem Abstand. Den halten sie auch im Zug nach Paris ein und auf der Fahrt in die Schweiz. Auf ausdrücklichen und sehr energisch vorgebrachten Wunsch von Fräulein Elisabeth Hitz. Von Basel aus reist Herr Koch über Brugg nach Wohlen, Fräulein Hitz über Olten nach Luzern.

Zu Hause wird aus dem Louis wieder der Schang. Mutter Rosa allerdings begrüsst ihn mit Hansi. Sie hat Tränen in den Augen vor Freude, als er plötzlich in die rauchige Küche tritt, denn er hat sich nicht angemeldet. «Jesses, der Hansi, Jesses, der Hansi!», ruft sie mehrmals. «Gehts gut, du bist doch nicht etwa krank, Bub?»

«Überhaupt nicht. Aber pass auf, die Rösti brennt an!» Hansi zieht die grosse Pfanne vom Feuerloch und ist froh, damit seine Rührung verbergen zu können. Dieser Duft nach frisch geschnittenen Zwiebeln und Schweinefett! Er schneidet ein Stückchen vom selbstgeräucherten Speck ab, der auf dem Tisch liegt, schiebt es sich in den Mund und schliesst die Augen. Die luxuriösen Küchen im *Hamilton* oder im *Volcano House* können ihm gestohlen werden.

Das Nachtessen zieht sich in die Länge. Hansi hat beim Umsteigen in Paris zwei Flaschen Champagner und zwei Flaschen Bordeaux gekauft. Champagner und dann Speckrösti? Wieso nicht? Onkel Jakob rümpft zwar die Nase. «Teures Gesöff», meint er, «und dünn wie Katzenseicher. Also da war mir der dicke rote Napolitaner lieber, den wir seinerzeit fassweise gekippt haben. Herrgott, war das ein Tröpfchen! Der gab Guri, dass wir nachher wie eine Wildsau im Rübenfeld …»

Hansi muss lachen. «Comme un sanglier dans une ravière – Ich habe deinen Spruch einmal in Südfrankreich verwendet.»

«So?» Onkel Jakob schaut misstrauisch auf. Will der mich auf den Arm nehmen? «Und von Garibaldi hast du auch erzählt, diesem gottverd …»

«Jessesgottumpfatter, versündige dich nicht, Bub», mahnt Grossmutter Barbara mit schwacher Stimme. Sie beginnt die Jahre zu spüren.

«… maledetta faccia di culo», brummt Jakob vor sich hin und reibt sich das schmerzende Bein.

«Ich habe einen braunen Inder getroffen auf dem Eiffelturm, damals während der Weltausstellung», wendet sich Hansi an die Grossmutter. Sie hält eine Hand ans Ohr.

«… einen braunen Inder habe ich getroffen auf dem Eiffelturm, damals während der Weltausstellung in Paris», wiederholt Hansi lauter. «Gandhi hat er geheissen. Ich habe ihm dein Sprüchlein aufgesagt von den Mohren und den Heiden. Er hat gemeint, du seiest eine weise Frau.»

Grossmutters runzliges Gesicht strahlt. «Schenk mir doch noch ein bisschen Wein nach. Halt, nur wenig!»

Anderntags sucht der Schang den Stammtisch im Rössli auf und freut sich, die alten Gesichter anzutreffen. Die Stumpen rauchende Koch Marei mit dem strengen Scheitel und den immer noch wachen Äuglein. Den Moosbauer Karli mit dem Beresina-Grossvater und den Rentier Meier, der schon bald das Gespräch auf die Hula-Girls lenkt.

Schang wehrt ab. «Es gibt sie, und auch ganz hübsche darunter.» Und solche, die aufs grosse Geld aus sind und mich meinen Attachétitel kosteten, denkt er, aber nur für sich. Dann wechselt er geschickt zur Expedition zum Mauna Kea und reicht einige Fotos herum.

Der Rentier Meier versucht es eine halbe Stunde später erneut, über einen Umweg. «Wie stehts überhaupt mit dir? Willst du ewig Junggeselle bleiben? Hast du keines von den schwarzhaarigen Blumenmädchen heiraten und nach Freienberg bringen wollen, he?»

«Adlerwirts Hedwig wäre eine für dich», schlägt der Moosbauer Karli vor. «Ein hübsches Kind, und du könntest mal die Bude übernehmen.»

Hedwig? Und ich als Adlerwirt? Schang lacht plötzlich, zieht einen Zeitungsausschnitt hervor und legt ihn auf den runden Tisch. «Da seht, weshalb ich in die Schweiz zurückgekehrt bin: *Louis Koch goes to Switzerland, to marry a mountain lass, whom he left behind him,* also um mein Mädchen aus den Bergen zu heiraten. War natürlich bloss ein Vorwand, damit ich ohne lange Diskussionen meine Stelle kündigen konnte», flunkert er unverfroren. «Wollte nach langen Jahren wieder einmal meine alte Heimat sehen.»

«Und jetzt, bleibst du für immer hier?»

Schang zuckt mit den Achseln. «Ehrlich gesagt, ich weiss es noch nicht. Fürs Erste freue ich mich einfach, wieder einmal für ein paar Monate hier zu sein.»

Wacker hilft er den Sommer durch auf dem Hof mit, den der Vater Schangs jüngerem Bruder Toni übergeben hat. Frühmorgens mit der Sense losziehen und mit den Zugkühen das Emd heimfahren. Oder Kirschen pflücken, Kratten um Kratten füllen und hoch oben auf der Leiter mit dem Chriesihaken die äussersten Äste heranziehen, dass es die Untenstehenden fürchtet. Dann und wann treibt er auch die Kühe auf die Weide und kommt sich vor wie damals vor dreissig Jahren als kleiner Hansli. Mit einem grossen Unterschied: Jetzt ist auch eine Kuh dabei, die Elisi heisst. Nur wenige Tage nach seiner Heimkehr, noch voller Täubi, hat er sie dem Metzger Lüthi abgekauft, der nebenbei als Viehhändler tätig ist.

Die Täubi über Elisi verdampft langsam, wie zäher Nebel an einem Herbstmorgen. Aber sie verdampft. Er versucht, sich ihre braunen Augen, ihr Schmollmündchen in Erinnerung zu rufen. Und Adlerwirts Hedwig? Zugegeben, sie ist eine hübsche junge Frau geworden. Und sie kann strahlen und lachen, dass es Schang warm ums Herz wird, wenn er ihr begegnet. Anderseits ist Elisi eine weltgewandte Frau, kann Englisch und Französisch. Und ausserdem ist da noch das Hotel ihres Onkels am Vierwaldstättersee.

An einem schönen Septembertag unternimmt Schang eine Rigi-Reise, wie er zu Hause verkündet. Allein. Er fährt mit Riggenbachs Zahnradbahn über die schwindelerregende Schnurtobelbrücke bis Rigi Kaltbad, wandert zum Kulm hinauf, geniesst die herrliche Aussicht und stellt fest, dass Mark Twain auch im Hotel Schreiber gewesen ist, nicht nur in seinem *Volcano House* auf Hawaii. Die Welt ist doch klein geworden! Am frühen Mittag kehrt er mit dem Dampfschiff nach Luzern zurück. An einem Stand beim Bahnhof kauft er einen hübschen Blumenstrauss und wandert gemächlich und nachdenklich hinüber zur Hofkirche. Von dort einen steilen Weg hinauf zu den Häusern hoch über dem Löwendenkmal. Vor einem grossen Haus mit grünen Fensterläden bleibt er stehen und zieht am schmiedeeisernen Glockenzug. Er setzt alles auf eine Karte. Wenn Elisi zu Hause ist, fliegen ihm in den nächsten Minuten die Blumen um die Ohren oder sie ihm um den Hals. Er ist auf beides gefasst. Der älteren Frau, die öffnet, sagt er, er sei ein alter Bekannter von Fräulein Elisabeth. Er kenne sie von New York her. Er komme von einem Ausflug auf den Rigi zurück, die Aussicht sei wunderbar, und ob Fräulein Elisabeth zufällig zu Hause sei.

Die ältere Frau stutzt. Bekannter aus New York? Sie starrt ihn an, ihre Augen bleiben an seinem stolzen Schnauz hängen. Dann überziehen ihr Gesicht feine Schmunzelfältchen. Schang fühlt sich plötzlich unbehaglich und kommt sich mit seinem Blumenstrauss wie ein ertappter Lausbub vor, der auf einen Birnbaum geklettert ist und dem Bauern weismachen will, er sei bloss zum Vergnügen dort oben. Sein von der Rigi-Wanderung ohnehin geröteter Kopf wird noch röter.

Ja, Fräulein Elisabeth sei zufällig da. Wenn der Herr einen Kaffee mittrinken wolle, man sitze im Garten.

Elisi haut ihm die Blumen nicht um die Ohren. Sie fällt ihrem einstigen Schnauzi-Schatz aber auch nicht um den Hals. Sie begrüsst ihn spitzbübisch-freundlich, sagt, die Blumen seien sehr schön, und bittet ihn Platz zu nehmen. Ausserdem stellt sie ihm einen Mann vor, auch mit einem flotten Schnauz.

«Das ist Albert Bucher», sagt sie, «Hotelier und mein Verlobter.» Ihr Lächeln erinnert Schang an jenes von der Koch Marei, wenn sie beim Jassen vier Bauern weist.

Mr Steinway sucht einen Kammerdiener

1893

Grossmutter Barbara ist friedlich eingeschlafen. 86 Jahre alt ist sie geworden. Die schwarz gekleideten Frauen und Männer warten am offenen Grab, bis sie an der Reihe sind, um mit dem Wedel einige Tropfen Weihwasser auf den Sarg zu spritzen. Schang ist dankbar, dass er sie noch hat sehen dürfen und ihr von jenem Inder erzählen konnte, der sie eine weise Frau genannt hatte.

Adlerwirts Hedwig ist auch an der Beerdigung. Schang mustert sie, während sie zum Weihwasserbecken schreitet. Beerdigungen eignen sich gut dafür. Im kleinen Dorf, wo jeder jeden kennt und immer einer da ist, der zuschaut, mit wem und wie lange man spricht, ist dies sonst kaum möglich. Schang ist wegen seiner verstorbenen Grossmutter mild gestimmt und denkt, es könnte vielleicht doch schön sein, mit der Hedwig zusammenzuhausen. Möglicherweise sind auch die dicken Wolken mitschuldig, die der Westwind vor die Sonne geschoben hat, und die paar vereinzelten Regentropfen. Als er eine halbe Stunde später inmitten der jetzt wieder laut schwatzenden Männer und Frauen die lange Treppe hinuntersteigt, sind die Wolken weggezogen. Die wärmenden Sonnenstrahlen ändern seine Stimmung. Plötzlich streitet sich in seinem Kopf wieder die Sehnsucht nach Ferne mit Bildern vom ewig gleichen Tramp im kleinen Dorf. Hochzeitsfeier im Rössli oder Adler, Schlotterete im Rössli oder Adler, Leichenmahl im Rössli oder Adler. Frühling, Sommer, Herbst, Winter, Frühling, Sommer … Wie lange würde er das aushalten? Würde Hedwig ihn überhaupt wollen?

Eine Woche später besucht Schang das Grab der Grossmutter. Vor dem Knochenchappeli trifft er Hedwig.

«Bleibst du noch lang im Land, Schang?» Hedwig bleibt stehen, lacht ihn an. Ihre weissen Zähne blitzen.

«Vorläufig, ja. Vielleicht bleibe ich auch für immer hier und heirate.» Schang blinzelt mit dem linken Auge. «Wenn ich eine finde, so hübsch, wie du eine bist.»

«Aber, Schang!» Hedwig errötet. Das schickt sich so. Ausserdem befindet man sich auf dem Friedhof.

Hinter den Grabsteinen werkelt die Grabbeterin. Sie pflanzt Blumen, die sie mit ihrem Stosswägelchen heraufgekarrt hat, und beobachtet die beiden. Sie ist eine alte Frau, die im Leben viel gesehen hat und weiss, wie der Hase läuft. Schang entdeckt sie plötzlich und gibt Hedwig verstohlen ein Zeichen. Sie wandern zusammen die Treppe hinunter.

«Als Kinder versteckten wir uns hinter den Grabsteinen, wenn sie auftauchte. Die wollte immer, dass wir mit ihr im Knochenchappeli den Rosenkranz beteten. Hinterher verteilte sie gedörrte Apfelschnitzchen oder ein paar Greupen. Mit ihren dreckigen Händen!»

«Das war schon in meiner Jugendzeit so, und ich bin doch einige Jahre älter als du, fast schon ein alter Mann!» Er sagt es absichtlich, um zu sehen, wie Hedwig darauf reagiert. Sie ist erst einundzwanzig.

«Aber, so alt bist du nun auch wieder nicht.»

Schang weiss nicht recht, was er von ihrer Antwort halten soll. Er verabschiedet sich am Fuss der Treppe und ist so klug als wie zuvor. Es ärgert ihn, dass er es sich in Freienberg nicht erlauben kann, mit der Hedwig ungestört mal ein Stündchen unter vier

Augen zu sprechen. Wie war das doch anders in Hawaii! Burschen und junge Frauen verkehrten wie selbstverständlich miteinander, gingen zusammen eins trinken, badeten sogar zusammen im Mondschein am Strand von Waikiki. Manchmal barfuss von den Zehen bis zum Kopf.

Einige Tage später begegnet er vor der Käserei dem Adlerwirt. «Hör mal, Schang», sagt dieser, «du weisst, dass ich dich immer sehr geschätzt habe. Du führst ja auch ein sehr interessantes Leben. Kürzlich hats mir übrigens in den Ohren geläutet, dass du und Hedwig ...»

«Hat die Grabbeterin geläutet?», unterbricht ihn Schang munter.

«Ja. Sie hat euch auf dem Friedhof gesehen.» Der Adlerwirt kratzt sich am Kopf, um Zeit zu gewinnen. «Du bist fast doppelt so alt wie die Hedwig. Natürlich, wenn sie unbedingt will ... Anderseits, weisst, ich habe einen grossen Betrieb, und der Beat, der einmal die Bachmühle bekommt, ist auch hinter ihr her. Aber, wie gesagt, Hedwig muss entscheiden.»

Hedwig wird hin- und hergerissen. Der Schang ist ein flotter Mann, weiss so viel Interessantes zu erzählen von der grossen Welt. Der Beat ist ein flotter Bursche, kann tanzen wie der Lump am Stecken, und sie könnte einmal eine reiche Müllerin werden.

Schang ist es zuwider, mit dem jungen Müllerssohn um die Wette zu kilten. Dafür fühlt er sich zu alt und auch zu schade. Immerhin ist er Maître d'Hôtel gewesen, sogar kurze Zeit Attaché. Tausende von Kilometern ist er in der ganzen Welt herumgereist und spricht Französisch und Englisch und Malaiisch und Russisch.

«Schang, ein Brief aus Amerika!» Der Posthalter ruft über den Rössliplatz, als er Schang erblickt. Dienstfertig zieht er ein Federmesserchen aus dem oberen Gilettäschchen. Er ist von Berufes wegen neugierig.

Schang schneidet sorgfältig den Umschlag auf: Der Astronom E. D. Preston, Assistent des U.S. Coast and Geodetic Survey, lädt ihn nach Washington ein, als Dank für die gute Arbeit, die er bei der letztjährigen Expedition zum Mauna Kea geleistet hat.

Da gibts nicht viel zu überlegen. Erleichtert packt Schang sein Köfferchen, verwandelt sich wieder in den Louis Koch und hat das Gefühl, er könne endlich wieder frei atmen. Adieu Hedwig – «Ja, ich werde dir schreiben!» –, adieu Adlerwirt, adieu Grabbeterin, adieu Freienberg.

Als er die Statue of Liberty auf Ellis Island erblickt, dünkt ihn, er sei gar nicht in Freienberg gewesen. Er nimmt sich ein Zimmer im *Cosmopolitan Hotel* an der *Chambers Street.* Drei Tage will er in New York bleiben, bevor er nach Washington reist. In der Nähe des Hotels hat er ein deutsches Bierlokal entdeckt, wo er sich nach dem Nachtessen einen Schlummerbecher gönnt und in den Zeitungen blättert. Sein Blick fällt auf eine Annonce: Ein Mr Steinway sucht einen Kammerdiener. Steinway? So heisst doch der berühmte Piano-Fabrikant?

In New York heisst Louis Leonce

1893 – 1894

Mr William Steinway sitzt an seinem Schreibtisch und weist auf den Stock neben sich. «Meine Beine und meine Knie», ächzt er und verzieht schmerzlich sein Gesicht. «Je nach Wetter schmerzen sie höllisch.» Es ist Samstagnachmittag, der 25. November 1893. Louis stellt sich in New York seinem neuen Herrn vor. Wir sind in dessen Büro im zweiten Stock der mächtigen Steinway Hall. Ein prunkvolles Gebäude amerikanischen Ausmasses an der Östlichen 14. Strasse, mit grosszügigen Ausstellungsräumen für Flügel und Klaviere und einem Konzertsaal mit 2400 Plätzen. Mit Louis spricht Steinway Deutsch. 1835 als Wilhelm Steinweg geboren, ist er 1850 mit seinem Vater und den Brüdern nach New York ausgewandert, wo sie ihren Namen amerikanisierten.

«Aus Washington kommen Sie jetzt, sagten Sie?»

«Professor Preston vom U. S. Coast and Geodetic Survey hat mich eingeladen. Ich hatte ihn und Professor Alexander im Sommer 1892 auf einer Expedition zum Mauna Kea auf Hawaii begleitet. Sie gestatten» – Louis legt einige Papiere auf den Schreibtisch – «ich werde auch in den Expeditionsberichten erwähnt», fügt er stolz hinzu.

Steinway nimmt jenen von Preston in die Hand: *Determinations of Latitude, Gravity and the Magnetic Elements at Stations in the Hawaiian Island.* Mit einem Rotstift hat Louis darin seinen Namen markiert: *Mr Louis Koch performed the duties of steward, a service of some difficulty and of great importance to a party encamped above the clouds.* Dann liest Steinway auch die lobende Erwähnung von Professor Alexander. «Klingt gut. Im *Hamilton* waren Sie angestellt?»

«Ja, und im *Volcano House*. Als Maître d'Hôtel und als *chef of the culinary department*. Vorher war ich in Honolulu Kammerdiener des französischen Konsuls.»

«Dann sprechen Sie nebst Deutsch und Englisch auch Französisch?»

«Wie meine Muttersprache. Auch noch etwas Russisch und Malaiisch. Ich war mehrere Jahre auf Java. Auch mit den Kanaken auf Hawaii kann ich mich unterhalten.»

«Französisch werden Sie bei mir gebrauchen können. Vielleicht auch gelegentlich Russisch. Ich habe immer wieder Besuch der besten Pianisten der Welt, zum Beispiel Ignacy Paderewski. Polnisch können Sie nicht? Na, der spricht ohnehin mit uns Deutsch. Mit welchem Schiff sind Sie herübergekommen?»

«*La Touraine* von der Compagnie Générale Transatlantique.» Sie ist eines der Schiffe, die knapp 20 Jahre später die Titanic vor den Eisbergen warnen würden.

«Also von Le Havre aus? Ein schneller Dampfer. Übrigens ...» Steinway denkt kurz nach. «Louis heissen Sie? Mein Schwiegersohn, der mit seiner Familie bei mir lebt, seit meine Frau im Frühjahr leider verstorben ist, heisst auch Louis. Das könnte Missverständnisse geben. Wie wärs mit Leonce?»

Louis ist einverstanden. Auf einen Vornamen mehr oder weniger kommts nicht drauf an. Er schmunzelt, aber nur verstohlen: Hansli, Hansi, Hans, Jean, Schang, John, Louis, Keoni und jetzt halt Leonce ...

Die Chemie zwischen den beiden stimmt. Louis alias Leonce wird engagiert. William Steinway, der täglich Notizen in sein Tagebuch macht, vermerkt am 25. November: *Saw Louis Koch the proposed «Diener».*

Was für ein Gegensatz zwischen der ruhigen Einsamkeit im *Volcano House* auf Hawaii und der Riesenstadt New York, die 24 Stunden im Tag pulsiert und lärmt und hastet! Auch sein neuer Herr ist pausenlos tätig. Sitzungen, Telefonate, Telegramme, Reden halten, Korrespondenzen, unzählige Bittsteller abwimmeln, Hunderte von willkommenen und weniger willkommenen Besuchern empfangen. Dazwischen die häufigen Abstecher ins Club-Gebäude des deutschen Sängerbunds *Liederkranz* und immer wieder lange Fahrten durch New Yorks Strassen im eleganten, von zwei Pferden gezogenen Wagen – ein Cabriolet, das Leonce an das Doktorscheesli in Freienberg erinnert.

Manchmal dünkt es Leonce, sein Herr sei ständig auf der Flucht. Vor den Sorgen um den schlechten Geschäftsverlauf. Vor den Sorgen um den Sohn George aus erster Ehe, der die nach der Scheidung erfolgte Trennung von seiner Mutter Regina nie verwunden hat. Den Sorgen um die unzähligen teuren Projekte und Unternehmungen, die Steinway angerissen hat, von Theaterfinanzierungen und dem Bau von Strassenbahnen und Kraftwerken bis zum Kauf riesiger Ländereien in Queens. Dazu die fast ständigen rheumatischen Schmerzen in den Beinen.

Eigentlich ist er ein armer Chaib. Leonce hat manchmal sogar Erbarmen mit seinem reichen und einflussreichen Herrn – einem Dollarmillionär, der mit dem amerikanischen Präsidenten Zigarren raucht, für die deutsche Kaiserin Auguste Victoria einen speziell schönen Flügel aussucht und Stars wie Anton Rubinstein oder Ignacy Paderewski zu seinen Gästen zählt.

Anderseits ist er auch ein Mensch, der Wert auf eine schöne, das Gemüt erfreuende Weihnachtsfeier legt, nicht anders als in einer gutbetuchten Familie in Deutschland oder in der Schweiz.

Mit Weihnachtsbaum, Liedern und dem 12-jährigen Sohn Willie als Santa Claus. Der kleine Enkel, *baby Willie, a charming boy*, erst gut ein Jahr alt, kann bereits gehen, wenn man ihn an der Hand führt, wie Steinway im Tagebuch an Weihnachten notiert. Ausserdem versucht er wacker mitzumachen, wenn die älteren Kinder singen. Es gibt Geschenke und Geld für die Bediensteten. Leonce erhält zwanzig Dollar.

Am 1. Februar 1894 ist Schmutziger Donnerstag. In Freienberg steht Mutter Rosa mit gerötetem Kopf am Holzherd und backt schwimmend Fasnachtschüechli oder Eieröhrli, wie die Freienberger sagen. Sie dreht die runden Teigplätze geschickt mit zwei Kellen im heissen Schweinefett, um ihnen das strahlenförmige Aussehen zu geben. Nach altem Brauch hat sie sie nach dem Auswallen über dem Knie geschickt möglichst dünn ausgezogen und dann an einer durch die Küche gespannten Schnur zum Antrocknen aufgehängt. Drei Dutzend sind es. Die fertig gebackenen legt sie in eine Wäschezaine.

Einige tausend Kilometer weiter westlich und entsprechend ein paar Stunden später steht Leonce, angetan mit einer weissen Schürze, in der grossen Küche am modernen Gasherd. Es ist ein trüber Tag. Fast pausenlos schneit es. Leonce hat sich anerboten, Eieröhrli zu backen. Williams fünfjährige Tochter Maude und die ein Jahr jüngere Enkelin Meta dürfen mithelfen. Auch Baby Willie versucht, mit seinen Händchen aus einem Teigklümpchen ein graues Würstchen zu formen. Fräulein Anna Krüsi, deren Vater ein aus der Schweiz eingewanderter Pastor ist, steht als Aufpasserin dabei. Sie ist Gouvernante und auch Deutschlehrerin der Kinder und erst zwanzig Jahre alt. Leonce versteht sich gut mit ihr.

«Bei uns zu Hause ziehen die Frauen die Eieröhrli über den Knien in die Weite», sagt er und zwinkert mit den Augen, während er mit den zwei Kellen ein Chüechli dreht. Allerdings nicht in heissem Schweinefett, sondern in eingesottener Butter. Ein Luxus, den man sich in Freienberg nicht leisten kann.

«Dann gibts wohl in jedem Hause andere Formen?», gibt Anna schlagfertig zurück. Sie bestäubt die fertigen Chüechli mit Puderzucker und legt sie in einen kleinen, mit einem sauberen Tuch ausgekleideten Wäschekorb. Leonce hat darauf bestanden. Das sei so üblich.

Alle dürfen davon versuchen und finden sie gut. Gesichter und Finger und Fingerchen sind vom feinen Zucker weiss geworden. Ob armes Bauernhaus in Freienberg oder Millionärsvilla in New York: Gewisse Genüsse sind die gleichen.

Baby Willie hat noch nicht genug. Er hält sich am Korbrand fest und verliert das Gleichgewicht. Der Korb kippt zur Seite, und Willie fällt in die Eieröhrli. Vor Schreck brüllt er los, während Leonce und Anna das Lachen verbeissen müssen. Der kleine Kerl sieht aus wie ein Clown, dessen weisse Schminke verlaufen ist.

Ein vergessener Schirm
verhilft zu Schlüssellochgeschichten

1894

Den Sommer über wohnen die Steinways in einer aus massiven Steinquadern erbauten Villa im Stadtteil Astoria in Queens. Dort befinden sich auch ein Teil der Fabriken und eigens erbaute Arbeitersiedlungen. Der umtriebige William Steinway interessiert sich aber nicht nur für Flügel und Klaviere. Vor einigen Jahren, 1888, hat er die Daimler Patent-Lizenzen für die USA erworben und die *Daimler Motor Company* gegründet.

Für Leonce hat dies einen erfreulichen Nebeneffekt. Er darf mit Steinway im neuen Daimler-Motorboot einen Ausflug unternehmen. Zuerst um Rikers Island herum, dann weiter um das South Brother Inselchen. Die Herren mit Strohhüten, die Gouvernante Fräulein Krüsi und das Töchterchen Maude mit dem Sonnenschirm.

«Sensationell und revolutionär, diese raffinierte Einzylinder-Petroleummaschine! Schon nach einer Minute läuft der Motor. Kein Vorheizen mehr, wie bei den Dampfmaschinen. Natürlich fällt auch der lästige Rauch weg.» Steinway zeigt Leonce, wie man den Motor bedient. «Hier, mit diesem Hebel können Sie rückwärts- oder vorwärtsfahren. Und vergessen Sie nicht: Es gibt keine Bremse, nur den Wechsel der Fahrtrichtung!»

Sie legen ab, Steinway schiebt den Gashebel nach vorne. *Schnell und geräuschlos fährt es mit voller Ladung auch gegen den Wind,* wie es in einer Reklame heisst. Leonce beginnt *Vo Luzern gäge Weggis zue* vor sich hin zu singen. Fräulein Krüsi singt leise mit. «Nur keine Hemmungen!», ruft Steinway dazwischen und lacht. Er selbst ist ja ein begeisterter Sänger und Mitglied im *Liederkranz.* Luzern und Weggis kennt er von seiner Schweizer Reise her. Also singen Leonce und Anna ein Duett. Er kennt vier Strophen, sie noch zwei mehr:

Meiteli gümpele ned eso, s Gümpele wird der scho vergo.
S Gümpele isch em scho vergange, d Windle hange a der Stange.

Steinway summt mit. Leonce fühlt sich sauwohl. Beschwingt.

«Jetzt müssten mich Adlerwirts Hedwig und Müllers Beat sehen! Nur gut, habe ich mich nicht in Freienberg vergraben.»

Nach zwei Stunden legen sie wieder an. Leonce macht das Boot fest und hilft Steinway, Anna und Maude beim Aussteigen. Steinway ist gut gelaunt. Die Bootsfahrt, die seine ständige Aufmerksamkeit erforderte, hat ihn seine Geschäfte für eine Weile vergessen lassen. Ausserdem freut er sich auf das abendliche Kartenspiel. Kaum zu glauben, dass dieser Mann, der mit Millionen geschäftet, wie ein Kind strahlt, wenn er beim Skatspielen ein paar Cents gewinnt. Verluste und Gewinne hält er säuberlich im Tagebuch fest.

Leonce hat die spielenden Herren mit Weissbier, Champagner und Zigarren bedient. «Wie heisst euer Kartenspiel in der Schweiz? Jass? Ihr spielt ja auch um Geld, oder?», fragt Steinway, als ihn Leonce gegen Mitternacht zum Schlafzimmer hinauf begleitet.

«Manchmal auch um einen Liter Most oder Wein. Brückenwirts Christine machts dabei besonders raffiniert. Wenn sie einspringen muss, stellt sie die Flasche nur zu drei Vierteln gefüllt auf den Tisch und sagt, das letzte Viertel sei jenes, das sie trinken würde, wenn sie trinken würde. Auf Schweizerdeutsch: Da weer daa, won i trunk, wen i trunk. Natürlich berechnet sie den ganzen Liter.»

Steinway lacht. «Ich muss mal überlegen, ob es bei meinen Pianos und Flügeln auch irgendeinen derartigen Trick gibt. Reichen Sie mir bitte noch die Dose mit dem Lourdes-Balsam. Vom langen Kartenspielen spüre ich mein linkes Handgelenk.» Bevor er sich zu Bett legt, notiert er im Tagebuch: *In evening play Skat at my house with A. H. Cassebeer & L. v. Bernuth, win 10 Cts.*

Als Leonce hinterher Gläser und Flaschen aus dem Salon in die Küche trägt, steht Anna Krüsi am Herd. Sie wärmt Milch für den kleinen Willie, der erwacht ist und hustet.

«Warme Milch mit Honig wirkt Wunder.»

«Auch ein Schlückchen Champagner kann Wunder bewirken.» Leonce lacht und holt geschwind zwei frische Gläser aus dem Schrank. «In der Flasche ist noch ein hübscher Rest. Der wird nicht mehr besser. Doch, doch, nehmen Sie nur.»

Die beiden haben es gut miteinander. Oft begleitet Leonce Anna, wenn sie mit den Kindern und den etwa gleichaltrigen Enkeln unterwegs ist. Ein Liebespaar sind sie aber nicht. Er ist zwanzig Jahre älter als sie, deren Mutter schon im Dienste von William Steinway gestanden hat.

«Zum Wohl, Anna!»

«Zum Wohl, Leonce! Schön, dass unser Herr heute wieder einmal so richtig zufrieden und heiter zu sein schien. Das ist seit dem Tod seiner zweiten Frau nicht mehr häufig der Fall.»

«Er sollte wieder heiraten.»

«An Verehrerinnen fehlts nicht. So einen Millionär zu angeln, würde mancher passen.»

«Vielleicht sehnt er sich wieder nach einer, wie es seine erste gewesen ist.»

«Die mannstolle Regina? Na, der Unterschied zwischen ihr

und der spröden und nüchternen zweiten Gattin könnte tatsächlich nicht grösser gewesen sein.»

«Die soll ja ihre Liebhaber gewechselt haben wie andere ihr Hemd …»

«Das kann man wohl sagen. Wenn nur die Hälfte stimmt von dem, was mir meine Mutter erzählt hat …»

«Details, Details würden mich interessieren!» Leonce lächelt spitzbübisch.

«Sie sind ein Gwunderfitz, Leonce. Ich habe Ihnen schon einmal gesagt, dass meine Mutter nicht gerne mit Intimitäten herausrückt. Jesses, jetzt muss ich aber mit der Honigmilch hinauf. Gute Nacht, Leonce!»

Dank eines vergessenen Regenschirms kommt Leonce doch noch zu seinen Details. Eines Tages läutet die Hausglocke. Eine Dame um die dreissig, hübsch, gepflegt, mit eng geschnürter Sanduhr-Figur und Faux Cul, fragt, ob sie Herrn Steinway sehen könne. Sie habe früher bei ihm gearbeitet.

Steinway ist an diesem Tag zufällig zu Hause geblieben, da ihn seine Beine schmerzen. Eben hat er eine umfangreiche Korrespondenz erledigt und Leonce gebeten, die Briefe nach New York hinüberzubringen. «Führen Sie die Dame herein und warten Sie, bis sie wieder geht», sagt Steinway, nachdem er einen Blick auf die Visitenkarte geworfen hat. «Klopfen Sie in zehn Minuten.»

Als sich die Besucherin verabschiedet hat, holt Leonce in Steinways Arbeitszimmer das Bündel Briefe, um sich auf den Weg nach New York zu machen. Kurz vor dem Tor des weitläufigen Parks kommt ihm die verabschiedete Dame wieder entgegen. Sie hat ihren Schirm vergessen, den sie im überdachten Villen-Eingang hingestellt hatte. Leonce holt ihn, und da die Dame – Fräulein

Ruth heisst sie – auch nach New York hinüber will, bleiben die beiden zusammen. Es wird eine unterhaltsame Überfahrt. Fräulein Ruth hofft auf eine erneute Anstellung bei Steinway. Leonce merkt aber bald einmal, dass sie eigentlich ein Auge auf den Witwer Steinway geworfen hat. Sie stellt entsprechende Fragen, wie dieser es denn mit Damenbesuch halte und ob ein frauenloser Haushalt nicht mühsam sei. Leonce bleibt vorsichtig in seinen Antworten. Steinway lebe mit der Familie der Tochter zusammen. Es gehe eigentlich ganz gut. Aber, natürlich, Genaueres wisse er ja auch nicht. Vielleicht spielten seine eher speziellen Erfahrungen mit der ersten Frau auch noch eine Rolle.

Damit hat er seinen Köder ausgelegt. Fräulein Ruth ist interessiert, von Herrn Leonce möglichst viel über das Leben im Hause Steinway zu erfahren, und gerne bereit, dafür aus dem Nähkästchen zu plaudern.

«Ich habe es nicht selbst erlebt, aber von meiner Vorgängerin gehört. Ich sage Ihnen, diese erste Frau war so mannstoll, dass sie ihre Liebhaber ins eigene Ehebett holte, sobald Herr Steinway das Haus verlassen hatte. Sie überliess ihnen sogar dessen Nachthemden.»

«Das ist ja ... Woher wusste denn ihre Vorgängerin das so genau? Ich meine das mit den Nachthemden?»

«Die war ja Kindermädchen, nicht wahr, und hatte ihr Zimmer direkt daneben. Dazwischen gab es eine Verbindungstür. Sie brauchte bloss durchs Schlüsselloch zu gucken. Aber sagen Sie mal, Herr Leonce, gibts viele Damen, die Herrn Steinway heiraten möchten?»

«Also, viele gerade nicht, aber dann und wann, etwa an seinen Geburtstagen, melden sich einige, von denen ich Absichten vermute. Wie gings dann weiter mit diesen Liebhabergeschichten?»

«Unendlich gings weiter und in vielen Varianten. Herren aus der Nachbarschaft, gemeinsame Freunde, Architekten. Einmal reiste sie mit ihrer ebenso liebestollen Nichte nach Europa. Schon auf der Überfahrt teilten sich die beiden den Schiffsarzt, und in Europa fuhren sie im gleichen Stil weiter. Was meinen Sie, Herr Leonce, wie stehen meine Chancen auf eine Anstellung bei Herrn Steinway?»

Aus Leonce wird wieder Louis, und ein Weinfässchen spielt Schicksal

1895 – 1897

«Leonce, bringen Sie mir bitte mein Glas mit Cider und Milch. Scheint mir gut zu tun.» Steinway ist heute gut gelaunt. Er kann ohne Stock gehen. Es ist Samstag, der 2. November 1895. «Der Paderewski spielt übermorgen in der Carnegie Hall. Chopin und Liszt und eine von ihm selbst komponierte *Polish Fantasia* stehen auf dem Programm. Ich lade Sie ein mitzukommen. Nachher wird er bei uns sein. Wir machen eine kleine Party.»

Im Herbst sind die Steinways wieder in ihre Stadt-Villa am Gramercy Park umgezogen. Theaterbesuche und Konzerte folgen sich. William hat seine persönliche Loge in der Carnegie Hall, die Nummer 19. Leonce sitzt jeweils hinter seinem Herrn. Das sei sein Wilhelm Tell, behauptet Steinway. Leonce fühlt sich gebauchpinselt. Für Claire Bouvier war er der Winkelried, jetzt ist er halt auch noch der Tell.

Leonce ist vom Konzert des genialen jungen polnischen Pianisten ebenso begeistert wie William Steinway. Der wird anderntags ins Tagebuch schreiben: *Paderewski Concert last night was a glorious success. Fully 500 standing during the Concert. He was recalled twice to play, which he did by Liszts Rhapsody + Schumanns «Nachtstück».*

Verständlicherweise ist Leonce stolz, dass er den Künstler an der Party im Hause Steinway persönlich bedienen darf. Die Stimmung ist locker und heiter. «Was haben Sie da seinerzeit auf dem Motorboot für ein Lied gesungen, Leonce, zusammen mit Fräulein Krüsi?», fragt Steinway zu später Stunde. «Etwas von Luzern und Weggis? Schläft die Krüsi schon?»

Leonce holt Fräulein Krüsi. Die ziert sich etwas. Leonce aber, der das eine oder andere kleine Gläschen intus hat – gezwungenermassen, wie er behauptet, da er jeweils die Flaschen vorkosten muss –, setzt fröhlich ein, und die Krüsi singt mit. Als sich der gut gelaunte Ignacy Jan Paderewski ans Klavier setzt und die Melodie begleitet und dabei seine wilde rote Mähne kräftig schüttelt, werden Leonces Augen feucht. Wenn er erst noch geahnt hätte, dass der virtuose Paderewski nach dem Ersten Weltkrieg Ministerpräsident des wiedererstandenen Polen werden würde!

Dezember 1896.

In Freienberg wartet die Koch Marei am Stammtisch im Rössli mit einer traurigen Neuigkeit auf. Sie hat sie aus der Neuen Zürcher Zeitung. «William Steinway, Schangs Herr, ist plötzlich gestorben. Am 30. November. Flecktyphus hat er gehabt. Hier, könnt es selber lesen.»

«Wie alt ist er denn geworden?», will der Moosbauer Karli wissen.

«Warte mal – nur 61 Jahre.»

«Ja, ja, so gehts, hast einen Haufen Geld und musst dennoch ab der Welt», philosophiert Onkel Jakob. «Und das daheim im eigenen Bett. Wenn ich denke, wie das einst war, als ich noch wie eine Wildsau durchs Rübenfeld preschte. Eine Kugel ein paar Handspannen tiefer, und der Onkel Jakob wäre nicht hier. Und wenn nicht …»

«Lass den Garibaldi in Frieden ruhen», fährt ihm die Koch Marei übers Maul. «Erzähl uns lieber nochmals, was in Schangs letztem Brief steht. Hat er nicht den bekannten Pianisten Paderewski kennen gelernt?»

«Ja, und auch der Sarah Bernhardt, der weltberühmten Schauspielerin, ist er wieder begegnet. Schon in Honolulu hat er ihr Champagner zum Zmorgen servieren müssen.»

«Um ihre Rollen zu lernen, legt sie sich in einen Sarg. Den hat sie auch immer bei sich auf Reisen», weiss der Rentier Meier. «So hab ichs gehört, als ich in Paris war. Und einen lebendigen Löwen soll sie im Bett haben wie ein Schosshündchen.»

«Nun, in Zürich soll ja auch ein Bildhauer mit einem Löwen an der Leine spazieren gegangen sein.»

«Der Bildhauer Eggenschwiler», ergänzt die Koch Marei. «Der zog mit seinem Tier durchs Niederdorf. Ich habe ihn noch selbst gesehen, als ich vor ein paar Jahren in Zürich war.»

«Ob im Bett oder an der Leine, die haben doch beide einen Vogel.» Der Moosbauer Karli schüttelt den Kopf.

«Könnte mir jedenfalls was Besseres im Bett wünschen», stellt der Rentier Meier nüchtern fest. «Und jetzt, was macht der Schang, kehrt er nach Freienberg zurück?»

Tatsächlich steigt der Schang alias Leonce vierzehn Tage später mit seinem Koffer aus dem Postschlitten. Es ist bitterkalt. Der Posthalter füllt heisses Wasser in die grosse, in Stroh gewickelte Wärmflasche, bevor der Schlitten nach Wohlen zurückfährt.

Schang hat bereits eine neue Stelle gefunden, diesmal in Havanna auf Kuba bei einem Monsieur Crozier, einem französischen Kaufmann, der im Tabakgeschäft tätig ist. Vorher will er aber wieder einmal mit seiner Familie Weihnachten feiern. Den Duft der im Ofenloch gebratenen Äpfel riechen, den vertrauten Klang der Kirchenglocken hören, die Mitternachtsmesse besuchen und sich an den geschnitzten Krippenfiguren mit dem darüber hängenden Stern von Bethlehem freuen. Ausserdem spaltet und sägt er Holz, sucht alte Freunde auf und sieht sich auf dem verschneiten Friedhof um, der um einige Gräber grösser geworden ist.

Immer wieder muss er von der lärmerfüllten und rastlosen Riesenstadt New York erzählen und dem leider verstorbenen William Steinway und dem Paderewski und der Sarah Bernhardt. Selbstbewusst und etwas stolz tut er dies auch, als er bei Adlerwirts Hedwig einen Kafi mit Zwetschgenwasser trinkt. Sie hat unterdessen den Beat von der Bachmühle geheiratet, und im Stubenwagen neben dem grünen Kachelofen hört man das kleine Klärchen am Nuggi schlotzen. Zugegeben, Hedwig gefällt ihm immer noch. Dennoch könnte er sich nicht vorstellen, sein Leben hier in dieser kleinen Welt zu verbringen. Ausserdem hat er plötzlich genug von der Kälte. Vor allem von den eisigen Nächten in der ungeheizten Kammer. Er freut sich auf Kuba, möchte wieder an die Wärme.

Das möchte auch das Greti. Sie ist eine junge, frische Frau mit fröhlichen braunen Augen, die Hedwig im Haushalt hilft.

«Ich kann dich ja mitnehmen, wenn du möchtest», spasst Schang. «In Havanna ist es immer warm.»

«Im Koffer?»

«Du musst ihn halt heiraten», lacht Hedwig.

«Dummes Zeug!» Greti wird rot.

«Die braucht einen Jüngeren als ich, keinen, der doppelt so alt ist wie sie.»

Greti sieht das weniger eng. Aber das behält sie für sich. Erstens sieht der Schang gar nicht aus wie ein alter Mann, und zweitens Kuba! Palmen und Wärme und Meer! Das muss paradiesisch sein. Sie seufzt leise vor sich hin und mustert dann den Schang verstohlen.

«Wenn wir in unserer Villa einmal eine Gouvernante brauchen, schreibe ich dir.» Schang zwinkert lustig mit den Augen. Meint er das nun ernst oder nicht?

Greti schläft schlecht in dieser Nacht. Das Säcklein mit den im Ofenloch gewärmten Kirschsteinen und eine Bettflasche an den Füssen helfen zwar ein bisschen gegen die Kälte in der Kammer, aber in einem so richtig warmen Land einzuschlafen, müsste schon viel schöner sein. Und noch schöner das Aufstehen, denkt sie, als sie sich am nächsten Morgen schlotternd das Gesicht mit dem Wasser aus der Bettflasche waschen muss. Jenes in der Waschschüssel ist wieder einmal zugefroren. Sie überlegt sich die Zukunft, sieht sich einerseits als Frau eines Kleinbauern oder Fabrikarbeiters in einer Strohhütte und malt sich dann aus, wie es sich unter einer heissen Sonne zwischen grünen Palmen leben würde.

Einige Tage später trifft sie den Schang, der mit einem dicken Vierpfünder aus der Bäckerei kommt. «Drinnen ists schön warm, vom Backofen her», sagt er und grinst. »Du hast ja gesagt, du möchtest an die Wärme.»

«Ich habe meine Meinung nicht geändert, aber ich habe nicht an eine Backstube gedacht.» Greti lacht zuerst etwas verlegen und fügt dann mit Herzklopfen hinzu: «Wenn du für mich in Havanna eine Stelle findest, komme ich wahrhaftig.»

Mitte Februar 1897 erblickt Louis, so nennt sich der Schang jetzt wieder, vom Dampfer aus die Bucht von Havanna. Die Häuser der Stadt liegen hinter Wällen und Mauern, und gegenüber erhebt sich eine grosse Festung mit drohenden Kanonen. Kuba ist zurzeit ein unruhiges Pflaster. Die Kubaner wollen die spanische Herrschaft abschütteln. Die Amerikaner unterstützen sie. In Havanna selbst ist vom Krieg kaum etwas zu spüren.

Es ist schwül-heiss. Aber die hohen Räume der Villa und die mit Gittern gesicherten offenen Fenstertüren, die die Luft zirkulieren lassen, machen das Leben im Haus der Familie Crozier erträglich. Die Kubaner allerdings kleiden sich, wie wenn sie im kühlen Europa leben würden. Die Männer tragen Röcke aus dickem Tuch, und die Frauen schnüren ihre Leiber in enge Korsette. Da waren die Holländer auf Java doch um einiges vernünftiger gewesen mit ihren leichten Leinenanzügen, geht es Louis durch den Kopf.

Er schreibt Greti einen Brief, Greti schreibt zurück. Sie möchte immer noch an die Wärme. Louis antwortet, dass er gern an sie denken werde, wenn sich irgendwo eine geeignete Stelle finde. Greti fühlt sich im Himmel. Louis meint es offensichtlich ernst. Dass im Lande eigentlich Krieg herrscht, dass die feuchte Schwüle oft schwer zu ertragen ist, dass das gelbe Fieber jedes Jahr Hunderte von Menschenleben fordert, dass Hurrikane ganze Landstriche verwüsten, all dies schreibt Louis auch. Aber statt dass dies Greti abschreckt, erhöht es für sie nur den Reiz, einmal in einem solch exotischen Land zu leben.

Ihre Sehnsüchte bleiben in Freienberg nicht verborgen. «Hör mal, Greti», sagt die Koch Marei, «wenn du vom Ausland träumst, musst du Sprachen lernen, zumindest etwas Französisch. Damit kommst du fast in der ganzen Welt zurecht. Komm abends bei mir vorbei.» Greti ist eine intelligente junge Frau. Fast jeden Tag sitzt sie eine halbe oder eine ganze Stunde bei der alten Marei. Sie lernt schnell und kann sich bald einmal in einfachen Sätzen mit ihr auf Französisch unterhalten.

Louis ist erstaunt, dass er eines Tages einen Brief bekommt, der mit *Mon cher Jean* beginnt. Eigentlich könnte er die Greti auch heiraten, ohne in die Enge nach Freienberg zurückzukehren. Könnte nach einer Stellung bei einer Familie Ausschau halten, die ein Dienerehepaar sucht. Oder wieder Maître d'Hôtel werden – oder sogar selbst ein kleines Hotel übernehmen?

Tröpfchenweise fliessen solche Überlegungen in seine Briefe ein, und tröpfchenweise lässt Greti ihn fühlen, dass sie sich auch schon derartige Gedanken gemacht hat.

Mademoiselle Langénieux ist Kindermädchen und für die beiden Buben zuständig. Es sind Lausbuben im Alter von fünf und sechs Jahren, und sie halten Mademoiselle Langénieux ordentlich auf Trab. Sie leidet seit einiger Zeit an hartnäckigen Kopfschmerzen, und das tropische Klima macht ihr immer mehr zu schaffen. Dann und wann bricht sie ohne äusseren Anlass in Tränen aus. Der Arzt rät dringend zur Rückkehr nach Frankreich.

Louis hat eine längere Unterredung mit Monsieur und Madame Crozier. Das Ergebnis teilt er Greti im nächsten Brief mit:

Ma chère Greti, wenn du immer noch Lust hast, so kannst du nach Kuba kommen. Unser Kindermädchen reist nach Frankreich zurück. Herr und Frau Crozier brauchen eine zuverlässige Nachfolgerin. Ich habe gesagt, dass du bereits ordentlich Französisch sprichst.

Fast wäre ich letzte Woche im Meer ertrunken. Nur dank einem Weinfässchen bin ich gerettet worden. Ich war mit zwei Kollegen auf einem Segelboot unterwegs, weil mein Herr für einige Tage zum Besuch von Tabakplantagen verreist war. Da begann es gewaltig zu stürmen, der Mast brach und das Schiff kenterte. Zum Glück waren wir nahe dem Ufer. Leider ist dabei der Siegfrid aus Berlin ertrun-

ken. Der Gustav konnte sich an einem weggerissenen Lukendeckel halten und wurde an den Strand getrieben. So auch ich, weil ich unser Weinfässchen packen konnte. Traurig ist, dass ausgerechnet der Siegfrid das Fässchen zum Geburtstag spendiert hat. Es hat mir das Leben gerettet, weil wir es schon zur Hälfte ausgetrunken hatten und genug Luft darin war.

Dramatische Ereignisse

1898

«Lieber Louis, ich hab dich wirklich gern, aber da bin ich altmodisch und hartnäckig.» Greti sitzt mit ihm in einem Café an der Plaza de Armas in Havanna und beobachtet neugierig einen Schwarzen, der mit einem bunt gefiederten Kampfhahn unter dem Arm an den Tischen vorbeischlendert. Sie lebt immer noch wie in einem Traum, kann es nicht fassen, dass sie mit dem riesigen Dampfer über den Atlantischen Ozean gefahren ist und jetzt in dieser tropischen Grossstadt wie eine reiche Spanierin mit Louis Kaffee trinken darf, statt in Freienberg in einer dunklen, kalten Küche korbweise Kartoffeln zu schälen oder Bohnen abzufädeln. Die beiden diskutieren ernsthaft. So kann es nicht weitergehen, das spüren beide. Die Abende in Havanna sind warm, und Louis hat schöne Erinnerungen an tropische Liebesnächte. Greti sagt, sie mache das nicht, das sei Sünde, wenn man nicht verheiratet sei. Und ein uneheliches Kind habe ein himmeltrauriges Leben, auch wenn es nichts dafür könne. Wenn sie an Nachbars Bruno denke, den man deswegen immer gehänselt und geplagt habe, kämen ihr fast die Tränen.

Greti betreut die beiden Buben ihrer neuen Herrschaft so liebevoll und zugleich pflichtbewusst, als ob es ihre eigenen wären. Sie wird von den Croziers geschätzt, und diese haben auch keine Vorbehalte gegenüber einer Heirat. So werden Greti und Louis im Mai 1898 offiziell ein Paar, mit dem Segen der Kirche. Greti liebt ihren Louis trotz des grossen Altersunterschiedes. Er hat ihr zu einem neuen, paradiesischen Leben verholfen – an der Wärme. Und Louis liebt Greti mit ihrem frohen Wesen. Für ihn ist sie zugleich eine Verbindung zur alten Heimat – aber eben auch an der Wärme. Er hat das Weggli und den Batzen.

Drei Monate später weiss Greti, dass sie schwanger ist.

«Vielleicht wird es wieder ein kleiner Schang oder Louis, dessen linkes Ohr etwas absteht», sagt Louis lachend und erfreut zugleich und küsst Greti sanft auf den Mund.

Greti stutzt. «Mein allerliebster Louis, was heisst da *wieder* ein kleiner Schang?»

«Hab ich das so gesagt?», windet sich Louis heraus. «Ich meinte eben, wieder einer, wie ich es bin.»

Anfang September fährt die Familie Crozier in Begleitung von Greti und Louis mit der Eisenbahn ins Städtchen Matanzas. Monsieur Crozier will dort die berühmte Tropfsteinhöhle besuchen. Man mietet zwei Volantes, einachsige Kutschen mit riesigen Rädern. Der Wagenkasten ist an Lederriemen aufgehängt und damit wunderbar gefedert, so dass die vielen Schlaglöcher und Steine bloss ein sanftes Schaukeln bewirken. Ein Schild am Eingang der Höhle verbietet das Abbrechen von Stalaktiten. Louis stellt überrascht fest, dass der Text nicht nur auf Spanisch und Englisch, sondern auch auf Deutsch zu lesen ist.

Zwei Amerikaner steigen eben schwitzend und fluchend die Treppe herauf. «Puh, endlich wieder frische Luft! Das ist die Hölle. Was, mit den beiden Ladies und den Kindern wollen Sie da hinunter? Vergessen Sie das, im Qualm und Rauch der Fackeln erstickt man beinahe.» Nach kurzer Diskussion verzichten die beiden Frauen. Stattdessen wollen sie mit den beiden Buben einen Ausflug in die Umgebung machen. Sie fahren hinauf zur Kapelle Ermita de Monserrate und freuen sich über die prächtige Aussicht.

Mitte September bekommen Frau Crozier und Greti und die Kinder Fieber. Man holt den Arzt, und der macht ein bedenkliches Gesicht: «Es ist das gelbe Fieber. Da können wir nur hoffen und beten.»

Während das Fieber bei den beiden Buben nach einigen Tagen wieder zurückgeht, verschlimmert sich die Krankheit bei den Frauen. Tag und Nacht kümmert sich Louis um sein Greti, kühlt seine Stirne mit feuchten Tüchern, hält ihm die Hand.

«Lieber Schang, wenn ich sterben muss, vergiss nicht, dass ich dennoch gern nach Kuba gekommen bin. Du bist nicht schuld. Für mich ist ein Traum in Erfüllung gegangen.» Sie atmet schwer, drückt seine Hand. «Sag das bitte so meinen Eltern.»

«Dummes Zeug. Du stirbst nicht. In einer Woche bist du wieder munter wie früher.» Er gibt sich Mühe, versucht ein schwaches Lächeln, kämpft gegen die Hoffnungslosigkeit an, die sich in seinem Innern würgend und lähmend breitmacht.

Eine Woche später sind beide Frauen tot.

Sie werden im gleichen Grab beigesetzt und ihre Namen untereinander auf den Grabstein geschrieben. Herr Crozier und Louis sind unendlich traurig, ohne dass sie es nach aussen zeigen. Männer weinen nicht, wenn sie jemand sieht. Gegenseitig sprechen sie sich Mut zu, wenn den einen die Verzweiflung packen will. Louis kümmert sich rührend um die beiden Buben, denkt dabei immer wieder an Greti und ihre liebevolle Art im Umgang mit den Kindern. Dann und wann plagt ihn ein schlechtes Gewissen. Auch wenn Greti gesagt hat, er sei nicht schuld. Letztlich ist sie ja doch wegen ihm nach Kuba gekommen. Manchmal wünscht er sich, er wäre an ihrer Stelle gestorben. Gretis Familie hat er mit einer Depesche informiert und einen ausführlichen Brief versprochen.

Herr Crozier beschliesst, für einige Wochen nach Frankreich zurückzureisen. Er möchte nicht, dass die Knaben in der Fremde ohne Mutter aufwachsen, und will die noch unverheiratete jüngere Schwester seiner verstorbenen Frau aufsuchen. «Und Sie, Louis? Wollen Sie in die Schweiz zurückkehren?»

«Jetzt noch nicht, Monsieur. Zuerst muss etwas Gras über die Geschichte wachsen. Freienberg ist ein kleines Dorf, Sie verstehen mich. Aber in Havanna möchte ich auch nicht mehr bleiben. Ich arbeite sehr gern bei Ihnen, Monsieur, das wissen Sie, aber ich fühle, dass mir ein Ortswechsel gut tun würde.»

Herr Crozier denkt nach. «Louis, ich mache Ihnen einen Vorschlag. Ich reise jetzt mit den beiden Buben nach Frankreich. Juanita hat sich bereit erklärt, als Kindermädchen mitzukommen. In zwei, drei Monaten gedenke ich zurück zu sein. Wenn Sie mir unterdessen zur Villa hier Sorge tragen könnten, Louis, wäre mir sehr geholfen. Würden Sie es noch so lange in Havanna aushalten?»

Louis ist einverstanden. So wird er für die nächsten Wochen Hausherr, sorgt dafür, dass die Villa immer gut durchlüftet ist und die üppig spriessenden Gräser und Büsche zurückgestutzt werden. Kochen tut er selbst. Dank einer Extrazulage seines Herrn leistet er sich aber auch manchen Besuch in Cafés oder im Deutschen Club oder unter den Schatten spendenden Arkaden des luxuriösen Hotels *Telegrafo*. Er hat mit dem Portier Paul, der sich hier Pablo nennt, Freundschaft geschlossen. Paul ist auch Schweizer und ein angenehmer Gesprächspartner. Ausserdem hört er berufeshalber die Flöhe husten, weiss über die neuesten Entwicklungen im Unabhängigkeitskampf und die Pläne der Amerikaner Bescheid und kennt die Preise von Zuckerrohr und Tabak.

«Wie gehts, Louis?», fragt ihn Pablo eines Abends. Er hat sich unter die Arkaden zu Louis gesellt, der eben zwei schwarzen Ochsen zusieht, die einen schwer beladenen zweirädrigen Karren über den Platz ziehen. Zu Hause haben die Wagen vier Räder und quietschen weniger. «Wies mir geht?» Louis blickt auf. «Nach dem, was vorgefallen ist, kann ich mich nicht beklagen. Aber gut wäre anders. Ich hatte sie halt schüüli gern.»

«Langeweile und zu viel Zeit zum Nachdenken, was?»

«Vermutlich. Solange mein Herr mit den Buben im Haus war, hatte ich meine Aufgabe und wusste am Morgen, wofür ich aufstand.»

«Vielleicht könnte ich dir helfen. Seit vier Tagen logiert ein Amerikaner namens Collins bei uns. Er sucht einen neuen Footman. Ein sympathischer älterer Herr, reich wie ein Maharadscha, hat irgendwelche Kleiderfabriken gehabt und sie teuer verkauft. Jetzt reist er nur noch in der Welt herum, um Waffen und Schnitzereien und Mumien und weiss der Teufel was für sein Museum in Philadelphia zu sammeln. Wenn du willst, mache ich dich mit ihm bekannt. Du hast ja gute Referenzen und kennst einen Haufen Sprachen. Wann kommt dein Herr Crozier zurück?»

«Übernächste Woche.»

«Das würde ausgezeichnet aufgehen. Collins will noch drei, vier Wochen in Kuba herumreisen. Dafür gebe ich ihm Pepe als Führer mit, der kennt Krethi und Plethi. Noch ein Bier?»

Der General im Nachthemd

1898 – 1899

Der verwitwete Henry B. Collins ist 65 Jahre alt. Ein üppiger Bart umrahmt sein Gesicht mit der markanten gebogenen Nase. Seine Augen mustern Louis von oben bis unten, als er den Salon des Hotels *Telegrafo* betritt. Die Musterung scheint zu seiner Zufriedenheit auszufallen. Nach einer kurzen Begrüssung kommt Collins zur Sache. «Ich bin fast ständig unterwegs, in der ganzen Welt. Wie mir Mr Pablo versichert hat, kennen Sie mehrere Sprachen, was mir von grossem Nutzen wäre. Deutsch, Französisch, Spanisch, glaube ich?»

«Auch etwas Russisch und ein bisschen Malaiisch, Hawaiisch und Holländisch …»

«Danke, das genügt.» Mr Collins schmunzelt respektvoll. «Damit sollten wir um die ganze Welt kommen. Haben Sie Zeugnisse dabei?»

Die beiden werden sich bald einig.

Nur wenige Tage darauf kehrt Monsieur Crozier mit seinen Buben und der jüngeren Schwester seiner verstorbenen Frau wieder nach Havanna zurück.

«Louis, das werde ich Ihnen nie vergessen. Merci mille fois!» Die Villa ist blitzblank geputzt und durchgelüftet, die Betten sind frisch bezogen, da und dort sind Blumen aufgestellt.

Louis nimmt Abschied. Der ist für beide Seiten nicht einfach. Zusammen suchen sie noch einmal den Friedhof auf. «An der Wärme zu leben, war Gretis grösster Wunsch», sagt Louis. «Jetzt darf sie sogar an der Wärme ruhen. Leb wohl!»

Die beiden Männer schnäuzen sich.

Eine Woche später besteigt Louis mit seinem neuen Herrn den Dampfer nach New York, von wo sie mit dem Zug in die Millionenstadt Philadelphia fahren. Dort verbringen sie einige Wochen in Collins' Villa. Am 1. März 1899 brechen sie nach Europa auf, und von dort setzen sie nach Ägypten über.

Louis hat schon viele Länder auf der Welt gesehen. Aber das Land am Nil ist etwas Einzigartiges. Ein mächtiger, grünblauer Strom, der gemächlich nach Norden fliesst, links und rechts davon tiefgrüne und braune Felder, ausserhalb und ohne Übergang nichts als braungelbe Wüste. Dann die märchenhafte Stadt Kairo. Sie logieren im *Shepheard's Hotel,* von dessen berühmter Terrasse aus sich das bunte und laute Leben bequem beobachten lässt. Sofern man das nötige Kleingeld hat, denkt Louis, als er sieht, wie sich Packträger mit riesigen Ballen auf dem Buckel vorbeischleppen und ärmlich gekleidete Burschen mit wackeligen Karren mühsam Baumaterial transportieren. Dazwischen ein blinder, von einem Kind geführter Bettler, Wasserträger mit dem dicken Ziegenschlauch auf dem Rücken, Eseltreiber und Kutscher mit ihren lauten Warnrufen, brüllende Kamele.

Henry B. Collins hat das nötige Kleingeld. Und er ist ein grosszügiger und angenehmer Herr. Für sein Museum hat er bereits ein halbes Dutzend Mumien erworben.

Ausgerüstet mit Schirmen und rauchfarbenen Brillen gegen die grelle Sonne fahren sie mit der *Mail Coach* des *Mena House Hotel* zu den grossen Pyramiden hinaus. Mr Collins verzichtet auf die Besteigung der Cheopspyramide. Er fühlt sich zu alt dazu. Louis hingegen will unbedingt hinauf. Schliesslich hat er in Hawaii auf einem Viertausender gearbeitet. Im *Mena House* hat er eine Tabelle mit den Tarifen gesehen. 12 Piaster zahle man. Er nimmt genau so viel mit, lässt alles Übrige in der Obhut seines Herrn. Nötigenfalls will er auch ohne Hilfe hinauf.

Laut tut er dem Scheich, dem die Helfer unterstellt sind, kund, dass er keinen Piaster mehr zahle. «Einverstanden, ja Chawaga», beteuert dieser und lächelt auf den Stockzähnen. Aber nur verstohlen. Mit Hilfe von zwei Beduinen steigt Louis flott über die ersten der rund einen Meter hohen Stufen hinauf. Sie überholen ein korpulentes, schwer schnaufendes deutsches Ehepaar. Je zwei Beduinen ziehen an den Händen, ein dritter stösst von unten.

«Wilhelm, jetzt hat er mich schon wieder unsittlich angefasst.»

«Du wolltest ja unbedingt mitkommen, Klara. Irgendwo muss der Kerl ja stossen.»

Der Kerl scheint die deutsche Klage zu verstehen. «Madame, sehr schwer. Wenn nicht helfen, Madame fallen tot.» Er zieht dabei eine jämmerliche Grimasse. «Bitte, Bakschisch. Schwere Arbeit!»

Wilhelm zieht den Geldbeutel. Er scheint froh über eine Atempause zu sein.

Louis grinst. Wie sagte doch einst, vor langen Jahren, in Aarau der Portier Franz über Madame Daiger: «Herrgott, hat die einen Hintern. Jede Backe ein Zentner! ‹Nom de Dieu, mi Häärz esch e bitz faible. Kenne Se meer hälfe ufs Kütschle stiige?›»

Auf halber Höhe halten Louis' Begleiter an. «Bakschisch, bitte! Halbe Pyramide.»

«Von mir aus halbe oder drei viertel Pyramide. Ihr kriegt nichts, nicht mal einen Hosenknopf.» Flott schwingt sich Louis ohne Hilfe auf die nächste Stufe hinauf. Wohl oder übel folgen ihm die beiden andern.

Was für eine Sicht nach Osten über das schmale Niltal und nach Westen in die unendliche Wüste hinaus! Tausende von Kilometern nichts als Steine und Sand bis zum Atlantischen Ozean.

«Schöne Aussicht, Bakschisch, bitte, ja Chawaga! Chuchichäschtli!»

«Hab nichts, bin ein armer Diener.» Grinsend kehrt Louis Taschen und Säcke nach aussen.

Seine Begleiter werden unsicher. «Wir nicht helfen, wenn kein Bakschisch.»

«Dann steige ich allein hinunter, ihr beiden Glünggi», sagt Louis gemütlich. «Habs ja eurem Scheich schon am Anfang gesagt.»

Murrend und laut schimpfend beginnen sie den Abstieg. Etwa zwanzig Meter tiefer treffen sie auf das deutsche Ehepaar.

«Wilhelm, jetzt hat er mich schon wieder unsittlich angefasst.» Sie ächzt hörbar. «Ich kann nicht mehr, mir wird schwindlig.»

«Du wolltest ja unbedingt mitkommen, Klara. Irgendwo muss der Kerl ja stossen.» Er zieht den Geldbeutel.

«Morgen werden wir nach Embabeh fahren, Louis», sagt Collins, als sie in der *Mail Coach* zum *Shepheard's* zurückkehren. «Möchte das Schlachtfeld besuchen, wo Napoleon vor rund hundert Jahren die Mameluken besiegt hat. Am 21. Juli 1798 wars. Sorgen Sie bitte für genügend Mundvorrat und etwas Anständiges zum Trinken.»

Collins ist fasziniert von Orten mit kriegerischer Vergangenheit. Er hat als Hauptmann im Sezessionskrieg auf der Seite der Unionisten gekämpft und aus dieser Zeit einen grossen Kratten voller Anekdoten griffbereit. Louis ist ein dankbarer Zuhörer. Wie Onkel Jakob, denkt er, wenn Collins wieder einmal erzählt, wie er nur dank dem ledernen Gürtel des treuen Korporals Brown überlebt hat und dass William McKinley, der gegenwärtige Präsident von Amerika, ein Dienstkollege gewesen ist.

Als *Schlacht bei den Pyramiden* ging der Kampf in die Geschichte ein, obwohl er einiges nördlicher, beim Dorf Embabeh, stattgefunden hatte.

«Louis, Sie können ja französisch. Lesen Sie mir das einmal vor, damit ich hören kann, was vor hundert Jahren Napoleon seinen Soldaten zugerufen hat.» Er reicht Louis seinen Reiseführer.

«Songez, songez que du haut de ces pyramides quarante siècles vous contemplent!», deklamiert Louis mit lauter Stimme, blickt seinen Herrn, der die Augen geschlossen hat, kurz an und wiederholt dann den Satz.

«Danke. Jetzt essen wir eine Kleinigkeit und fahren dann zum *Shepheard's* zurück. Was haben Sie Leckeres eingepackt?»

Am Abend begibt sich Louis in den für die Diener bestimmten Aufenthaltsraum. Zerlesene bebilderte Zeitschriften liegen auf, einige Bücher in verschiedenen Sprachen und eine Reihe alter Zeitungen, die von Reisenden zurückgelassen worden sind. Louis entdeckt eine Nummer des Figaro, wirft einen Blick auf das Datum: 10. August 1898. Er beginnt darin zu blättern. Sein Blick fällt auf den Namen Pourtalès:

La comtesse Arthur de Pourtalès-Gorgier, née Beauvoir-Boosier, depuis 1876 mariée au premier secrétaire de la légation de France au Japon, a été dimanche dernier victime d'un grave accident. Arrivés de New York au Havre à bord de la Bretagne, le comte et la comtesse Arthur de Pourtalès-Gorgier étaient montés dans le wagon-salon du train transatlantique pour s'arrêter à Rouen avant de se rendre à Paris…

Als die Comtesse die Toilette aufsuchen wollte, um sich die Hände zu waschen, verwechselte sie die Tür und fiel aus dem Zug, als dieser eben durch einen Tunnel fuhr. Sie drückte sich geistesgegenwärtig an die Tunnelwand, um von nachfolgenden Zügen nicht überfahren zu werden. Die Retter fanden sie verletzt und in einem Schockzustand.

Louis denkt zurück an Java und Buitenzorg. Wie lange ist das schon her? Zehn Jahre? Nein, schon fünfzehn. Und die Gräfin war ja eigentlich gar keine Geborene, fährt es ihm durch den Kopf. Das hat ihm ja noch Claire erzählt. Wie hiess sie doch eigentlich? So was mit Säufer ... Mary ... Mary Boozer! Und hat sie nicht einmal behauptet, ihre Familie sei während des Bürgerkrieges mit General Sherman und anderen hohen Offizieren befreundet gewesen? Louis will morgen Mr Collins fragen. Der scheint jede Menge Leute aus jenen stürmischen Zeiten zu kennen.

«Mary Boozer, sagen Sie?» Mr Collins stutzt und legt die Stirn in Falten. «Ist sie hübsch gewesen?»

«Sehr, Sir. Mit Verlaub: Sie hatte sinnliche Lippen und schöne braune Augen, volles Haar ...» Louis gerät beinahe ins Schwärmen.

«Und in Paris hat sie einen Grafen geheiratet?» Mr Collins verzieht das Gesicht und beginnt plötzlich zu lachen. «Kein Zweifel: Das ist sie, *South Carolina's Southern Belle*. Und wissen Sie, wie die in die Geschichte eingegangen ist? Sie war die Geliebte des kleinen Kavalleriegenerals Kilpatrick. Little Kil, wie man ihn nannte. Reiste in einer Kutsche mit der Truppe. Als eines Morgens die Südstaatler überraschend Kilpatricks Hauptquartier angriffen, lag dieser noch mit seiner Mary im Bett. Im Nachthemd und in Unterhosen rannte er vor das Haus.

‹Wo ist Kilpatricks Quartier?›, schrien ihm herangaloppierende Kavalleristen zu.

‹Etwa eine halbe Meile die Strasse hinunter!›, schrie er geistesgegenwärtig zurück und floh Hals über Kopf in einen nahen

Sumpf. Im Nachthemd und in Unterhosen. Seither sprach man nur noch von *Kilpatrick's Shirt-tail Skedaddle.*»

Louis begegnet einem bekannten deutschen Reiseschriftsteller und einem noch nicht so bekannten britischen Leutnant

1899

«Louis, Sie sprechen ja auch Deutsch. Ich werde morgen Slatin Pascha besuchen. Da nehm ich Sie mit. Slatin ist Österreicher. War einst Gouverneur im südlichen Sudan, dann jahrelang Gefangener des Mahdi. Er hat ein hochinteressantes Buch über diese Zeit geschrieben: *Fire and Sword in the Sudan*. Jetzt ist er Oberst in der ägyptischen Armee. Ich möchte ihn über seine Erfahrungen und über die Rückeroberung von Khartoum im vergangenen Jahr ausfragen. Könnte nützlich sein, wenn Sie mithören und allenfalls auch mal auf Deutsch nachhaken.»

«Als Ihr Kammerdiener, Sir?» Louis wiegt fragend seinen Kopf hin und her.

Collins lacht. «Gut. Ich befördere Sie zu meinem persönlichen Sekretär. Und – warten Sie mal – zum Oberleutnant a. D. der Schweizer Armee. Also keine devote Dienerhaltung, sondern mehr Brust heraus! Übrigens, falls Sie heute Abend ausgehen möchten: Ich brauche Sie nicht mehr.»

Louis beschliesst, ins Hotel Bavaria zu gehen. Es liegt unweit des *Shepheard's,* am *Midan Kantaret ed-Dikke,* und hat eine deutsche Bierstube. Sie ist gut besetzt. Ein kleiner Tisch in einer Ecke ist noch frei. Louis bestellt ein bayrisches Bier. Am Nebentisch sitzt ein älterer Herr, von eher kleiner Statur, mit zurückgekämmtem Haar und einem Kneifer auf der Nase. Er wirkt nervös, hat ein Glas Limonade vor sich, raucht pausenlos Zigaretten und schreibt eine Menge von Ansichtskarten. Die geschriebenen legt er säuberlich an den Tischrand. Irgendetwas scheint ihn plötzlich zu erschrecken. Er stösst mit der Hand an die Karten. Einige fallen auf den Boden. Louis bückt sich und sammelt sie ein.

«Oh, vielen Dank, mein Herr!» Der Gast mit dem Kneifer scheint ihn erst jetzt zu bemerken.

«Bitte, gern geschehen.»

«Deutscher?»

«Nein, aus der Schweiz.»

«Ich bin auf dem Hinweg durch die Schweiz gefahren. Über den Gotthard und Lugano. Ich habe ein Gedicht geschrieben: *Am Gotthard*.»

«Sie sind Dichter?»

«Sie gestatten: Dr. Karl May, Reiseschriftsteller. Kennen Sie meinen Winnetou? Nein? Ich bin seit Jahrzehnten als Old Shatterhand oder Kara Ben Nemsi in der weiten Welt unterwegs.»

«Ah!» Potztausend, der hat aber seinen Weg gemacht. Louis ist beeindruckt und durch die ersten Schlucke Bier in lockerer Stimmung. «Mein Name ist Louis Koch. Persönlicher Sekretär eines amerikanischen Geschäftsmannes und Oberleutnant a. D.» Er strafft die Brust. «Früher war ich Attaché in Hawaii.»

Das wiederum beeindruckt Herrn Dr. Karl May. Oberleutnant, Attaché – so weit hat er es nie gebracht, wenigstens nicht in Wirklichkeit. «Ein äusserst interessantes Leben!»

«Ich kann mich nicht beklagen. Bleiben der Herr Doktor länger in Ägypten?»

«Nein, ich werde bald weiterreisen, in den Sudan.» Und wie beiläufig fügt er hinzu: «Dann nach Mekka, von dort zu Kamel durch Arabien zu meinem Freund und Diener Hadschi Halef. Weiter nach Persien, Indien, China …»

«Hongkong und Kanton kenne ich. Ich habe mehrere Jahre auf Java gelebt.»

«Auch als Attaché?»

«Nein. Ich war ... eh, persönlicher Berater des Grafen de Pourtalès und seiner Gattin Comtesse de Pourtalès-Gorgier, geborene de Beauvoir-Boosier.»

Wir sehen, die beiden Herren unterhalten sich bestens und bramarbasieren munter drauflos. Der eine dank Bier, der andere trotz Limonade.

Louis gefällt sich in seiner neuen Rolle, die anderntags ihre gebührende Fortsetzung findet.

Ein dunkelhäutiger Nubier führt sie in den Empfangssalon zu Slatin Pascha. «Mr Louis Koch, schweizerischer Oberleutnant a. D. und mein persönlicher Sekretär», stellt Mr Collins seinen Begleiter vor.

Der berühmte kleingewachsene Mann mit dem grossen, in waagrechten Spitzen auslaufenden Schnurrbart empfängt die beiden Besucher freundlich und interessiert und fragt Louis kurz, ob seine Muttersprache deutsch oder französisch oder italienisch sei.

«Ah, Deutsch. Schweizerdeutsch mit den berühmt-berüchtigten Halslauten. Chaibe Chröttli!» Slatin lacht, wechselt wieder ins Englische und stellt seinerseits einen jungen Offizier der britischen Armee vor, der sich beim Eintreten der beiden erhoben hat: «Leutnant Winston Churchill. Er hat in der Schlacht von Omdurman einen dramatischen Kavallerieangriff mitgemacht und will ein Buch über den Krieg am Nil schreiben. Kaffee, Tee, Sodawasser?»

Bald sind die vier Herren in ein angeregtes Gespräch vertieft. Slatin vergisst auch nicht, gebührend zu erwähnen, dass sein Buch sowohl in der englischen wie auch in der deutschen Ausgabe – *Feuer und Schwert im Sudan* – zu einem Bestseller geworden sei.

«Ich habe zwei Exemplare bei Diemer im *Shepheard's* gekauft», sagt Collins. «In Englisch für mich und in Deutsch für Herrn Oberleutnant Koch. Dürfte ich sie Ihnen zum Signieren schicken?»

«Aber gerne! Sie sind damit in guter Gesellschaft. Ihre Majestät die Königin Victoria besitzt ebenfalls ein von mir persönlich gewidmetes Exemplar.» Slatin zeigt mit dem Finger auf ein Stückchen Stein, das auf dem Salontisch liegt. «Von der Treppe, auf der General Gordon ermordet worden ist. Ein solches Stück habe ich ihr vor kurzem geschenkt, als ich wieder einige Tage bei ihr zu Gast war.» Er spricht von der damals mächtigsten Frau der Welt wie von einer guten Freundin. Tatsächlich hielt diese in ihrem Tagebuch am 28. Februar 1899 fest:

After tea saw Slatin Pasha, who has come to stay for 3 days. He brought me souvenirs he had made for me, a piece of the stone from the step on which General Gordon was killed at Khartoum & a frame containing dried roses from the garden of Gordon's Palace, with his photograph.

Auch beim Prinzen von Wales hat Slatin diniert, im *Marlborough House*. «*Marlborough House?*», unterbricht ihn der britische Offizier. Er hat einen rundlichen Kopf mit durchdringend blickenden Kugelaugen und erinnert Louis an eine Bulldogge. «Dieser Palast ist für Sarah Churchill, die Duchesse of Marlborough, erbaut worden, eine Freundin der Königin Anne und Gattin von John Churchill, First Duke of Marlborough und mein Vorfahre. Er hat an der Donau in der Schlacht von Blenheim die britische Armee brillant zum Sieg geführt.»

Wir sehen, auch der junge Offizier steht gesellschaftlich und militärisch weit oben. Zeit für Herrn Collins, sich auch gebührend einzubringen. Wir wissen ja bereits, dass er als Hauptmann im Sezessionskrieg gekämpft und dabei William McKinley, den gegenwärtigen Präsidenten von Amerika, kennen gelernt hat. «Bei den Kämpfen um Winchester sind William und ich Freunde geworden und geblieben.»

«Sie kennen Präsident McKinley?», fragt Churchill interessiert. «Er hat dafür gesorgt, dass die Philippinen und Kuba faktisch amerikanisch geworden sind. In Kuba hatte ich Gelegenheit, im Stabe von General Valdez an einem Feldzug teilzunehmen.»

Kuba? Jetzt oder nie, denkt Louis. «Ich lebte bis vor kurzem in Kuba und habe die Wirren und das Hin und Her mit den Aufständischen hautnah miterlebt», lässt sich der fiktive Oberleutnant a. D. der Schweizer Armee vernehmen. «Übrigens war ich auch in Hawaii dabei, als es von den Amerikanern übernommen wurde.» Er hüstelt kurz. «Ich war in Honolulu Attaché im französischen Konsulat.»

«Ah, interessant», sagt Slatin, während Mr Collins verstohlen schmunzelt. Er weiss Bescheid über die Wirren der kurzen Attaché-Zeit von Louis. «Ihre Vorfahren, waren die auch schon diplomatisch oder militärisch tätig gewesen? Schweizer in fremden Kriegsdiensten waren ja legendär.»

«Ein Onkel von mir stand … eh … dem König von Neapel nahe. Er war Hauptmann in dessen Garde», fabuliert Louis frisch-fröhlich. Wenn schon, denn schon. «Er wurde im Kampf gegen Garibaldi verwundet und dafür hoch dekoriert.» Gerne hätte er noch Onkel Jakobs Spruch von der Wildsau im Rübenfeld angefügt, aber er will das Fuder nicht überladen.

Jedenfalls hat damit auch Louis seine Position in der erlauchten Runde gefestigt. Gespannt hören die drei nun zu, wie Slatin Pascha sein abenteuerliches Leben schildert. Allerdings etwas gefiltert. Sein Haremsleben während seiner Gefangenschaft in Khartoum übergeht er diskret. Als erst 17-Jähriger kam er nach Kairo, zog dann mit einer britischen Expedition in den Sudan, wo er General Gordon kennen lernte. Nach Zwischenjahren in Europa wurde er von Gordon zum Finanzinspektor im Sudan ernannt und dann zum Gouverneur in Darfur. Es kam zu Kämpfen mit den Anhängern des Mahdi. Slatin wurde Muslim, um mehr Rückhalt bei seinen Soldaten zu finden. Vergeblich. Er wurde gefangen, und erst nach langen Jahren gelang ihm die dramatische Flucht durch die Wüste nach Assuan. «Nicht weniger als 24 Tage war ich in der Wüste unterwegs. Die britischen Soldaten wollten mich zuerst gar nicht ins Fort lassen, so zerlumpt und elend sah ich aus.»

Slatin Pascha streicht seine Schnurrbartspitzen. Er geniesst es, im Mittelpunkt zu stehen. «Zigaretten, Kaffee, meine Herren? Aber jetzt, Mr Churchill, erzählen Sie uns, wie *Sie* die Schlacht von Omdurman erlebt haben. Sie haben einen Kavallerieangriff mitgemacht? Das muss eine brutale Sache gewesen sein!»

«Sehr brutal», bestätigt Churchill mit etwas nuschelnder Stimme. «Im Galopp griffen wir, die 21. Lancers, an. Als Offizier hätte ich eigentlich mit gezogenem Säbel reiten müssen. Wegen meiner lädierten Schulter hatte ich diesen mit einer Mauserpistole vertauscht. Das rettete mir Minuten später das Leben. Schoss aus nächster Nähe einen Mahdikrieger nieder, der mich sonst unweigerlich umgebracht hätte.» Churchill schildert, wie sich plötzlich aus einem verdeckten Wadi zwei- oder dreitausend feindliche Kämpfer erhoben und sich unerschrocken den Kavalleristen in den Weg stellten. Mit fürchterlichen Folgen. «Blutüberströmte Pferde hinkten zum Sammelplatz zurück, Männer mit zerhauenen Gliedern, Sterbende, Schreiende, Taumelnde. Krieg ist eine grässliche Sache.»

«Meine verstorbene Grossmutter sagte jeweils, der Krieg bestehe aus Blut, Schweiss und Tränen», wirft Oberleutnant a. D. der Schweizer Armee Louis Koch ein.

«Blood, sweat and tears?», wiederholt Leutnant Churchill. «Bei Gott, eine treffende Definition! Ihre Grossmutter war eine weise Frau.»

Durch die Wüste ins Land des Mahdi

1901

Ein sonniger Oktobertag. In Luzern recken Touristen aus aller Herren Länder die Nase hinauf zum mächtigen Löwen. HELVETIORUM FIDEI AC VIRTUTI steht in grossen Lettern darüber. Unter dem Löwen sind die Namen der 1792 beim Kampf um die Tuilerien gefallenen Offiziere aufgelistet.

«Louis, da findet sich doch sicher auch einer Ihrer Vorfahren darunter! Was meinen Sie?» Mr Collins verzieht sein Gesicht zu einem gemütlichen Lächeln. «Nur als Möglichkeit, falls wir uns wieder einmal in erlauchter Gesellschaft bewegen.»

Louis grinst. «Ich werds mir merken, Sir. Übrigens hat auch schon Slatins Freundin, die Königin Victoria, hier gestanden, bevor sie sich in einer Sänfte auf den Rigi hat tragen lassen.»

«Natürlich, diese halsbrecherische Zahnradbahn ihres Herrn Riggenbach gabs ja damals noch nicht. Bin gespannt auf die Fahrt morgen.»

Louis' Herr ist ein ruheloser Reisender. Ein Reisefüdli, wie Louis es nennt. Dreimal haben sie bereits ganz Amerika durchquert, die Bahamas und Mexiko besucht, einmal sogar Hawaii. Dort logierten sie im *Hamilton Hotel,* wo Louis einst Maître d'Hôtel gewesen war – ein freudiges Wiedersehen mit alten Bekannten. Und dann das zweistöckige Gebäude namens *Hokulani's* mit dem bunten Schild, auf dem eine Reiterin mit fliegenden Haaren abgebildet war. Seine ehemalige Geliebte hatte eine Pension mit Bar eröffnet. Ihre skrupellosen Methoden, zu Geld zu kommen, waren offenbar erfolgreich gewesen. Louis blieb vorsichtshalber auf der anderen Strassenseite.

Jetzt sind die beiden erneut unterwegs nach Ägypten. Von dort aus möchte Collins nach Süden in den Englisch-Ägyptischen Sudan fahren. Er verbindet die Anreise mit einem mehrwöchigen Aufenthalt in der Schweiz. Genf und das Berner Oberland hat er bereits besucht und erkundet nun die Gegend um den Vierwaldstättersee. Sie fahren auf den Pilatus und auf den Rigi, geniessen in Decken gehüllt den Sonnenaufgang und sind dabei, als ein Alphornbläser den Sonnenuntergang ankündigt. Und die Hand zum Trinkgeld hinstreckt. So wie die vielen Echosänger. Von Luzern reist Mr Collins für zwei Wochen allein nach Ragaz in die Badekur. Er hofft, dass die dortigen Thermalquellen seine mit dem Alter zunehmenden Gliederschmerzen lindern werden.

Louis bekommt Urlaub und kann wieder einmal sein Heimatdorf aufsuchen. Viereinhalb Jahre ist er weg gewesen. Kurz nach seiner Ankunft sucht er die Eltern seiner verstorbenen Frau Greti auf. Der Vater schnupft, die Mutter weint, und Schangs Augen, so heisst Louis daheim wieder, werden feucht. Man macht ihm keine Vorwürfe. Greti habe sich so gefreut, meint die Mutter. Vielleicht habe sie zwar bloss ein kurzes, aber schöneres Leben gehabt als manche Frau hier in Freienberg. Und anderen ginge es ja auch so. Der reiche Herr Gomulicki oben im Schloss habe auch seine erste Frau in Sumatra verloren. Und dem Sigristen Bärti, der nach Manila ausgewandert sei, sei seine Frau nach einem Jahr ebenfalls am Fieber gestorben. Mit seinem kleinen Bübchen sei er nach Hause zurückgekehrt.

Am Sonntag feiert Schangs Mutter Rosa ihren 70. Geburtstag.

«Dass du am heutigen Tag da bist, Hansi, gesund an Leib und Seele, ist für mich das schönste Geburtstagsgeschenk.»

Nach dem Gottesdienst in der hoch über dem Dorf gelegenen Kirche wird im Rösslisaal gefestet. Sage und schreibe 100 Dollar, also etwa 500 Franken, hat Mr Collins springen lassen, als ihm Louis vom runden Geburtstag seiner Mutter erzählt hatte. Zuerst gibt es einen Umtrunk für Freunde und Nachbarn, dann ein Essen für die Grossfamilie und die Verwandten. Darunter solche, die man das ganze Jahr durch nie sieht.

Wie ein bunter Vogel sitzt Schang unter seinen Angehörigen und berichtet von Philadelphia und Mexiko und Kairo wie andere von Basel oder Zürich oder Bern. Die besten Hotels der Welt und die schönsten Winkel aller Herren Länder hat er kennen gelernt, ist berühmten und mächtigen Leuten begegnet, aber so wohl wie hier im Rössli unter seinen Leuten hat er sich schon lange nicht mehr gefühlt. Es gibt halt doch nur eine Heimat, denkt er, etwas rührselig geworden. Der Wein und die Dorfmusik Schnurrantia mit ihren schmissigen Märschen und Walzern tragen ihren Teil dazu bei.

Der Lärmpegel im Saal ist gross. Die alten Leute hören schlecht und unterhalten sich schreiend über die Tische hinweg. Viel Gelächter, besonders am Tisch, wo Hündlisüüders Franz sitzt. Er hat immer neue Witze auf Lager, und selbst die alten erzählt er so gut, dass sie wie neue klingen. Die Koch Marei sitzt vor ihrem Glas Roten und zieht zufrieden und schweigend am Stumpen. Sie ist kleiner geworden und geht gebückt, aber ihr kritischer und wacher Geist ist ihr geblieben. Wie in einem Theater beobachtet sie die andern Gäste und denkt sich ihr Teil dabei. Onkel Jakob ist schon fünfmal aufgestanden, um sein Glas auf Mr Collins und dessen Spendierhosen zu erheben. Seine einleitenden Worte werden jedes Mal länger und lauter. Die Schmerzen in seinem lahmen

Bein sind wie weggeblasen, und sogar den Garibaldi lässt er in Frieden ruhen. Dafür wünscht er, als er sich zum sechsten Mal erhebt, dem Schang und seinem Herrn eine gute Reise ins finstere Afrika.

«Wohin wollt ihr von Kairo aus? Nach Kar … eh, Karthago?»

«Nach Khartoum. Dort, wo der Blaue und der Weisse Nil zusammenfliessen. Dreitausend Kilometer von der Mündung entfernt.»

Seit kurzem ist der Sudan für abenteuerlustige reiche Touristen wieder zugänglich. Allerdings braucht es dafür einen Spezialpass, den sich Collins in Kairo im Kriegsministerium besorgen muss. Anfang Dezember besteigen unsere beiden Reisenden die *Prince Mohammed Ali,* einen der luxuriösen und sauberen Dampfer von Thomas Cook & Son. Sogar ein Arzt ist an Bord. Zwei Wochen verbringen sie in Assuan, bevor sie auf der *Memnon* nach Wadi Halfa weiterdampfen. Dort wechseln sie vom Schiff auf den Zug. 26 Stunden werden sie brauchen für die tausend Kilometer bis Khartoum. Die Bahnlinie wurde von den Briten in Rekordzeit für den Transport von Truppen und Nachschub für den Krieg gegen den Mahdi gebaut, quer durch die Wüste, um den grossen Nilbogen abzuschneiden. Wegen der stechenden Sonne sind die Fenster der Wagen klein.

«Soll ich Ihnen ein Soda-Wasser kommen lassen?», fragt Louis, als der Wind wieder einmal eine Sand- und Staubwolke durch die Fensterritzen ins Abteil gewirbelt hat und beide husten müssen. «Übrigens geht die Sonne bald unter.»

Collins klopft seinen Bart aus und verzieht schmunzelnd das Gesicht. «Sie meinen, es sei Zeit für einen Whisky-Soda? Bestellen Sie mal zwei davon.»

«Auf Ihr Wohl, Sir!»

«Auf eine interessante Reise, Louis!»

Collins zieht ein Buch aus der Reisetasche und beginnt darin zu blättern. «Louis, Sie erinnern sich doch an den britischen Offizier bei Slatin Pascha? Winston Churchill hiess er. Er hat damals von einem Buch gesprochen über den Mahdi-Krieg. Ich habe es in Kairo gekauft. *The River War* heisst es. Über unsere Bahnlinie durch die Wüste habe ich einen netten Satz gefunden: Die Bahn habe tagtäglich alles Notwendige herbeigeführt, *letters, newspapers, sausages, jam, whisky, soda-water and cigarettes, which enable the Briton to conquer the world without discomfort.*»

«Scheint ein Geniesser zu sein, dieser Herr Offizier.»

«Und einen makabren Humor soll er haben, wie man mir in Kairo erzählte. Er ist ja nicht nur als Leutnant, sondern auch als Zeitungskorrespondent den Nil hinaufgezogen. Als er im Zug Richtung Süden fuhr, hätten ihn seine Kameraden hoffnungsvoll gefragt, ob er sie auch in seinen Berichten erwähnen würde. Natürlich, habe er geantwortet, allerdings nur an einer einzigen Stelle: in der Gefallenenliste!»

Louis spielt Sancho Pansa

1901 – 1902

«Morgen besuchen wir das Schlachtfeld von Kerreri, etwa sieben Meilen nördlich von Omdurman. Sorgen Sie bitte dafür, dass man uns in Omdurman zwei gute Esel bereithält. Und etwas Proviant nicht vergessen.» Collins sitzt mit Louis auf der weitläufigen Terrasse des *Grand Hotel* am Ufer des Blauen Nil. Pelikane mit ihren mächtigen Schnäbeln überfliegen den trägen Fluss auf der Suche nach Fischen. Händler versuchen, den wenigen Touristen Strausseneier und Armdolche und garantiert echte Schwerter aus der Schlacht bei Omdurman zu verkaufen. Das im Krieg zerstörte Khartoum erholt sich langsam, zählt aber erst wieder etwa 8000 Einwohner. Bloss viermal so viel wie sein kleines Heimatdorf Freienberg oder etwa wie Aarau, denkt Louis. Einst sollen es fast zehnmal mehr gewesen sein. Dafür sind prächtige neue Gebäude und Villen in parkähnlichen Gärten entstanden. Besonders imposant ist jene von Slatin Pascha, direkt am Nil gelegen. Collins hätte ihn gerne besucht, aber Slatin – unterdessen Sir Rudolf Carl Freiherr von Slatin – weilt zurzeit in Europa.

Omdurman liegt am westlichen Nilufer, kurz nach dem Zusammenfluss des Weissen und Blauen Nil. Ein Dampfboot bringt sie am andern Morgen früh nach der sich weithin erstreckenden Stadt. Unglaublich, die Vielfalt von Schwarzen aus allen möglichen Stämmen und Regionen, die sich am grossen Marktplatz von Omdurman tummeln. Kriegsnot und die Verwüstung ihrer Dörfer haben sie hergetrieben. Dazwischen Beduinen und Nubier und griechische und syrische Kaufleute und ägyptische Soldaten mit rotem Fez und blauen Winteruniformen. Händler preisen schreiend bunte Spezereien an, aus alten Rüstungsteilen hämmern Schmiede Gefässe, Sattler nähen Taschen aus Nilpferdhaut. Etwas abseits, an einem Brunnen, lachen und scherzen schwarze Schönheiten, nur mit Lendenschurz bekleidet.

Munter trippeln die Esel mit den beiden Herren, deren Füsse beinahe den sandigen Boden berühren, dem Nil entlang nach Norden. Collins und Louis tragen Tropenhelme mit Nackentüchern. Sie sind froh, dass sie das Getümmel hinter sich haben. Einige Male haben sie von ihren kräftigen Stöcken Gebrauch machen müssen, um allzu zudringliche Bettler abzuweisen. Besonders ein Kerl mit einer fürchterlichen Narbe über den halben Schädel wollte nicht von ihnen lassen.

Der Eselsverleiher hat ihnen einen jungen Burschen mitgegeben, der für die Tiere zu sorgen hat und sie nach Bedarf mit einem Stöckchen antreibt. Louis hat ein Picknickkörbchen und eine Decke, mit einem Riemen zusammengebunden, vor sich über den Esel gelegt. Im Körbchen befindet sich ein gediegenes Tea-for-Two-Set mit einem kleinen Spirituskocher. Ein Geschenk von Collins' verstorbener Gattin, einer Engländerin. Sie hatte ihm das Teetrinken schmackhaft gemacht. Täglich geniesst er seine zwei Tassen. Selbst in der heissen Wüste will er nicht darauf verzichten.

Mr Collins nimmts genau. Er will wissen, wo Sir Herbert Kitchener, der britische Heereskommandant, am Morgen des 2. September 1898 auf dem Schlachtfeld von Kerreri gestanden hat. Von wo aus die Kanonenboote ihr Feuer eröffnet haben. Wo das Camel Corps Aufstellung genommen hat. Da und dort liegen noch Waffen herum. Kleine Haufen von Gebeinen sind makabre Zeugen des blutigen Kampfes. Auch die Kavallerieattacke der 21st Lancers, von der Leutnant Churchill ausführlich erzählt hat, interessiert ihn. Sie finden ohne Mühe den breiten Graben, in dem sich mehr als 2000 Mahdi-Krieger versteckt gehalten hatten.

«Etwa von hier aus, 250 Yards vom Graben entfernt, sind sie losgeritten.» Collins zieht mit seinem Stock eine Linie in den Sand. «Der eigentliche Kampf hat vielleicht bloss eine einzige Minute gedauert. Dann galoppierten sie wieder etwa 250 Yards nach Westen, bevor sie nach links geschwenkt und abgesessen sind, um den Graben von der Flanke her mit ihren Kugeln zu bestreichen. Reiten wir mal hin.»

Louis sticht der Hafer. Er nimmt den Stock wie eine Lanze in die Hand, schreit «Advance!» und versucht, seinen Esel zu einem kurzen Galopp anzutreiben. Das Ergebnis macht nicht gerade einen kriegerischen Eindruck, bringt aber Collins zum Lachen.

«Louis, Sie erinnern mich an diesen spanischen Romanhelden. Don … Don … eh …»

«Don Quijote meinen Sie wohl?» Louis ist etwas ausser Atem geraten.

«Genau. Woher kennen Sie denn den?»

«Bei einem meiner früheren Herren arbeitete eine sehr gebildete Gouvernante, Mademoiselle Bouvier. Sie hat mir viel beigebracht, jeweils abends. Ich hatte es nötig, habe ja bloss sechs Jahre die Schule besucht.» Ja, die Mademoiselle Bouvier … Claire! Liebliche Bilder gaukeln ihm durch den Kopf. Was sie wohl machte mit ihrem Herrn Professor und dem kleinen Jean ohne abstehendes Ohr?

«War sie auch Ihre Geliebte, Louis?» Mr Collins scheint Gedanken lesen zu können.

«Nun, ja … ja», sagt Louis. «Übrigens, mit Verlaub, Sir, Don Quijote hatte doch ein Pferd, aber der Knecht, der Sancho Pansa, der hatte einen Esel.»

«Folglich bin ich wohl sein Zwillingsbruder.» Collins schmunzelt. «Jetzt essen wir eine Kleinigkeit und trinken eine Tasse Tee. Dann kehren wir Helden nach Omdurman zurück.»

«Beim Gedenkobelisken für die 21st Lancers liegen einige grössere Steine herum. Könnten uns als Sitzgelegenheiten dienen, Sir.»

Die Sonne brennt erbarmungslos auf die beiden Herren mit den roten Köpfen. Louis schlägt ein paar Mal mit dem Stock auf die Steinbrocken, um allfällige Skorpione und Schlangen zu vertreiben, setzt den Spirituskocher in Gang und packt die belegten Brote aus.

«Es gibt nichts Besseres gegen den Durst als eine Tasse heissen Tee, gerade in dieser mörderischen Hitze», behauptet Collins, während er sich einmal mehr brennenden Schweiss und Staub von Gesicht und Hals wischt.

«Gewiss, Sir», sagt Louis wohlerzogen. Er träumt von einem kühlen Most im schattigen Rössligarten.

Gegen Mittag reiten sie zurück. Kaum sind sie wieder im Häusergewirr im Norden der Stadt, kleben sich die ersten Bettler an sie. Auch der Narben-Ali, wie ihn Louis getauft hat, ist darunter. Mr Collins und Louis halten ihre Stöcke bereit. Plötzlich packt der Narben-Ali das Picknickkörbchen und rennt damit weg.

«Advance!», schreit Louis, haut seinem Esel kräftig mit der Hand auf die Hinterbacke, legt seinen Stock wie eine Lanze an und stösst damit seinen Gegner zu Boden, bevor der in einem Hauseingang verschwinden kann. Zu Boden geht aber auch Louis, denn der Esel weiss nicht, dass der Gewaltritt schon zu Ende sein soll. Louis greift nach dem im Sand liegenden Körbchen, will sich erheben und fasst sich fluchend an den linken Knöchel. Ein stechender Schmerz breitet sich in seinem Fuss aus. Mr Collins und der begleitende Bursche helfen Louis wieder auf seinen Esel. Unterdessen haben sich einige düster blickende Gesellen um sie versammelt, heben die Fäuste und stossen Drohungen aus.

Louis wirbelt den Stock herum. «Verschwindet, ihr verdammten Halunken, oder ich renne euch über den Haufen wie eine Wildsau im Rübenfeld!», schreit er sie auf Schweizerdeutsch an. Glücklicherweise nähert sich eben eine Patrouille ägyptischer Soldaten, die für Ruhe sorgen und Collins und Louis zur Anlagestelle des Dampfbootes geleiten.

Der Knöchel wird immer dicker. Er gleicht einem Blaukabiskopf, als Louis mühsam und mit Hilfe von zwei Stöcken hinkend aus dem Boot steigt und auf einen Esel klettert.

«Ich schlage vor, wir reiten direkt ins Hospital.» Collins zeigt sich besorgt.

«Ist nicht nötig, Sir, vielen Dank. Ich lege mich etwas hin, wenn Sie gestatten, und mache mir kühlende Umschläge.»

Eine Wallfahrt ins Heilige Land, die nicht so endet, wie sie sollte

1908

Am 2. Juli spazieren zwei Männer in Richtung Rössli. Beide hinken, der ältere, mit Stock, mehr als der jüngere. Onkel Jakob ist 83 geworden, der Schang alias Louis 54.

Sieben Jahre sind seit seinem letzten Besuch in Freienberg vergangen. Vieles hat sich unterdessen geändert. Nur noch wenige Strohdächer gibt es. Die meisten Häuser haben einen Wasseranschluss, und die Strassen sind nachts elektrisch beleuchtet. Gestern ist ein 140 Meter langer Zeppelin über die Dächer des nahen Bremgarten geflogen.

Vielleicht hätte Schang damals in Khartoum doch das Spital aufsuchen müssen. Irgendetwas ist bei der Heilung seines linken Knöchels schiefgelaufen. Er akzeptiert die kleine Behinderung aber gelassen. Schmerzen hat er keine, und er kann durchaus weiterhin beim Heuen oder Holzspalten mithelfen. Auch dass man über ihn und Onkel Jakob, die beiden hinkenden Kriegshelden, Sprüche macht, nimmt er mit Humor, hat er doch selbst am Stammtisch von seiner Kavallerieattacke auf dem Esel berichtet.

«Er ist eben mein Neffe», pflegt der alte Jakob nicht ohne Stolz zu sagen. Irgendwie fühlt er sich mit dem Schang seit dessen Abenteuern enger verbunden. Auch wenn diese natürlich nicht zu vergleichen sind mit dem, was er selbst erlebt hat, damals, als er gegen Garibaldi, diesen gottverdammten Glünggi, wie eine Wildsau durchs Rübenfeld gestürmt ist.

Schang ist nach Freienberg zurückgekehrt, weil sein Herr, Mr Henry B. Collins, unerwartet an einer Lungenstauung verstorben ist. Collins wollte, wie schon in früheren Jahren, einige Monate im südlich von Kairo gelegenen Bad Heluan verbringen:

Henry B. Collins died in Savannah, Ga., at 1 o'clock this morning of congestion of lungs. Mr Collins had gone south about six weeks ago to escape the severe weather in this section of the country, and expected to sail from New York for Egypt on January 19. He was accompanied by his valet Louis Koch and his great-niece, Miss Elizabeth Collins, of this city. Mr Collins was 75 years of age.

Louis hat die Zeitungsmeldung aus Philadelphia aufbewahrt. Bei aller Betroffenheit ist er auch etwas stolz, dass sein Name in der Todesnachricht erwähnt wurde. Die vielen gemeinsamen Reisen in alle Ecken der Welt hatten zu einem Vertrauensverhältnis geführt, das für Schang eine angenehme Überraschung zur Folge hatte: Collins hat ihm testamentarisch 10 000 Dollar vermacht. Das ist eine erkleckliche Summe. Schang gehört jetzt zu den wohlhabenden Bürgern im Dorf.

Das mit dem Geld wollte er eigentlich für sich behalten. Nur einmal, am Stammtisch zur vorgerückten Stunde, rutschte ihm eine Andeutung heraus. Seither ist jeder in Freienberg überzeugt, dass Schang ein schwerreicher Mann ist, und wenn er da und dort ein Haus aufsucht, zeigt sich manche Jungfer von der sehr netten Seite. Ein Schnäpschen? Noch eines? Ein Stück Geräuchertes? Ein paar gedörrte Apfelschnitze? Eine Schnitte vom selbst gemachten Birnenweggen? Schang muss aufpassen, seine Hosen werden immer enger.

Auch der Stammtisch hat sich verändert. Der Rentier Meier und die Koch Marei sind vor zwei Jahren gestorben. Mareis ruhiges Urteilen und ihre erstaunliche Weltkenntnis fehlen. Ihre Rolle hat der Hemdenfabrikant Willi Schuh übernommen. Er hat die fünfzig überschritten und nimmt es im Geschäft etwas gemütlicher. Auch er kennt sich aus in der grossen Welt und ist sprachgewandt. Er hat als junger Mann in Florenz und Marseille und London gearbeitet. Nur Stumpen raucht er nicht wie die Marei selig.

«Der riesige Zeppelin hat fast die Baumwipfel berührt, als er das Reusstal hinaufflog», erzählt Willi Schuh. Er ist gestern extra mit der Bahn nach Bremgarten hinübergefahren. «Später hat er sogar den Hirzel überflogen, in mehr als 800 Meter Höhe. Unglaublich! Vielleicht wirst du einmal nach Amerika fliegen, Schang, statt mit dem Schiff hinüberzudampfen.»

«Wer weiss, mir wärs recht», meint dieser unternehmungslustig. «Vor allem wenns unten stürmt und schaukelt.»

«Also mich brächten da keine zehn Pferde hinein», gesteht der Moosbauer Karli. «Auch nicht in den neuen Berglift aufs Wetterhorn hinauf. Hirnverbrannt, so etwas, an dünnen Seilen über dem Gletscher zu hängen!»

«Vor wenigen Jahrzehnten hat man sich auch vor der Eisenbahn gefürchtet», wirft Willi Schuh ruhig ein. «Jetzt baut man sogar eine Bahn hinauf auf die Jungfrau, in einem Tunnel durch den Eiger.»

«Habt ihrs auch gelesen», wechselt der Moosbauer Karli das Thema, «dass im Kongo die Passagiere eines gestrandeten Dampfers von Kannibalen aufgefressen worden sind? Hast du nie Angst davor gehabt, Schang?»

Dieser lacht. «Oh, ich wäre denen bestimmt zu zäh gewesen. Aber im Ernst, ich hatte es immer gut mit den Eingeborenen, auf der ganzen Welt.»

«Gehst du jetzt mit ins Heilige Land, Schang?», will Willi Schuh wissen. Die Organisatoren der *Zweiten schweizerischen*

Volkswallfahrt ins Heilige Land suchen noch weitere Teilnehmer. Auch der Michel Peter und seine Schwester Anna haben sich angemeldet und Schang gefragt, ob er nicht auch mitkomme. Er kenne sich ja aus in fremden Ländern.

«Ja, ich habe zugesagt. Am 1. September gehts los. Bin gespannt, wie das ist, so mit einer grossen Gruppe zu reisen. An die 500 Teilnehmer. Allein etwa 90 Pfarrherren sind dabei, und auf dem Dampfer nach Palästina sollen elf Altäre aufgestellt werden.»

«Da kann nichts mehr schiefgehen», meint der Moosbauer Karli augenzwinkernd.

Zu den Pilgerinnen gehört auch das gut 40-jährige Fräulein Justina Weber aus Zug. Sie ist Lehrerin, interessiert und begeistert ob all dem Wunderbaren auf der Welt. Dank Chopin lernt sie während der Überfahrt auf der *Habsburg* des Österreichischen Lloyd Herrn Louis Koch kennen. So nennt sich der Schang auf der Heiliglandreise wieder, und unter diesem Namen hat er sich auch angemeldet.

Fräulein Weber spielt ausgezeichnet Klavier. Am zweiten Abend macht Louis nach dem mehrgängigen Diner und einigen Gläsern italienischem Roten einen Verdauungsspaziergang. Über Deck und treppauf und treppab. Er kommt am Musiksalon vorbei, hört Töne, die ihn an seine Zeit bei Steinway erinnern. Er setzt sich auf den Diwan, der sich in der Mitte des Salons vierteilig um eine Säule schmiegt, und lässt sich von den Klängen einlullen.

«Wunderschön wars, mein Fräulein», lobt Louis, als die Dame am Klavier geendet hat. «Fast wie einst der Paderewski. Was haben Sie denn eben gespielt?»

«Jetzt übertreiben Sie aber ein bisschen, Herr ... Herr Koch? Dennoch danke schön für Ihr Kompliment.» Sie zeigt auf die Noten. «Chopin, Nocturne Nr. 2. Aber sagen Sie mal, wieso gerade Paderewski? Haben Sie ihn spielen hören?»

«Nicht nur das. Er hat mich sogar begleitet, als ich ‹Vo Luzern gäge Weggis zue› gesungen habe.» Louis lacht schelmisch. «Kein Witz, Ehrenwort. Wenn Sie möchten, erzähle ich Ihnen gerne darüber, Fräulein ...? Fräulein Weber.»

Er erzählt nicht nur von Paderewski und Steinway, sondern auch von Buitenzorg und Honolulu und Khartoum und seiner Begegnung mit Jules Verne. Fräulein Weber hört mit leuchtenden Augen zu.

Sie ist froh, dass der Herr Louis Koch die Reise mitmacht. Er kann ihr vieles erklären und hilft ihr, in Bethlehem aufdringliche Händler abzuwehren und in Jerusalem im Hospiz Notre-Dame-de-France, wo sie untergebracht sind, die Mousselinevorhänge gegen die Mücken zu befestigen. Zusammen lassen sie sich ihre Rosenkränze mit Perlen aus Olivensteinen segnen, kaufen getrocknete Feldblumen, Rosen aus Jericho und Wasser aus dem Jordan. Zusammen lassen sie sich im Studio eines Fotografen ablichten: sie als verschleierte orientalische Prinzessin, er in einem Fantasiekostüm in halb liegender Stellung auf einem Diwan. Mit Wasserpfeife, Turban und Krummsäbel.

Nur auf dem Weg zu einer heiligen Stätte müssen sie sich jeweils trennen, denn die Schweizer Pilger marschieren in einem geordneten Zug: voran ein Kreuzträger, dann die Priester, auf die die Männer folgen. Die Frauen bilden das Schlusslicht.

Louis und Justina verstehen sich immer besser. Wenn sich ihre Blicke kreuzen, vergessen beide, dass sie eigentlich fromme

Pilger mit himmlischen Gedanken sein müssten. Himmlisch sind ihre Gedanken zwar, aber bezogen auf einen Himmel auf Erden. Ein feiner, stiller, das Herz wärmender Himmel, kein stürmischer mehr wie einst auf Java oder Hawaii. Einer ohne Küsse und Umarmungen. Er nennt sie jetzt Fräulein Justine – französisch ausgesprochen, das sei viel eleganter –, sie ihn Herr Louis.

Bei strahlendem Sonnenschein treten sie auf der *Semiramis* die Heimreise übers Mittelmeer an. Doch schon auf der Höhe von Kreta beginnt es zu regnen. Der Dampfer schaukelt leicht. Einige Passagiere, darunter auch Fräulein Justina Weber, die im Salon lesen, beginnen sich unwohl zu fühlen.

«Geht besser hinauf aufs Deck, an die frische Luft», mahnt Pfarrer Villiger. «So schlimm wie damals, als der Apostel Paulus mit dem Schiff von Kreta nach Malta verschlagen wurde, wirds nicht werden», fügt er mit einem aufmunternden Lächeln hinzu. Er liest in der Apostelgeschichte und nippt zwischendurch an einem Cognac. Als Vorbeugung gegen die Seekrankheit.

Man folgt seinem Rat. Für einige ist es allerdings schon zu spät. Kaum auf Deck, klammern sie sich an die Reling und opfern Neptun. Auch Fräulein Weber. Sie schämt sich, dass sie die Bordwand beschmutzt, beugt sich noch etwas weiter vor, verliert das Gleichgewicht und fällt ins Meer.

«Mann über Bord! Mann über Bord!», schreit ein Matrose, der zufällig in der Nähe steht. Hastig löst er einen Rettungsring, rennt ein paar dutzend Meter die Reling entlang nach hinten und wirft ihn ins Meer.

Louis nennt sich wieder Jean und wird Bauer

1908 – 1909

«Unsere liebe Mitpilgerin Jungfrau Justina Weber hat ihre Erdenpilgerschaft unverhofft abgeschlossen und ist an den Gestaden einer glückseligen Ewigkeit angelangt.» Pater Guardian Damasus leitet den Trauergottesdienst, der am Tage danach auf dem Schiff abgehalten wird. Kaum ein Auge bleibt trocken.

Louis fühlt sich leer und sinniert. Seit Jahrzehnten reist er nun um die Welt, hat Vulkanausbrüche und Erdbeben und Revolutionen überlebt, sogar einen Schiffbruch, war in verseuchten Gegenden mit Gelbfieber und Ruhr und Aussatz und hat alles wohlbehalten überstanden. Fräulein Justine hingegen hat ihre erste grosse Reise angetreten und ist dabei umgekommen. Zwar hatte gestern die Semiramis sogleich ihre Fahrt gestoppt, Rettungsboote wurden auf die Suche geschickt. Vergebens. Keine Spur mehr von der Verunglückten. Louis denkt auch an sein Greti. Auch sie war zum ersten Mal ausser Landes gereist und bald darauf auf Kuba gestorben. Aber wenigstens konnten ihre sterblichen Überreste in einem Grab beigesetzt werden.

«Und nun, was machst du künftig? Bleibst du hier?», fragt Willi Schuh. Die beiden wandern hinauf zum Schloss im Nachbardorf. Allein. Schang hat vom tragischen Tod des Fräulein Justine erzählt. Und dass ihm dieser persönlich sehr nahegehe.

«Ich brauche jetzt etwas frische Luft, ich meine, im Kopf. Gewiss, es war keine Verliebtheit wie in meinen jüngeren Jahren. Mehr herzliche Zuneigung zu einer lieben Frau. Lach jetzt nicht, aber es war mir immer, wie wenn aus ihren Augen kühler, duftender Weisswein tröpfele. Aber das ist jetzt vorbei.» Schang bleibt stehen, blickt eine Weile zur Ziegelei hinüber, wo er einst als Bub die ersten Batzen verdient hat. «Ich habe einige Ideen und hätte gerne deine Meinung darüber gehört.» Willi ist ein guter und vertrauter Freund geworden und kennt sich als Fabrikant mit Finanzen aus. «Zweifellos würde ich sofort wieder eine gute Stelle als Kammerdiener finden. Anderseits habe ich jetzt etwas Geld auf der Seite ...»

«10 000 Dollar sind eine respektable Summe.»

«Gewiss, und dann habe ich noch ungefähr 5000 Franken Erspartes. Was meinst du, wenn ich damit eine Pension eröffnen würde? Irgendwo im Ausland? In Italien oder Russland ...»

«Denk daran, du bist nicht mehr der Jüngste ... Wie alt bist du genau? 54 Jährchen hast du auf dem Buckel? Überlegs dir gut, und leg jedenfalls nicht alle Eier in einen Korb.»

«Ich werde nicht dreinschiessen und reise jetzt zuerst mal nach Südfrankreich, nach Arles. Habe dort gute Bekannte von früher. Ich halte dich auf jeden Fall auf dem Laufenden, Willi.»

Der mit Efeu überwachsene Gasthof *Fleur de Lisse* bei Arles sieht immer noch gleich aus. Schang bleibt vor dem Haus stehen und kommt ins Grübeln. Was hat ihn eigentlich bewogen, nach Arles zu reisen? Vage Erinnerungen an eine schöne Zeit mit einer jungen, hübschen Ninette? Aber das ist schon 25, 30 Jahre her. Oder ist es die Neugier, zu sehen, was aus seinem Sohn Jean junior, dem Jungen mit dem abstehenden linken Ohr, geworden ist? Unbestimmte Vorstellungen, er könnte bei Ninette oder in der Nähe von Ninette ein neues Zuhause finden? Natürlich ohne ihren häuslichen Frieden mit ihrem Jean Marais zu stören. Wie mag sie wohl aussehen? Rundlich? Immer noch mit strahlenden Augen? Vielleicht ist sie unterdessen sogar Witwe geworden, und dann … Jean, nimm dich zusammen, das sind ganz und gar unchristliche Gedanken, ermahnt er sich selbst.

Er gibt sich einen Ruck und tritt in die Gaststube. Die Kellnerin ist eine schlanke, junge Frau. «Ein Glas Wein, bitte. Sind Sie eine Tochter von Ninette?»

«Die Schwiegertochter. Die Caroline. Sie haben Ninette gekannt? Vor zwei Jahren ist sie gestorben. Magenkrebs.»

Jean ist betroffen. Schämt sich ein bisschen für seine liederlichen Fantastereien von vorher. «Das ist traurig. Ich habe sie einst … eh … gut gekannt, als sie noch in Marseille gearbeitet hat.» Er hält kurz inne. Muss sich sammeln. Schon wieder eine seiner Frauen, die gestorben ist. Es tuets iez de. «Sagen Sie, heisst Ihr Mann zufällig Jean?»

«Ja. Wie Papa Jean, sein Vater. Wir haben den Gasthof übernommen.»

«So, so. Wie sein Vater.» Unser Jean schluckt leer. Dann ist Caroline eigentlich auch seine Schwiegertochter. Nur schwer gelingt es ihm, seine Gefühle zu verbergen. Noch schwerer wird es für ihn, als kurz darauf Carolines Mann in die Gaststube tritt. Sein linkes Ohr steht etwas ab. Der sieht ja fast aus wie ich vor 30 Jahren, denkt unser Jean. Hoffentlich merken die beiden nichts. Hat ihn nicht eben Caroline etwas auffällig gemustert? Ach was, ist ja gar nicht möglich, dass sie etwas …

«Papa, Papa!» Ein munteres Büblein rennt zur Tür herein, mit einer jungen Katze auf den Armen.

«Das ist unser Jeannot», sagt Caroline stolz.

Und mein leibhaftiger Enkel, denkt unser Jean und krallt seine

Finger in die Tischkante. Wenn die mir noch mehr Familienmitglieder vorführen, schnappe ich über! Er wartet, bis Jeannot den Kopf dreht, getraut sich kaum hinzusehen. Nein, das linke Ohr steht nicht ab. Immerhin. Jean lässt die Tischkante los.

Natürlich, für unsere Geschichte wäre dies hübsch gewesen: drei Generationen mit abstehendem linken Ohr. Aber die Natur macht nicht immer, was man möchte. Das heisst – im Kopf von Jean wirbeln die Gedanken durcheinander – wenn allenfalls seine Schwiegertochter Caroline eine ähnliche Schwäche gehabt hat wie einst seine Ninette kurz vor der Hochzeit, so könnte natürlich der junge Jeannot …

Mein Gott, schon wieder will seine wüste Fantasie mit ihm durchbrennen. Wird er denn nie älter?

Um auf andere Gedanken zu kommen, flüchtet er sich in Belangloses. «Das Wetter, ist es gut? Nicht etwas trocken? Wie läuft der Gasthof? Kann man für einige Tage ein Zimmer haben? Hast du noch mehr junge Katzen, mein kleiner Jeannot?»

Er bekommt ein hübsches Zimmer auf den Hof hinaus. Aus einigen Tagen werden einige Wochen. Über die verzwickten Familienbande lässt unser Jean kein Wort verlauten. Er staunt, wie gut ihm das mit der Zeit gelingt. Die Sympathie ist gegenseitig. Auch mit dem verwitweten Jean Marais, genannt Papa Jean, versteht er sich gut. Er hilft auf dem kleinen Bauernhof mit, der zur *Fleur de Lisse* gehört. Drei Dutzend Schafe, vier Pferde und fünf Kühe sind zu besorgen. Melken? Natürlich kann er das noch, macht es sogar gern, bindet sich den Melkstuhl um und setzt sich das Melkerkäppi auf. Und muss plötzlich laut lachen. Wie war das doch seinerzeit mit den Kühen, die er voller Täubi seinem Vater geschenkt hatte? Michèle hiess die erste, und dann die zweite ausgerechnet Ninette! Und jetzt melkt er deren Kühe.

Der November geht zu Ende. Jean hat sich entschlossen, den Winter in der Provence zu verbringen. Er gehört unterdessen zur Familie und heisst Oncle Jean. Der Gatte der verstorbenen Ninette ist der Papa Jean. Der leibliche Sohn von Oncle Jean respektive der gesetzliche Sohn von Papa Jean wird einfach Jean gerufen. Und der kleine Enkel ist der Jeannot. So hat alles seine gehörige Ordnung.

Oncle Jean teilt die Freuden und Sorgen seiner neuen Grossfamilie. Etwa als im kalten Januar der alte Nachbar Durand stirbt. Sein kleines Haus samt schönem Hofplatz mit zwei schlanken Zypressen grenzt an die *Fleur de Lisse.* Für 4000 Francs ist es zu kaufen, zusammen mit etwas Acker- und Weideland. Jean ist dafür. Es würde für einige Kühe und zwei Dutzend Schafe mehr reichen. Papa Jean ist dagegen. Eben hat man die Dächer flicken müssen und das elektrische Licht installiert. Alles nicht gratis. Vier Tausender sind kein Pappenstiel.

Oncle Jean denkt nach. 4000 Francs entsprechen ebenso vielen Schweizer Franken. Er schläft dreimal darüber und schreibt dem Willi Schuh einen kurzen Brief. Der schreibt umgehend zurück. Ja, das sei eine gute Idee und eine gute Investition.

Beim Morgenkaffee erklärt Oncle Jean seinen verblüfften Tischgenossen, dass er das Häuschen kaufen werde und sie es kostenfrei nutzen könnten, mitsamt dem Acker- und Weideland. Er bedinge sich bloss Kost und Logis aus, wenn er in Südfrankreich sei.

Eine Kuh schenkt er ihnen auch noch dazu. Als Busse dafür, dass er einst eine Kuh Ninette getauft hat. Aber das behält er für sich.

Jean bricht zu neuen Ufern auf

1909 – 1914

Der Frühling in der Provence meldet sich früh. Und weckt in Jean, trotz seiner 55 Jahre, Sehnsucht nach Aufbruch, nach Ferne. Er fährt für einige Tage nach Marseille, schlendert leicht hinkend um das Hafenbecken. Segler und Dampfer aus aller Herren Länder. Es riecht nach Kohlenrauch und Fischen und Salz und faulen Früchten. Er sucht sein altes *Café de la Poste* auf, wo er vor 30 Jahren Premier Garçon gewesen ist. Sich an seinem alten Arbeitsort bedienen zu lassen und gemütlich den herumflitzenden Kellnern zuzusehen, macht Freude. Er blättert französische und englische Zeitungen durch, wirft da und dort einen Blick auf die Inserate. Ein englischer Handelsherr im ägyptischen Alexandrien, zur Zeit geschäftlich in London, sucht einen Kammerdiener.

Früher hätte ich nicht lange gezögert, denkt Jean und blättert weiter, schaut sich ein paar Wohnungsannoncen und eine Reklame der P&O-Schifffahrtsgesellschaft an, die mit Palmen und dunkelhäutigen Eingeborenen wirbt. Er wechselt zur Weltpolitik. Sieh mal einer an: Das ist doch der junge britische Offizier, den er einst in Kairo bei Slatin Pascha getroffen hat, der Winston Churchill, der jetzt President of the Board of Trade ist. Muss wohl so etwas wie Handelsminister sein. Der hats aber weit gebracht.

Jean trinkt einen Schluck Wein, geniesst ihn leicht schlürfend. Ägypten hat ihm seinerzeit gut gefallen. Er blättert wieder nach vorne zum Inserat des englischen Handelsherrn, schliesst die Augen, fällt ins Träumen, die wärmende Frühlingssonne auf dem Gesicht. Bilder von Kairo steigen in ihm auf, der Stadt mit ihren lebhaften Strassen, den Rufen der Wasserverkäufer und dem

Gebrüll der sich niederlegenden Dromedare, dem Nil mit den langsamen Segelbarken, dann die staubige Bahnfahrt nach Khartoum, seine Eskapade als Sancho Pansa auf dem Esel, der er sein Hinkebein verdankt …

Keine fünf Wochen später besteigt er in Marseille mit Mr Chester Morrison, seinem neuen Herrn, den Dampfer nach Alexandrien. Jean war kurz entschlossen nach London gereist und hatte sich persönlich vorgestellt. Einmal mehr wurde er, der sich nun wieder Louis nennt, aus mehreren Bewerbern ausgewählt.

Mr Chester Morrison besitzt im Vorort Ramle, der ägyptischen Riviera, eine Villa mit prächtigem Garten. Sie liegt unweit des *Hôtel-Casino San Stefano.* Louis sucht in seiner Freizeit gerne die Cafés gediegener Hotels auf. Sie wecken in ihm Erinnerungen an seine Zeiten als Maître d'Hôtel. Da und dort knüpft er Kontakte mit den Portiers, die im Hintergrund die Fäden ziehen und deren Wissen und Verbindungen unbezahlbar sind. Wie damals in Havanna der Portier Pablo im *Hotel Telegrafo,* der ihm zur Stelle bei Mr Collins verholfen hat.

Rudolf heisst der Chef-Portier im *Hôtel-Casino San Stefano.* Er ist ebenfalls Schweizer und auch schon weit in der Welt herumgekommen. Unter anderem hat er im russischen Odessa gearbeitet.

«Eine wunderschöne Stadt, solltest mal das Caféhaus des Bündners Fanconi sehen, Louis. Vor zwei Jahren nach dem Vorbild des Café Odeon in Zürich neu eingerichtet.» Rudolf kommt ins Schwärmen. «Und ein anderer Bündner, der das *Hôtel d'Europe* geführt hatte, konnte sich schon mit 50 Jahren wohlbestallt aus dem Geschäftsleben zurückziehen. In zwei, drei Jahren werde ich mich auch selbständig machen, vielleicht ein Café eröffnen oder eine kleine Pension oder beides. Du hast ja auch schon in Russland gearbeitet? Wie wärs, wenn wir zusammenspannten?»

«Ich werds mir überlegen. Vorläufig bleibe ich mal Kammerdiener.»

Rudolf verdient gut, weniger via Zahltagssäcklein, sondern mit all den Trinkgeldern, die er für seine diskreten Dienstleistungen erhält. Manche davon sind sehr diskret. Sein Geld überweist er regelmässig in die Schweiz.

«Man weiss in diesen Ländern nie, Louis. Hast wohl auch schon vom Jacques Groppi gehört? Der Tessiner, der den geschwungenen Nidel in Ägypten bekannt gemacht hat? Verkaufte vor drei Jahren für einen schönen Batzen sein Caféhaus an der *Chérif Pacha*, butterte in eine Immobiliengesellschaft mit dem schönen Namen *Burg el-Arab*, und futsch war ein grosser Teil des Geldes. Er will jetzt aber in Kairo wieder von vorne beginnen und ganz dick einsteigen. Mit Confiserie und Teesalon. Also, lass dir die Sache mit Odessa durch den Kopf gehen. Und in ein paar Jahren reisen wir im Flugzeug dorthin!», fügt Rudolf augenzwinkernd hinzu.

«Im Flugzeug?»

«Hast dus nicht mitbekommen? Gestern ist der Franzose Blériot über den Ärmelkanal geflogen, von Calais nach Dover. In sage und schreibe einer halben Stunde.»

«Wahnsinn!»

Einige Monate später muss Louis seinen Herrn nach Kairo begleiten. Sie logieren im *Shepheard's*. Louis macht in Nostalgie. Er schlendert durch den Ezbekije-Park und lässt sich von einem Jungen die Schuhe putzen. Eingedenk seiner eigenen Schuhputzer-Karriere in Aarau gibt er ihm grosszügig zwei Piaster, etwa einen halben Schweizer Franken. Er schaut sich von aussen das vizekönigliche Opernhaus an und biegt in die *Sharia el-Manakh* ein. Vor einem Café, über dem der Name Groppi zu lesen ist, bleibt er stehen. Das ist doch dieser Tessiner, von dem Rudolf gesprochen hat? Der in Kairo wieder von vorne anfangen musste?

Er tritt ein. Vorne befindet sich der Verkaufsladen, hinten der *Salon de Thé* mit kleinen Tischen an beiden Seiten. Er nimmt Platz, bestellt sich eine heisse Schokolade und schaut sich um. Die Räume sind hoch, die Sessel haben geflochtene Sitzflächen. Beides sinnvoll und angenehm in einem heissen Land. Das untere Drittel der Wände ist getäfert. Von der mit Stuckaturen verzierten Decke hängt eine grosse Uhr. Alles wirkt sauber und neu. Die *Maison Groppi* ist erst im vergangenen Dezember eröffnet worden, wie er vom Kellner vernimmt.

Ungefähr so hat sich Rudolf das wohl in Odessa vorgestellt. Vermutlich ein bisschen bescheidener und mit einer kleinen Pension im oberen Stock. Es müsste schön sein, so etwas sein Eigen nennen zu können.

Ein, zwei Jahre vergehen. In der grossen und in der kleinen Welt wird gestritten und gekämpft und gelacht und getrauert.

Der Schlossherr im Nachbardorf ärgert sich über das tägliche Ave-Läuten in der Freienberger Leodegar-Kapelle. Er wäre bereit, das alte Schulhaus auf seine Kosten renovieren zu lassen, wenn die Gemeinde auf das Läuten verzichtete. Erfolglos. Die versammelten Bürger lassen sich nicht erpressen.

Der Deutsche Kaiser ärgert sich über die Franzosen, die daran sind, sich auch Marokko unter den Nagel zu reissen. Er schickt ein Kanonenboot namens *Panther,* um seinen Forderungen Nachdruck zu verleihen. Nicht ganz erfolglos. Der *Panthersprung nach*

Agadir bringt ihm wenigstens eine Vergrösserung von Kamerun ein.

Die Titanic kollidiert mit einem 300 000 Tonnen schweren Eisberg und sinkt innerhalb von zwei Stunden und 40 Minuten. Louis findet auf der Passagierliste den Namen jenes Herrn, dem er vor Jahren im Zug von New York nach San Francisco den gefundenen Ehering zurückgegeben hat. Ausserdem wird der Dampfer *La Tourraine* erwähnt, auf dem er einst nach New York gefahren ist. Die *Tourraine* hat zwei Eiswarnungen an die Titanic gefunkt.

Erst im Herbst 1912 kommt Rudolf wieder auf seine Pläne zu sprechen. Er war unterdessen in Odessa auf der Suche nach einem passenden Gebäude.

«Ich habe was gefunden, an guter Lage und zu vernünftigem Preis: 30 000 Rubel anzahlen plus natürlich einiges an Investitionen. Machst du mit, Louis?»

«30 000 Rubel? Das sind etwa ...»

«Etwa 80 000 Franken.»

«Und die Investitionen? Bestimmt zwanzig- bis dreissigtausend zusätzlich?»

«Würde ich auch meinen. Aber die Stadt blüht. Da wimmelts von Leuten, denen es auf hundert Rubel nicht ankommt. Bin überzeugt, dass wir uns in fünf, sechs Jahren sanieren könnten.»

Louis erbittet sich zwei Wochen Bedenkzeit. Er ist mittlerweile 58 geworden und will zuerst die Meinung von Willi Schuh einholen.

Wie er sich auch immer entscheide, er wünsche ihm alles Gute dazu, schreibt Willi zurück. *Allerdings bist du nicht mehr der Jüngste. Aber wenn du das Gefühl hast, du schaffst es noch und die Aussichten seien lukrativ, so möchte ich dir nicht einfach von diesem*

Abenteuer abraten. Lasse aber auf jeden Fall eine eiserne Reserve von etwa 10 000 Franken auf der Bank, auch wenn damit der Anteil deines Kompagnons grösser ist als deiner. Mit dem Bau einer Kegelbahn könntet ihr ja noch zuwarten.

Louis entscheidet sich für das Abenteuer. In Anlehnung an die *Maison Groppi* in Kairo soll das geplante Café mit Pension *Maison Louis* heissen. Da die vornehme russische Klientel französisch sprich, tönt dies gediegener als *Maison Rudolf*. Im April 1913 verlassen die beiden Kompagnons Alexandrien. Rudolf reist direkt nach Odessa, Louis nimmt den Dampfer nach Marseille. Er hat in Freienberg noch etwas Wichtiges mit Willi Schuh zu besprechen. Persönlich. Willi ist der einzige Mensch, der über Louis' verzwickte Familienverhältnisse Bescheid weiss.

«Wenn ich vor dir sterbe, Willi, sorge doch bitte dafür, dass mein Häuschen bei Arles meinem leiblichen Sohn Jean überschrieben wird.» Er übergibt Willi eine Abschrift des Testamentes, das er verfasst hat. «Und mein Barvermögen soll gemäss dieser Aufstellung aufgeteilt werden.» Jean alias Louis hat nebst seinen überlebenden Geschwistern – Vater und Mutter sind unterdessen gestorben – auch seinen Sohn Jan in Buitenzorg bedacht und einige wohltätige Institutionen, darunter die Leprastation auf der Insel Molokai in Hawaii.

«Vielleicht wirds viel sein, vielleicht auch weniger, je nachdem wie sich unsere Maison Louis in Odessa entwickelt. Teile es dann einfach so auf, wie du es für gut findest.»

«Wie viel hast du als eiserne Reserve auf der Bank liegen lassen?»

«8000 Franken. Ich hoffe natürlich, dass wir in Russland Erfolg haben. Und zwar nicht zu knapp.»

«Wer mit der Hoffnung fährt, hat die Armut zum Kutscher»,

sagt Willi. «10 000 wären besser gewesen. So ein Geschäft kann immer in die Hosen gehen.»

Manchmal schneller und ganz anders, als man es sich ausmalen könnte.

Im Sommer 1914 besucht der österreichisch-ungarische Thronfolger Franz Ferdinand Sarajewo. Für die Fahrt durch die Stadt am 28. Juni stellt ihm der Geheime Rat Franz Graf Harrach sein Auto mit Chauffeur zur Verfügung. Der Chauffeur verfährt sich, das Auto bleibt zum Wenden einige Augenblicke stehen, unglücklicherweise gerade vor dem Café, in dem der Attentäter Princip sitzt. Er erschiesst den Thronfolger und seine Gemahlin. Ende Juli ordnet Russland die Mobilmachung an, und am 1. August erklärt Deutschland Russland den Krieg.

«*Finite Patate*»

1919

Willi Schuh macht ein paar Tage Ferien in Davos. Er logiert im *Curhaus*. Es ist Donnerstag, der 12. Juni 1919. Die gebratene Ente hat ihm geschmeckt, ebenso der Bündner Herrschäftler. Er setzt sich in den Salon und bestellt einen Cognac. Gut gelaunt kommt er mit dem Kellner Domenico ins Gespräch.

«Was, bis vor kurzem haben Sie in Russland gearbeitet? In Sewastopol, sagen Sie, und vorher in Odessa? Ich habe in Odessa einen guten Freund. Er heisst Louis, besitzt ein Café mit einer Pension. Ich habe allerdings nichts mehr von ihm gehört seit Kriegsende, und das ist jetzt doch schon einige Monate her.»

«Die *Maison Louis?*» Domenico stutzt und macht dann ein betroffenes Gesicht. «Die brannte in den Nachkriegswirren ab. Odessa hat ja mehrfach die Hand gewechselt, mal deutsch, mal sowjetisch, mal französisch und was weiss ich. Leider ist der Louis dabei umgekommen. Ein Kollege hats mir erzählt, im Heimschaffungszug, den der Bundesrat organisiert hatte. Glaubs wohl, dass Sie nichts mehr von ihm gehört haben. Schade, habe ihn sehr geschätzt damals, als ich noch in Odessa arbeitete.»

Zur gleichen Zeit wandert auf einer staubigen Landstrasse in der Nähe von Arles ein älterer, aber rüstiger Mann in gemächlichem Tempo dahin. Er hinkt leicht, blickt einmal nach rechts hin zu ein paar weidenden Pferden, dann wieder nach links, wo sich einige Bauernhäuser um einen Kirchturm ducken. Der Mann hat einen Kaiser-Wilhelm-Schnauz mit nach oben gespitzten Enden, sein linkes Ohr steht etwas ab, und wenn er die Schirmmütze lüftet, um sich den Schweiss von der Stirne zu wischen, sieht man, dass sein Haar in der Mitte gescheitelt ist. Er trägt einen Koffer, an dem ein Schirm festgebunden ist, und eine lederne Umhängetasche. Im Koffer liegt sein ganzes Hab und Gut.

Wie so viele andere nach Russland ausgewanderte Schweizer hat auch der tot geglaubte Louis alles verloren. Sein gut gehendes Caféhaus mit der Pension in den oberen Stockwerken, die investierten schönen 8500 amerikanischen Dollar, die ersparten Rubel. Gott sei Dank hatte er seinerzeit auf Willi gehört und eine eiserne Reserve in der Schweiz hinterlassen. Und Gott sei Dank hat er seinerzeit das Häuschen in der Provence gekauft. Das Wichtigste aber: Er ist gesund geblieben, was nicht alle Rückkehrer von sich sagen können, und die Lebensfreude und sein Humor sind ihm auch nicht abhandengekommen.

Der alte Papa Jean und der junge Jean mit seiner Frau Caroline und der Jeannot, mittlerweile ein grosser Bub von 13 Jahren, können sich kaum fassen vor Freude. Der Abend wird lang, denn der überraschend aufgetauchte Oncle Jean hat viel zu erzählen. Spannendes, Lustiges und Trauriges. Wie die *Maison Louis* in Flammen aufgegangen und leider dabei sein Kompagnon Rudolf ums Leben gekommen sei, wie später französische und griechische und andere Truppen Odessa besetzt und französische Matrosen gemeutert hätten. Wie einst ein russischer Polizeihauptmann – ausgerechnet einer von der Sittlichkeit – bei ihm abgestiegen sei und es im Zimmer mit zwei Dämchen so wüst getrieben habe, dass mitten in der Nacht das Bett mit Getöse zusammengekracht sei. Wie es ihm über verschlungene Wege – einmal habe er sich sogar als Frau verkleidet – gelungen sei, sich übers Schwarze Meer und Kleinasien nach Istanbul abzusetzen und dann nach Athen zu reisen, wo er einige Zeit als Oberkellner arbeiten und sich so die Heimreise nach Marseille finanzieren konnte.

Anderntags setzt er sich in seinem Zimmer an den Tisch, um einen Brief an seine Angehörigen nach Freienberg zu schreiben. Er schraubt das Tintenfässchen auf. Natürlich, die Tinte ist längst eingetrocknet. Zur Not tuts auch ein Bleistift, den er mit der Zunge netzt.

Mit Galgenhumor schreibt er in grossen Lettern oben hin:
FINITE PATATE
Meine Lieben,
mit viel Mühe ist es mir gelungen, wieder in mein Häuschen bei Arles zurückzukehren.
Alles, was ich noch an Kleidern besitze, hat in einem kleinen Koffer Platz ...
Dann weiss er nicht mehr, wie er weiterfahren soll, so viel hat er erlebt. Erfolglos versucht er einige hartnäckige Fliegen zu verscheuchen, spielt fünf Minuten mit dem Bleistift, holt ein Messer hervor, um ihn nachzuspitzen, und legt ihn auf den angefangenen Brief. Draussen lockt die Sonne, die Kühe und Schafe scheinen ihn zu rufen. Es ist ihm nicht mehr ums Schreiben zumute, und morgen ist ja auch ein Tag. Ohnehin will er erst mal einige Wochen hier bleiben, wo er Kost und Logis hat, und dann sehen, wie es weitergehen soll.

Es werden noch viele Tage, bis er sich wieder hinsetzt, und auch beim zweiten Versuch wird der Brief nicht fertig.

Von all dem weiss man in Freienberg nichts. Man hat nur von Willi Schuh vernommen, dass der Schang tot sei. Ursache ist eine Verwechslung: Der Kollege, der dem Davoser Kellner Domenico von Louis' Tod erzählte, hatte gehört, dass der Inhaber der *Maison Louis* beim Brand des Gebäudes umgekommen sei. Er wusste nicht, dass es sich dabei um Louis' Kompagnon Rudolf gehandelt hatte. Die Freienberger sind ob der Todesnachricht betroffen. Keiner hat sich vorstellen können, dass der Schang, der so viele Abenteuer in aller Herren Länder erlebt hatte, einmal nicht zurückkehren würde.

«Jedenfalls hat er ein interessantes Leben gehabt», meint am Stammtisch im Rössli der Moosbauer Karli fast ein bisschen neidisch. Er ist ein alter Mann geworden, hat die achtzig hinter sich.

«Das kann man wohl sagen.» Der Moser Bärti denkt an seine eigenen Jahre in Manila zurück, wo ihm seine junge Frau gestorben ist. Jetzt ist er Förster in Freienberg und trägt einen langen, schwarzen Bart. «Hätte ihm noch ein paar ruhige Jährchen in Südfrankreich gegönnt.»

«Der Mensch denkt und Gott lenkt», lässt sich Pfarrer Josef Ignaz Furter vernehmen, breitet die Hände aus und starrt eine Weile sinnend auf den sterbenden Luzerner Löwen über dem Aschenbecher. Jeweils am Montagabend ist er am Stammtisch anzutreffen. Häufiger wäre unschicklich.

«Auf wann haben Sie jetzt die Beerdigung für Schang festgesetzt? Auf übernächsten Samstag?», fragt der Moosbauer Karli. Die Gemeinde hat zwar noch keine amtliche Todesnachricht erhalten, aber das ist angesichts der Nachkriegswirren im ehemaligen Zarenreich nicht erstaunlich.

«Sie meinen den Gedenkgottesdienst? Ja, um zwei Uhr», bestätigt Pfarrer Furter. «Die Musikgesellschaft wird ihm zu Ehren spielen.»

«Und ich lade nachher alle zu einem Umtrunk mit Imbiss ein», ergänzt Willi Schuh. «Mal sehen, was sich trotz der Rationierung auftreiben lässt.»

«Wolltest du nächste Woche nicht nach Lyon?», will der Moser Bärti wissen.

«Ja, möchte aber am Donnerstag oder spätestens am Freitag wieder zurück sein. Muss zu einigen Lieferanten, und dann will ich mich auch noch etwas umsehen, was Mode ist.»

Willi Schuh reist gern nach Lyon. Er fühlt sich in der Stadt am Zusammenfluss von Rhone und Saône und Beaujolais, wie die Lyoner zu sagen pflegen, fast wie zu Hause. Nachdem er seine Geschäftsbesuche hinter sich hat, wandert er am Mittwochabend hinauf zur Basilika Notre-Dame-de-Fourvière und steigt dann die 316 Stufen im Nordost-Turm hoch. Wie immer ist die Aussicht überwältigend. Dort, etwa 200 Kilometer südlich, liegt Arles, denkt Willi. Arles, wo der auf so tragische Weise umgekommene Schang sein Häuschen gekauft hat. In wenigen Stunden wäre ich dort, wenn ich morgen früh losfahren würde. Wieso eigentlich nicht?

Ganz wohl ist Willi nicht in seiner Haut, als er anderntags vor der *Fleur de Lisse* steht. Wie ein Eindringling kommt er sich vor. Er ist in einem modernen Autotaxi hingefahren und hat den Chauffeur gebeten, auf ihn zu warten. Soll ich denen sagen, dass der Schang nicht mehr am Leben ist? Soll ich gescheiter zuwarten, bis die Todesnachricht offiziell bestätigt ist? Und da ist ja noch die Geschichte mit Jean, dem leiblichen Sohn. Willi hat Schang versprechen müssen, darüber zu schweigen, solange der alte Papa Jean, dessen gesetzlicher Vater, noch lebe.

Da schangelet es ja ordentlich in der *Fleur de Lisse,* denkt Willi, als sich ihm ein aufgeweckter Knabe als Jeannot vorstellt und ihn nach seinen Wünschen fragt.

«Heisst dein Vater zufällig Jean?», fragt Willi freundlich. Jeannot hat ihm ein Glas Weissen und ein Tellerchen mit Oliven und etwas Schafskäse gebracht.

«Ja. Auch mein Grossvater. Und dann haben wir noch einen Jean, einen Schweizer, den nennen wir Oncle Jean. Aber der ist nicht hier.»

«Ja, natürlich.» Willi seufzt, will sich vortasten. «Dieser … eh … Oncle Jean, war der nicht zufällig in Russland? Während des Krieges?»

«Ja. Sind Sie mit ihm bekannt?»

«Ich bin auch aus der Schweiz.» Willi macht eine Pause, trinkt einen Schluck, nascht an den Oliven. «Wo ist er denn jetzt, der liebe Oncle Jean?» Er bleibt vorsichtig. Vielleicht ist ja auf verschlungenen Pfaden die Todesnachricht bereits bis nach Arles gelangt.

«Der ist mit Maria beim Engel.»

Also doch! Willi ist gerührt: Wie schön der junge Bursche das ausgedrückt hat: Mit Maria beim Engel!

«Gott hab ihn selig! Hast du ihn sehr gern gehabt, deinen …» – fast hätte Willi Grossvater gesagt – «deinen Onkel?»

«Ich habe ihn doch immer noch gern.»

«Natürlich. Eine dumme Frage war das.» Liebe Menschen hat man auch über den Tod hinaus gern.

Ein etwa 40-jähriger Mann kommt aus der Küche. Willi trifft fast der Schlag: Der gleicht ja dem Schang von einst wie abgeschnitten, inklusive abstehendes linkes Ohr. Hinter ihm ein älterer, behäbiger Herr mit blauer Schürze um den Bauch. Das musste der Grosspapa Jean sein.

Dann hört er, wie hinter seinem Rücken noch ein dritter Mann von der Strasse aus in die Gaststube tritt und kurz grüsst.

«Na, hat der Engel seine Sache brav gemacht? Ist er gut gestiegen?», ruft diesem der Grosspapa zu. «Ja, ja, ich sags ja immer: Der Engel ist der beste Stier weit und breit. Und die Maria?»

«Die habe ich wieder zu den andern Kühen auf die Weide gebracht. Sie frisst munter.»

Diese Stimme? Das kann doch nicht wahr sein! Willi dreht sich um.

Es ist der Oncle Jean. Der Schang aus Freienberg.

Ein herzliches Dankeschön

Bei meinen Recherchen habe ich von verschiedenen Seiten nützliche Hinweise erhalten, für die ich herzlich danke. Stellvertretend seien Mela Abt-Meyer und Roman Bättig genannt. Manchmal half ein wohlwollender Zufall mit. Auch dem bin ich dankbar.

Für das aufmerksame Lesen des Manuskripts sowie manch weiterführendes Gespräch danke ich meiner Frau Vally, den Töchtern Katharina und Johanna, den Söhnen Lukas und Martin sowie meinem Bruder Heinrich. Ein Dankeschön gilt auch dem Verleger Bernhard Engler und der Lektorin Monika Künzi für die angenehme und konstruktive Zusammenarbeit.

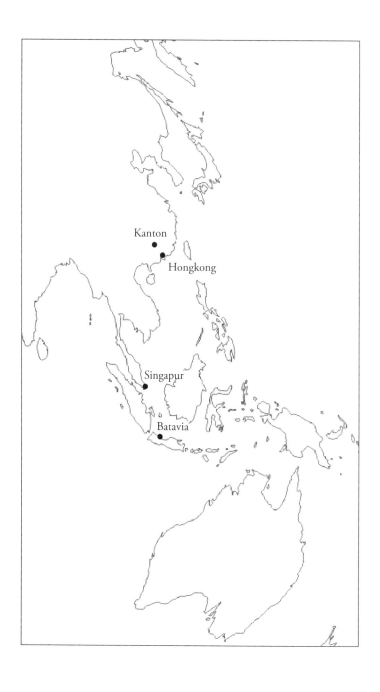

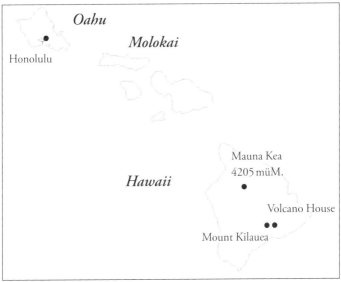